Frans Gerver

TOUS LES JEUX DE CARTES

MARABOUT

Les jeux de cartes sont dessinés
par Louis Jacobs.

L'illustration générale est de Lucien Meys.

SI LE CŒUR VOUS EN DIT

Parmi les passe-temps innombrables imaginés par les hommes, en est-il de plus répandu, de plus universel et de plus varié que le jeu de cartes ?

La gamme des combinaisons qu'il propose à l'astuce et à la sagacité des joueurs est quasi illimitée. Elle va du plus simple jeu de famille, comme le Valet Noir, *au* Bridge-Contrat, *capable d'absorber pendant de longues heures toute l'attention de spécialistes expérimentés.*

Le jeu de cartes fait la distraction de l'homme paisible, heureux de trouver à s'exercer l'esprit en compagnie de partenaires doublés, généralement, de vieux amis. Il jette un défi aux esprits mathématiques que la spéculation passionne. Il fascine, enfin, l'esprit aventureux que grise la troublante illusion de forcer le hasard.

L'extraordinaire emprise que les cartes exercent sur certains suscite à bon droit la réprobation des moralistes, inquiets des ravages que ces cinquante-deux petits bouts de cartons, ni bons, ni mauvais en soi, peuvent provoquer dans toutes les couches de la société. Mais les cartes intéressent aussi le sociologue, l'historien, l'honnête homme, enfin, qui n'est indifférent à rien de ce qui est humain.

Les cartes ont leurs lettres de noblesse. Elles remontent loin dans la nuit des temps. Peut-être même viennent-elles de l'Inde antique ou de la Chine, mère des arts et des jeux mystérieux.

Nous connaissons aujourd'hui une étonnante variété de jeux de cartes. Sans compter les formes diverses que prennent les jeux existants, il est bien probable que l'humanité ne cesse d'en découvrir ou d'en redécouvrir de nouveaux. Il est difficile de faire le départ entre ce qui est nouveauté originale et ce qui est simple variante.

Le génie et le caractère d'un peuple s'expriment aussi par ses jeux. Malgré les codes écrits, on ne s'adonne pas souvent au même divertissement à Paris, à Bruxelles ou à Lausanne. Certains jeux, qui se ressemblent, portent des noms totalement différents d'un pays à l'autre, ou bien au contraire, des jeux totalement différents portent le même nom dans deux pays.

Un jeu peut, d'ailleurs, être joué en respectant des règles plus ou moins sévères et plus ou moins compliquées, au gré de ceux qui le pratiquent.

C'est dire assez s'il n'existe pas de code absolu. Nous nous sommes par conséquent efforcés de vous exposer ici, simplement, les principes fondamentaux et les règles le plus communément admises pour chaque jeu. Ils permettront aux débutants de s'initier sans difficulté, aux jeux les plus compliqués et aux amateurs de cartes, de découvrir peut-être, des jeux passionnants qu'ils ignorent encore.

La science des cartes ne s'acquiert que par la pratique. Devenus bacheliers... ès cartes, vous en arriverez à inventer vous-même de nouvelles variantes aux parties qui vous auront le plus passionné.

LES CARTES DE L'HISTOIRE

L'origine des cartes à jouer semble remonter à la plus haute antiquité. Nous viennent-elles des très anciens tarots dont elles reproduisent certaines figures ? Sont-elles nées aux Indes où, depuis des temps immémoriaux, les *naïbs,* sortes de cartes rondes, sont en honneur, tant pour le divertissement que pour les pratiques divinatoires ? Nous viennent-elles de la Chine où furent créés tant de jeux, comme les dominos et les dés ?

Sont-elles, au contraire, issues des sciences secrètes des Egyptiens, dont elles auraient constitué les emblèmes ésotériques ? Faut-il en attribuer la paternité aux Persans et aux Grecs qui fixèrent les règles du jeu des échecs ? Pourquoi n'auraient-ils pas destiné à d'autres divertissements ces Rois, ces Reines, ces Cavaliers et ces Fous qu'ils faisaient évoluer et caracoler sur l'échiquier ?

Certains nous affirment que les cartes à jouer étaient déjà connues dans nos contrées au XIIe siècle. Comment y sont-elles parvenues ? Toutes les suppositions ont été avancées, souvent avec beaucoup de vraisemblance. On affirme que les mystérieux Bohémiens les auraient ramenées des Indes pour les transmettre aux Arabes. Ceux-ci en auraient doté l'Espagne par l'entremise des Maures. De là, les cartes se seraient répandues partout en Europe occidentale.

Il est probable que les marchands vénitiens et les commerçants lombards ne sont pas étrangers à la diffusion des cartes à jouer dans nos pays. Est-ce pour cela que certains auteurs affirment que les cartes nous vinrent de Chine, dans les bagages de Marco Polo. D'autres soulignent, au contraire, que, dès le début du XIIIe siècle, on offrait aux enfants, en Italie du Nord, des images appelées *carticelle* et destinées à les amuser et à les instruire, ce qui infirmerait la thèse précédente.

En réalité, on n'éclaircira jamais complètement la question des origines des cartes à jouer. Les hypothèses les plus sérieuses appuyées sur les indices les plus probants seront toujours battues en brèche par d'autres hypothèses tout aussi valables.

Cet état de chose a conduit les esprits superstitieux à croire à une origine diabolique. Le voile de mystère dont ce problème sera toujours enveloppé contribue à entretenir cette opinion.

Une origine diabolique ?...

A la lumière des textes

Parmi toutes ces suppositions, voyons celles que viennent confirmer des documents historiques. L'un des premiers à s'occuper, en France, de l'histoire des cartes à jouer fut le père Ménestrier, au XVIIIe siècle (1631-1705). Il eut la chance de découvrir dans les comptes de Charles Poupart, argentier du roi Charles VI, une note de paiement datée de 1392, par laquelle le fonctionnaire royal justifiait la remise à Jacquemin Gringonneur d'une certaine somme pour « trois jeux de cartes en or et diverses couleurs de plusieurs devises, pour porter devers ledit seigneur roy pour son esbattement ». Cette découverte a servi de fondement à l'hypothèse suivant laquelle l'enlumineur Jacquemin Gringonneur aurait inventé les cartes à jouer pour distraire de sa folie le roi de France dont on sait, par ailleurs, qu'il disputait de passionnantes parties de *Bataille* avec Odette de Champdivers, sa favorite.

Cette trop belle légende est détruite par Paul Lacroix, qui cite un texte du chroniqueur italien Nicolas de Covelluzo, témoin de l'introduction des cartes à jouer dans sa ville natale de Viterbe en 1379. Il écrit ceci : « Anno 1379, fu recato in Viterbo el gioco della carta chè viene di Saracinia, e chiamase fra loro naïb. » C'est-à-dire : « L'an 1379, fut introduit à Viterbe le jeu de cartes qui vient du pays des Sarrasins et qui a nom, chez eux, *naïb.* » Covelluzo attribuait donc aux Sarrasins l'introduction des cartes en Europe. Il faut remarquer que le terme *naïb* est celui utilisé aux Indes pour désigner le jeu de petites cartes rondes. Rapprochons de *naïb, naïpes,* nom donné aux cartes par les Espagnols. Celui-ci, selon l'abbé Rivers, proviendrait des lettres N et P, initiales de Nicolas Pépin, inventeur du jeu.

De cette année 1379, nous possédons un autre document sur les cartes à jouer. Il a été trouvé en 1870 par le Belge Alexandre Pinchart dans les archives du duché de Brabant. Ce texte mentionne l'achat, en 1379, d'un *quartspel* chez Ange van der Noot, à Bruxelles, pour les ducs de Brabant, Jeanne et Wenceslas, princes curieux des nouveautés de leur temps.

D'autres documents viennent encore infirmer l'attribution à Gringonneur de l'invention du jeu de cartes. Citons la mention d'un tel jeu dans la minute d'un acte dressé par le notaire marseillais Laurent Aycardi, le 30 août 1381, soit une dizaine d'années avant les créations de l'enlumineur.

Ajoutons à ces textes, qui situent l'apparition du jeu de cartes en Europe occidentale au XIVe siècle, un dernier témoignage, controversé, celui-là par l'érudit français R. Merlin qui voit en ce poème, composé en 1350 par Guillaume de Guilleville, un texte remanié un siècle plus tard :

Jeux de tables et d'eschiquiers
De boules et mereillers,
De cartes, jeux de trichueurs !...

« Une passion mauvaise »

C'est aux patientes recherches du Français Henry d'Allemagne que nous devons la plus riche moisson de renseignements recueillis sur l'histoire du jeu qui nous occupe. Désirant compléter sa collection de cartes à jouer, ce chercheur impénitent se rendit en Orient en 1885. Il en remporta la preuve tangible de l'existence des jeux de cartes durant la première moitié du XIVe siècle.

Ainsi que le montre l'extrait du poème de Guilleville, cité plus haut, on avait, à cette époque, peu d'estime pour les joueurs de cartes, à tel point qu'une lettre pastorale de l'évêque de Wurtzbourg interdit, en 1329, l'usage des cartes aux moines de son diocèse. Cependant, cinquante ans plus tard, un autre ecclésiastique, frère Johannes, estime cette défense déraisonnable, car « ces jeux apportent un soulagement mental et un repos à la fatigue de ceux qui les pratiquent ».

Le point de vue de l'évêque de Wurtzbourg est également celui du roi de Castille Alphonse XI qui, par un édit de 1332, défend à ses chevaliers de toucher aux cartes. Notons que nous ne connaissons l'existence de cet édit que par une traduction boîteuse de 1558.

A Paris non plus, on ne semble guère apprécier le jeu de cartes. Une ordonnance du prévôt de la ville rappelle, en 1398, que « plusieurs gens de métier et autre petit peuple quittent leur ouvrage et leur famille pendant les jours ouvrables pour aller jouer. Plusieurs d'entre eux, après avoir perdu tous leurs biens, s'adonnent à voler, à tuer et à mener mauvaise vie... Pour empêcher de semblables désordres, il est fait défense aux personnes de cette condition de jouer pendant les jours ouvrables, à peine de prison ou l'amende dont les dénonciateurs auront le quart ».

On le voit, jouer aux cartes n'est plus un simple divertissement de nobles et de riches bourgeois, chacun semble s'y adonner avec frénésie. De plus, la rigueur des interdictions frappant les joueurs de cartes prouve que, durant le XIVe siècle, les princes comme les défenseurs de la morale avaient acquis la conviction que le jeu, avec ses tricheries et la ruine qu'il entraîne parfois, représentait un réel danger social.

Tous ces textes que nous venons de citer montrent qu'avant de se développer dans le monde entier, le jeu de cartes fut introduit simultanément dans plusieurs pays d'Europe où il remporta immédiatement un succès irrésistible. Si les princes tentèrent parfois de réprimer cette passion chez leurs sujets, eux-mêmes ne prêchaient pas toujours d'exemple. C'est ainsi qu'au cours des siècles suivants, les appartements princiers ressemblèrent parfois à de sordides tripots.

Les cartes en France

Parmi d'autres jeux, le *Lansquenet* et le *Reversi* connurent une vogue incroyable à la cour de France. Louis XII, François Ier, Henri II et Henri III étaient des joueurs passionnés. Catherine de Médicis et le cardinal Mazarin apportèrent de leur Italie natale le goût des cartes ; ils les utilisèrent non seulement pour se délasser, mais aussi à des fins divinatoires.

Henri IV fut un des joueurs les plus invétérés de l'histoire de France, comme d'ailleurs son petit-fils Louis XIV. On accueillait à la table du Vert Galant maints tripoteurs professionnels, réputés par leur adresse et qui n'étaient, le plus souvent, que des aventuriers habiles à se remplir l'escarcelle. Ainsi le Portugais Antonio Pimentel excellait à faire sauter la banque plus souvent que de raison, à la colère de Sully, surintendant des Finances, qui estimait assez justement que les sommes perdues au jeu par le roi et ses courtisans finiraient par ébranler les finances du royaume. A Pimentel qui s'avisait, un jour, de solliciter sa faveur en se prévalant de sa qualité, au jeu, de partenaire du roi, le surintendant, ému par tant d'audace, s'écria : « Comment, vous êtes ce gros piffre qui gagnez de l'argent au roi ! Pardieu, vous êtes mal tombé, car je n'aime ni ne veux ici de pareilles gens ! »

Mazarin enseigna très tôt à Louis XIV toutes les subtilités des jeux de cartes. Joueur acharné comme ses ancêtres, le roi organisait, l'été, d'interminables parties dans ses appartements, de trois à six heures, et l'hiver de six à dix heures. Cependant, certains auteurs émettent à son sujet une opinion nuancée ; ils considèrent qu'en incitant ses courtisans au jeu, l'astucieux monarque espérait les ruiner et asseoir, de ce fait, son pouvoir absolu.

Sous la Régence, on joua beaucoup et les tripots se développèrent un peu partout. Mais sous Louis XV, on joua moins. Il faut dire que le système élaboré par le banquier Law, pour renflouer les finances du royaume, comblait le désir de lucre de plus d'un amateur d'émotions fortes. C'est pourtant à cette époque, en 1725 plus exactement, que fut publiée une encyclopédie des jeux. Elle nous signale l'apparition de jeux nouveaux : l'*Ambigu*, l'*Impériale*, la *Comète*, l'*Hoc*, l'*Hombre*, le *Sixte*, etc. Ajoutons qu'une des dernières favorites du roi, la du Barry, se montra joueuse acharnée.

Si Louis XVI détestait les cartes, Marie-Antoinette ne répugnait pas à s'asseoir à une table de jeu où, à côté du *Lansquenet*, du *Reversi* et du *Piquet*, apparaissaient maintenant le *Whist*, le *Pharaon*, le *Vingt-et-Un* et la *Mouche*.

L'époque révolutionnaire favorisa le développement des jeux de cartes. On cherchait ainsi à oublier l'instabilité des temps. On jouait au Palais Royal, chez Madame Tallien, chez Madame de Staël, chez Barras, chez Talleyrand. Les gens du peuple choisissaient même les bornes des rues pour entreprendre quelque partie. De nombreux tripots s'étaient ouverts dans tous les quartiers de Paris. De nouveaux jeux s'imposèrent : le *Biribi*, le *Casse-Dix*, le *Trente-et-Un*, le *Cinq Cents*.

Il fallut attendre l'Empire pour que s'apaise puis s'éteigne cette fureur du jeu qui semblait s'être emparée de la France tout entière.

Couleurs, figures et symboles

Aimées de tous, des rois, des révolutionnaires, des nobles, des bourgeois, des citadins et des paysans, les cartes reflètent dans leur aspect l'esprit d'un peuple et d'une époque. Ainsi on a pu dire qu'en France, elles étaient « chevaleresques sous François Iᵉʳ, antiques sous Henri III, chasseresses sous Charles IV, guerrières sous Henri IV, aimables sous Louis XIV, philosophiques et égalitaires sous la Révolution ».

Les signes distinctifs des quatre séries de treize cartes sont : en France, *cœurs*, *trèfles*, *piques* et *carreaux* ; en Allemagne, *cœurs*, *grelots*, *feuilles* et *glands* ; en Italie, en Espagne et au Portugal, *deniers*, *coupes*, *épées* et *bâtons*, emblèmes empruntés au jeu des tarots.

Selon le père Ménestrier, les emblèmes des cartes françaises devraient symboliser la structure de la société féodale : les cœurs évoquent le clergé parce que les gens d'Eglise étaient « gens de chœur » ; les piques, armes des officiers, rappelant la noblesse militaire ; les trèfles, les paysans ;

... plutôt militaire.

enfin, les carreaux personnifient les bourgeois, ceux-ci possédant des maisons « pavées de carreaux ».

Il existe d'autres interprétations de ces emblèmes. Ainsi les cœurs symbolisent la vaillance, les trèfles la sagesse, les carreaux la fermeté ou la constance, les piques la force matérielle. Les cartes peuvent encore représenter des allégories guerrières. Dans ce cas, les piques sont des armes, les carreaux des arsenaux, les trèfles des réserves de fourrage et les cœurs la cavalerie.

En Allemagne et en Suisse, les feuilles symbolisent la chasse, les glands la guerre, les cœurs l'amour, les grelots les arts et les métiers.

Sur les cartes italiennes et espagnoles, les coupes évoquent le clergé, les épées la noblesse, les deniers le Tiers-Etat et les bâtons les gens de travail.

Les figures qui ornent certaines cartes représentent des personnages historiques ou légendaires, familiers aux esprits du temps. A l'origine, déclare en 1720 le R.P. Daniel, de la Compagnie de Jésus, les Rois s'imposent comme chefs de l'armée ; les Dames sont Argine (anagramme de regina) qui désigne la reine Marie d'Anjou, épouse de Charles VII ; Rachel, la favorite, Agnès Sorel ; Pallas, la vaillante Jeanne d'Arc ; Judith, l'épouse de Louis le Débonnaire. Les Valets deviennent alors des chevaliers (les varlets étaient au premier degré de la chevalerie). Les cartes numérales, enfin, figurent la piétaille, les vilains.

Pour d'autres commentateurs, les Rois personnifient quatre monarchies illustres : David (piques) le royaume des Hébreux ; Alexandre (trèfles) l'empire macédonien ; César (carreaux) la Rome antique, et Charles (cœurs) l'empire carolingien. Godefroid de Bouillon prendra la place d'Alexandre dans certains jeux. Les Reines sont ici Argine, fille du roi Argos, symbolisant la puissance, Minerve ou Pallas, la sagesse, Judith, la piété, et Rachel, la beauté. Les Valets répondent aux noms de Lancelot, d'Ogier (Lancelot du Lac et Ogier le Danois, compagnons du roi Arthur dans les romans de la Table Ronde, Hector et Lahire (deux gentilshommes qui se distinguèrent par leur fidélité à Charles VII).

Les cartiers des XVIe et XVIIe siècles font preuve d'infiniment d'imagination et de fantaisie dans la manière dont ils baptisèrent leurs personnages. Ils eurent même soin d'indiquer sur certaines cartes le nom de ceux-ci. C'est ainsi, par exemple, que les Dames évoquèrent successivement Roxane, Sémiramis, la Belle Hélène, Mélusine, la Sibylle ou la Pucelle d'Orléans.

Les événements historiques influencèrent évidemment la création de nouvelles dénominations. Révolutionnaires et dictateurs s'efforcèrent d'utiliser comme instruments de propagande les cartes qui circulèrent de mains en mains.

Pendant la Révolution Française, les Rois, les Dames et les Valets durent céder la place à des allégories ou à des personnages chers au nouveau régime. Les Rois, après avoir été des « citoïens », figurèrent des sages (Solon, Platon, Caton, Brutus), des écrivains célèbres (Molière, La Fontaine, Voltaire, Rousseau). Les Dames personnifièrent les vertus (Justice, Prudence, Union, Force) et Annibal, Decius, Horace et Scaevola devinrent Valets.

Chez d'autres cartiers, les Rois furent remplacés par les génies de la guerre, de la paix, du commerce et des arts ; les Dames cédèrent la place à la Liberté des cultes, des professions, du mariage et de la presse. Quant aux modestes Valets, ils représentèrent l'égalité des pouvoirs, de rang, de droits et de couleur.

Les devises républicaines connurent aussi chez les cartiers une certaine faveur. Quatre cartes symbolisèrent la loi, la liberté, la providence et l'égalité ; quatre autres, les saisons et enfin, les quatre dernières les éléments : eau, air, feu et terre.

Napoléon songea lui aussi à utiliser ces petits cartons populaires à des fins politiques. Il demanda au peintre David de concevoir un jeu où les effigies royales seraient remplacées par des personnalités du monde impérial.

Toutes ces tentatives tendant à modifier les anciens jeux, ne connurent qu'un succès relatif. Dès la Restauration, les joueurs de cartes retrouvèrent avec joie les vieilles figures que les ultras, à leur tour, rebaptisèrent : les Rois évoquèrent les souverains les plus populaires : Charlemagne, saint Louis, François Iᵉʳ et Henri IV. Les Dames : Hildegarde, Blanche de Castille, Marguerite de Valois et Jeanne d'Albret. Après tant d'autres représentations, les Valets furent de vaillants chevaliers : Roland, Bayard, Joinville et Crillon.

Des romans célèbres inspirèrent également les cartiers. L'immense succès des Trois Mousquetaires d'Alexandre Dumas, fit naître un jeu bien curieux dans lequel les Rois et Dames étaient Aramis et Anne d'Autriche pour les cœurs ; Athos et Lady de Winter pour les trèfles ; d'Artagnan et Constance Bonacieux pour les piques et Porthos et la duchesse de Chevreuse pour les carreaux.

Vers 1880, on s'efforça à nouveau d'utiliser les cartes à des fins politiques. Victor Hugo fut le Roi de cœur, Thiers, celui de trèfle, Mac Mahon le Roi de carreau et Jules Ferry, celui de pique.

Dix ans plus tard, on imprima des cartes à l'effigie du général Boulanger. Le pouvoir intervint et les cartes furent interdites.

Citons encore la fantaisie de l'empereur d'Allemagne, Guillaume II qui, à l'issue d'une visite à la fabrique de cartes d'Altenberg, commanda un jeu à son seul usage dont les diverses figures représenteraient des personnalités contemporaines. C'est ainsi que le jeu comptait comme Rois, le Pape Pie X, Léopold II de Belgique, Humbert d'Italie, lui-même se réservait la place du Roi de cœur. Les Reines personnifiaient l'impératrice Elisabeth d'Autriche, la reine Victoria d'Angleterre, la tsarine Alexandra et la reine douairière d'Italie. Quatre hommes d'Etat : Bismarck, Waldeck-Rousseau, Gladstone et Crispi formaient la garde des Valets.

Ces différentes innovations furent vite oubliées et les joueurs revinrent toujours à leurs vieux Rois barbus, à leurs jolies Dames et à leurs élégants Valets. En Italie d'abord, en Belgique ensuite, puis en France vers 1828, ces figures furent présentées tête bêche telles que nous les connaissons aujourd'hui. Les cartes étaient appelées vers 1830, « cartes belges », car elles provenaient surtout de fabriques belges.

Les cartes de fantaisie

Certains cartiers plus soucieux de présenter des images attrayantes que du matériel de propagande politique, imaginèrent d'orner leurs cartes de fleurs, d'oiseaux, de fruits ou d'animaux : écureuil, lièvre, etc. On créa même un charmant jeu des Fables de La Fontaine.

Avec leurs glands, leurs cœurs, leurs fruits et leurs grelots, les cartes allemandes se prêtaient admirablement à ces transformations et certaines compositions sont vraiment ravissantes.

En Allemagne, en Autriche et en Suisse, on s'avisa aussi d'embellir les cartes par l'évocation de sites romantiques. Il se créa ainsi de fort jolis ensembles que les amateurs d'art folklorique se disputent aujourd'hui. Les différents jeux de cartes, utilisés en Europe depuis cinq siècles, font la joie des collectionneurs, tant ils témoignent de l'ingéniosité et du talent des artistes qui les créèrent.

Les cartiers

Selon les historiens français, ce n'est qu'au début du XVIe siècle que l'on trouve pour la première fois mention de *cartier* désignant un artisan ayant privilège de fabriquer des cartes à jouer.

Alexandre Pinchart, dépouillant les registres des gildes de Tournai, y a découvert l'inscription de plusieurs cartiers dès 1427. Cette industrie devait être florissante car, jusqu'au début du XVIe siècle, les archives tournaisiennes mentionnent une quinzaine de cartiers. Rien n'empêche de croire qu'il en était de même ailleurs.

Au cours des siècles suivants, on trouve des cartiers à Anvers, à Liège, à Bruxelles, à Bouvignes, à Wiltz, villes qui exportaient leurs produits aux Pays-Bas, en Angleterre et en Allemagne.

En France, au XVIIe siècle, la fabrication des cartes à jouer n'était autorisée que dans quelques villes et les autorités du temps, soucieuses de prélever la dîme sur un produit de grande consommation, s'empressèrent de les frapper d'un impôt, ce qui eut pour conséquence, de compromettre l'exportation des cartes françaises au profit des cartiers de Venise, de Belgique ou d'Allemagne.

Dans ce pays où la gravure sur bois, puis sur cuivre devait connaître un très large essor, de nombreux artistes créèrent des cartes à jouer. Les Musées royaux d'Art et d'Histoire à Bruxelles, possèdent un jeu allemand de cinquante-deux cartes gravées sur des plaquettes en argent. Mme Aline Bara et M. Lucien Crick réussirent à identifier quelques figures de ce jeu insculpé aux armes d'Augsbourg et réunissant Maximilien d'Autriche, Ferdinand d'Aragon, Henri II, Sigismond III de Pologne ; Marie de Bourgogne, Catherine de Médicis et Isabelle la Catholique.

La matière et l'impression

A l'origine, les figures des cartes à jouer se dessinaient sur des feuilles de parchemin (peintes au XIVe et XVe siècles par des enlumineurs). Ces jeux coûtaient fort cher, étaient réservés aux seigneurs et aux bourgeois. On peut imaginer que les gens du peuple dessinaient, eux aussi, leurs cartes à jouer. On conserve de grossières cartes de cuir qu'utilisèrent les soldats.

Plus tard, pour obtenir des jeux plus solides, on imagina de coller l'une sur l'autre plusieurs feuilles de papier. Certains auteurs tirent de ce procédé, une nouvelle explication au nom de carte, celui-ci dérivant du terme *charta* signifiant papier.

La demande des joueurs devint de plus en plus pressante, on créa des pochoirs qui permettaient de répéter plusieurs fois de suite un même motif, tout en diminuant les frais de fabrication. Vers 1450, on utilisa des tablettes en bois comme pour la xylographie.

Utilisations diverses

Répandues dans toutes les classes de la société, passant facilement de main en main, pouvant être largement distribuées mais aussi aisément dissimulées, les cartes à jouer connurent des utilisations qui n'avaient plus rien à voir avec leur destination initiale.

Aux XVIIe et XVIIIe siècles, elles servirent bien souvent de billet galant, de reconnaissance de dettes ou de signe de ralliement à des sociétés secrètes. Le papier étant fort rare, on les utilisa même comme fiches de bibliothèque ou comme cartes de visites. On alla jusqu'à imprimer au dos des cartes à jouer des invitations à dîner, des annonces de baptême ou de mariage et au XVIIIe siècle, des faire-part de décès imprimés à Bruxelles, à Malines, à Anvers, pièces rares que se disputent les collectionneurs.

Parfois, les cartes servaient à la correspondance et les collections françaises renferment, entre autres, une précieuse carte à jouer au dos de laquelle Voltaire, donne, de son lointain Ferney, de ses nouvelles à Madame d'Epinay. D'autres servirent à Jean-Jacques Rousseau pour ses brouillons des *Rêveries d'un promeneur solitaire.*

Fait émouvant, au XVIIIe siècle, les mères qui abandonnaient leur enfant, épinglaient à ses langes une carte à jouer qui permettrait peut-être un jour de l'identifier.

Le développement de l'imprimerie devait assurer aux cartes à jouer une diffusion de plus en plus étendue. Cette commercialisation à l'extrême n'alla pas toujours sans fautes de goût et l'on peut regretter la désespérante banalité de la majorité des cartes d'aujourd'hui. Il serait souhaitable que nos modernes cartiers, ainsi que les firmes qui impriment leur publicité au dos des dites cartes aient à cœur de donner un cachet artistique à ces impressions. Des tentatives en ce sens ont déjà été réalisées dans les pays germaniques et, il y a quelques années, l'Institut des Arts Décoratifs de la Cambre, à Bruxelles, fit exécuter par ses élèves des jeux d'une grande originalité.

Un signe de ralliement

TENEZ-VOUS A CARREAU

Avant de vous lancer dans l'aventure des cartes, de vous mesurer à des adversaires inconnus (même vos amis le deviennent lorsqu'ils tiennent en main les cartons magiques), faites vôtres quelques bons vieux principes qui vous permettront de considérer le jeu comme une détente agréable et non comme une foire d'empoigne. Apprenez aussi à vous méfier des tricheurs, ces joueurs malhonnêtes qui transforment un divertissement en un combat déloyal.

Quelques bons principes

Installez-vous confortablement : ne jouez pas aux cartes sur le coin d'une table encombrée. Il existe des tables de jeu pratiques et peu coûteuses, dont vous ne regretterez pas la dépense. Car le jeu ne devient un vrai plaisir que dans certaines conditions de confort et d'ambiance. Un éclairage adéquat, un fond de musique peut-être inclinent le joueur à plus de patience et de calme.

♠ La maîtrise de soi reste l'une des principales qualités du bon joueur. L'habileté et l'expérience ne suffisent pas. Votre partenaire vous pardonnera vos erreurs ou vos négligences si vous acceptez les siennes avec « fair-play ». La courtoisie excuse bien des choses.

Rester maître de soi.

♥ Il n'est de pire joueur que celui qui « peste » pour tout ou pour rien : on lui a donné un mauvais jeu, ce n'est pas son jour de chance, etc., etc. N'oubliez pas que la chance tourne : qui perd aujourd'hui gagnera peut-être demain. Et votre partenaire pourra toujours vous reprocher votre mauvaise humeur de la veille.

♣ Evitez de discuter les règles du jeu en cours de partie, à plus forte raison si vous perdez. Avant de jouer, convenez des règles que vous observerez et n'y revenez plus. C'est un contrat qui lie le perdant non moins que le gagnant.

♦ L'obstination ne sert à rien. Fiez-vous à votre chance, sachez l'exploiter, mais restez prudent. La témérité rend beaucoup d'hommes malheureux.

♠ Si vous choisissez des enjeux — ce qui peut animer davantage une partie — prenez des jetons, mais fixez-en d'avance la valeur, comme celle des fiches ou des brisques qui serviront de monnaie d'échange. Quand on convient d'un enjeu, argent ou jeton, il vaut mieux déposer la mise sur table plutôt que de jouer sur parole. Cela évite souvent bien des discussions. Souvenez-vous que votre partenaire doit rester votre ami, quoi qu'il arrive.

♥ Surveillez la manière de jouer de votre partenaire, c'est de bonne guerre. Même un joueur médiocre peut vous donner une leçon dont vous tirerez quelque profit.

♣ Le jeu de cartes impose alternativement à chaque joueur

la corvée de la distribution. La manière dont vous vous en acquitterez révélera votre savoir-faire. N'oubliez pas qu'avant chaque partie, ou avant chaque manche suivant les jeux, les cartes doivent être battues et coupées. C'est un moment de détente : profitez-en pour montrer votre habileté et, s'il le faut, exercez-vous. Rien n'est plus déplaisant qu'un joueur qui sème les cartes.

♦ Rien mieux que le jeu ne révèle le caractère. Passe-temps honorable entre gens bien élevés, le jeu de cartes devient un supplice si les partenaires manquent de savoir-vivre. Faites en sorte qu'il ne dégénère en querelle.

♠ Dans les jeux de hasard, fiez-vous moins au hasard qu'à votre sagesse. Réglez vos enjeux avec économie : mieux vaut jouer petit et payer ses dettes, que jouer gros jeu et ne pas payer.

♥ Le démon du jeu habite peut-être votre adversaire ! Vous le connaissez peu. Qui sait s'il ne vous provoque pas dans le dessein de vous gagnez votre argent...

Méfiez-vous des tricheurs

Nous ne doutons pas que vous soyez honnête, mais votre adversaire ? Que savez-vous de lui ? Méfiez-vous des inconnus

Si on vous propose de jouer gros jeu...

qui vous proposent de jouer gros jeu. Si honnête que votre partenaire vous paraisse, songez qu'en tout joueur sommeille un tricheur ! Il est si facile d'altérer et de truquer les cartes.

Cartes teintées

Ainsi, on peut reconnaître la valeur des cartes à la teinte du dos. Les cartes d'une valeur certaine — les As et les figures en général — sont d'un bleu ou d'un rose légèrement altéré dont les différences difficilement perceptibles n'échappent pourtant pas à l'attention du tricheur.

Cartes piquées

Il existe des cartes piquées que le joueur indélicat pique à l'aide d'une épingle (dans le coin et du côté de la figure), de façon à obtenir un léger relief sur le dos de la carte.

Cartes adhérentes

Le tricheur se sert aussi de cartes adhérentes ou glissantes. On les trouve généralement dans les jeux qui ont été conservés dans un endroit humide. Dans ce cas, les basses cartes glissent plus aisément que les figures. Pour lustrer les coloris des cartes, il suffit de les enduire d'une fine couche d'une gomme hygrométrique qui devient plus ou moins gluante en s'humidifiant. Les figures, plus colorées que les autres cartes, conservent leur adhérence et glissent plus difficilement.

On frotte parfois de colophane les basses cartes ; elles glissent alors sans difficulté tandis que les figures restent adhérentes au contact du pouce.

Cartes biseautées

Signalons enfin le jeu de cartes « biseautées » qu'utilisent tous les bateleurs et qu'on trouve souvent dans les tripots. Il s'agit d'un jeu préparé d'avance par le tricheur : certaines cartes coupées en biseau sont un peu plus larges à une extrémité qu'à l'autre. La différence est si faible qu'elle échappe à l'œil le plus exercé.

Supposons que dans certains jeux, les Rois et les As aient une valeur capitale. Il suffit au tricheur de placer les Rois et les As biseautés de telle façon que l'extrémité la plus large corresponde au côté le plus étroit des autres cartes. La différence est infime, mais elle suffit au tricheur pour qu'en passant les doigts sur la tranche et ayant reconnu leur place dans le jeu, il puisse les faire sortir au bon moment.

Un dernier conseil : n'acceptez pas de jouer avec des inconnus qui vous proposent avec trop d'insistance leur propre jeu de cartes. Mais gardez-vous, pourtant de voir un tricheur en chaque partenaire possible.

Et maintenant, faites vos jeux, messieurs-dames !

Sachez perdre avec le sourire...
et, n'oubliez pas, la chance tourne !

ET JOUEZ MAINTENANT !

LE CODE DES JEUX

A côté du nom de chaque jeu figurent des indications relatives à la **difficulté** de celui-ci et au **nombre de joueurs** qui peuvent y participer.

S = simple ; **M** = difficulté moyenne ; **D** = difficile.

2 = 2 joueurs ; **3** = 3 joueurs ; **4** = 4 joueurs ; **+** = plus de 4 joueurs.

Exemple : D 2 4 + veut dire : le jeu est difficile ; il peut être joué par deux, quatre ou plus de quatre joueurs.

Un **index des jeux** reprend ces indications en page 313.

Un **lexique général** définit les termes spéciaux utilisés dans la plupart des jeux (voir page 305).

L'Aluette

M/4

(La Vache)

L'Aluette est un jeu espagnol très ancien.

Les cartes et les joueurs

Le jeu se joue à quatre, par équipe de deux.

On utilise les quarante-huit cartes qui restent d'un jeu de cinquante-deux dont on a enlevé les quatre 10.

On se sert de préférence, des cartes espagnoles où les coupes, les épées, les deniers et les bâtons — emblèmes des cartes espagnoles — remplacent nos cœurs, nos piques, nos carreaux et nos trèfles. On peut cependant le jouer aisément avec des cartes françaises et, dans quelques régions du sud-ouest de la France on ne s'en prive guère.

La seule difficulté réside dans le fait que les valeurs attribuées aux cartes sont tout à fait différentes de celles auxquelles nous sommes accoutumés. Mais il suffit d'un peu d'attention et d'un léger effort de mémoire pour s'habituer à ces modifications.

Les cartes ont une valeur relative qui s'établit dans l'ordre décroissant comme l'indique le schéma ci-dessous.

Les Supérieures

dit : Monsieur (1re)

dit : Madame (2e)

dit : le Borgne (3e)

dit : la Vache (4e)

Les Doubles

dit : Grand Neuf
(5e)

dit : Petit Neuf
(6e)

dit : le Chêne
(7e)

dit : l'Ecrit
(8e)

Les Moyennes

As, Rois, Dames et Valets.

Les Inférieures

Les 9 de trèfle et de pique, les 8, les 7, les 6, les 5, les 4 et les 3 de trèfle et de pique.

Le 3 de carreau (Monsieur) est la carte la plus forte et le 3 de pique la plus faible. Monsieur bat Madame ; le Borgne bat la Vache qui bat les Doubles, qui eux-mêmes battent les Moyennes et les Inférieures.

Pour les joueurs novices, il n'est évidemment pas facile de retenir toutes ces valeurs, différentes de celles auxquelles nous sommes généralement habitués. Aussi, pour les premières parties, peut-on par exemple inscrire sur les cartes leur dénomination et leur valeur telles qu'elles sont mentionnées ci-dessus. Il suffira de quelques parties pour avoir les dénominations bien en mémoire et pour entreprendre alors une partie avec des cartes non marquées.

Les mimiques

Les membres d'une équipe peuvent se communiquer la valeur des cartes qu'ils détiennent par quelques mimiques. Celles-ci se font, pour autant que possible, à l'insu des adversaires : en cours de partie, chacun s'observe !

Les mimiques se font surtout pour indiquer les cartes fortes. Le joueur qui possède d'emblée un jeu insignifiant peut toutefois en faire part à son partenaire en haussant légèrement les épaules. Si le partenaire se trouve dans le même cas, il fait le même geste et, de commun accord, l'équipe renonce à jouer, laissant le point de la manche aux adversaires.

Pour les cartes les plus importantes, voici les signes généralement adoptés :

Monsieur : lever les yeux au ciel.
Madame : pencher la tête à gauche ou porter une main au cœur.
Le Borgne : fermer l'œil gauche.
La Vache : faire une moue.
Le Grand Neuf : lever le pouce.
Le Petit Neuf : lever le petit doigt.
Le Chêne : lever le majeur.
L'Ecrit : joindre le pouce et l'index (comme pour écrire).
Les As : ouvrir la bouche.

Si vous désirez compliquer le jeu, vous pouvez imaginer d'autres mimiques pour les Rois, les Dames, les Valets. Mais cela deviendrait abusif pour les cartes inférieures.

Les mimiques se font à l'insu des adversaires

Le but de la partie

La partie se joue en cinq manches de neuf levées chacune. Une levée vaut 1 point. L'équipe qui totalise le plus de manches gagne la partie.

La manche est gagnée, pour son équipe, par le joueur qui fait le plus de levées. Mais les levées faites par chaque partenaire ne s'additionnent pas, contrairement à ce qui se passe dans beaucoup de jeux d'équipes, pour réaliser une manche. La levée est gagnée par le joueur qui sort la plus forte carte.

On peut annuler une levée en jetant une carte aussi forte que celle d'un adversaire ; si cette annulation amène les deux équipes à égalité de levées, par exemple : quatre à quatre, la manche est gagnée par l'équipe qui, la première, a marqué : quatre.

La constitution des équipes et la distribution des cartes

L'un des joueurs distribue, une à une, les cartes du jeu. Celui qui reçoit Madame fait équipe avec celui qui obtient Monsieur. Le Borgne a la Vache comme partenaire. Le Borgne se place à droite de Madame, la Vache à gauche.

Les places sont attribuées pour toute la partie. Madame assure la première donne, la Vache la seconde, Monsieur la troisième, le Borgne la quatrième et Madame la cinquième.

Après avoir battu les cartes, le donneur les fait couper par son voisin de droite. Ensuite, commençant par son voisin de gauche, il distribue une à une, neuf cartes muettes à chacun. Il dépose le talon de douze cartes muettes au centre du tapis. Si les joueurs le décident d'un commun accord, le donneur peut partager le talon en deux parties égales et distribuer six cartes supplémentaires à chacun de ses voisins immédiats. Ceux-ci, qui ont alors quinze cartes, doivent en écarter chacun six qu'ils déposent, muettes, pour former un nouveau talon. Cette donne complémentaire appelée chant est facultative et demande l'assentiment unanime des joueurs.

La partie

La partie est fort simple à condition de bien connaître la valeur des cartes et d'observer la mimique de son partenaire comme celles des adversaires.

La pratique du jeu peut seule indiquer au joueur toutes les malices qui peuvent intervenir car, suivant les mimiques et en tenant compte des cartes déjà tombées, on a intérêt parfois à jeter des cartes faibles, soit pour déconcerter l'adversaire, soit encore pour être certain de pouvoir faire les levées suivantes.

Celui qui fait une levée est obligé de jouer en premier après cette levée.

Le jeu *d'autant* consiste à *pourrir* le jeu, c'est-à-dire à annuler une levée en abattant, si c'est possible, une carte de même valeur que la plus forte des adversaires (à condition bien entendu, que le partenaire ait jeté une carte plus faible). Les deux cartes s'annulent et aucune des équipes ne marque la levée ; on remet les cartes en talon.

Pour tenir un compte facile et apparant des levées faites, il est conseillé de déposer la quatrième carte de la levée en croix sur les trois autres.

Une variété : la Mordienne

Si l'on décide de jouer à la Mordienne, il faut qu'un des joueurs, pour gagner, fasse sans interruption, le plus possible de levées par les dernières. Cela vaut 2 points. La partie est alors jouée en 10 points.

Le joueur qui estime pouvoir réaliser la mordienne l'annonce : il se contente de se mordre les lèvres. Les adversaires peuvent refuser : ils proposent de ne pas faire la manche et de laisser un point à l'annonceur. Si ce dernier n'accepte pas la proposition, on joue la mordienne, et si elle n'est pas réussie, les 2 points sont marqués par les adversaires de l'annonceur. Le partenaire de ce dernier peut l'aider soit en essayant de faire les premières levées soit en faisant des *autants*.

Prenez place, je vous prie.

L'Ambigu

M/2 à 6

C'est au XVIIIe siècle surtout qu'on joua à l'Ambigu. Ce jeu présente plusieurs règles qui sont à l'origine de quelques jeux pratiqués couramment de nos jours, tels le Whist, l'Ecarté ou le Poker. Sans doute est-il d'origine italienne et tire-t-il son nom du mélange de jeux qu'on peut y déceler.

Un lexique spécial

L'Ambigu exige un vocabulaire particulier.
Chances : valeurs.
Borner le jeu : terminer le jeu.
Fredon : groupe de quatre cartes de même valeur (carré).
Flush (ou *Flux) :* quatre cartes de même couleur.
Tricon : trois cartes de même valeur (brelan).
Prime : quatre cartes de couleur indifférente se suivront dans l'ordre numéral (séquence).
Point : deux cartes de même valeur numérale.
« *Basta !* » *:* « Je me tiens ! » ou : « Assez ! »

Les cartes et les joueurs

L'Ambigu se joue généralement à deux mais peut réunir plusieurs joueurs, six au maximum.

On se sert d'un jeu de cinquante-deux cartes dont on a écarté les douze figures, soit un jeu de quarante cartes.

La valeur des cartes suit leur point nominal ; l'As ne valant qu'un point.

La valeur des groupes, dans l'ordre décroissant, est le suivant : fredon, flush, tricon, prime et point.

Le but de la partie

L'Ambigu est un jeu d'argent. Des enjeux sont constitués par des mises successives. Les cartes étant distribuées, le joueur qui peut abattre les meilleurs chances ramasse les enjeux.

Il est recommandé d'utiliser des jetons ; une corbeille est placée au milieu du tapis.

- On convient de la valeur à attribuer aux jetons.
- On convient également du montant de la mise initiale : un ou deux jetons.
- On convient enfin d'un minimum de coups à jouer par chaque participant. L'usage veut qu'un joueur qui abandon-

nerait la partie avant d'atteindre ce minimum payerait la moitié de sa mise initiale à titre d'amende, à moins qu'il ne puisse *s'acheter* un remplaçant.

La distribution des cartes et la constitution des enjeux suivent le déroulement de la partie.

La partie

Les joueurs se placent autour du tapis dans un ordre indifférent. Le sort désigne un donneur. Celui-ci fait couper le jeu par son voisin de gauche avant de distribuer, en commençant par la droite, deux cartes à chacun, données une par une.

Chaque joueur étudie son jeu. S'il l'estime satisfaisant, il annonce : « Basta ! ». Il dépose sa mise initiale. S'il n'est pas satisfait, il peut déclarer qu'il passe. Si tous les joueurs passent, celui qui parle le dernier — donc le donneur — peut, à son gré, passer ou tenir. Si ce dernier joueur passe, la partie est annulée. Le joueur assis à la droite du donneur succède à ce dernier et redistribue les cartes après les avoir battues. Il fait couper.

Si le dernier joueur est satisfait et qu'il tient, il oblige tous les autres participants à conserver leurs cartes, mais il doit verser deux jetons dans la corbeille disposée au centre du tapis. Les joueurs qui ont déclaré passer peuvent alors écarter une ou deux cartes de leur jeu. Le donneur les remplace.

Après cela, le donneur distribue à nouveau, une par une, deux cartes à chacun. La même opération qu'après la première donne se déroule. On peut dire : « Basta ! ». On dépose alors deux jetons dans la corbeille. Sinon on passe. Toutefois, si l'un des joueurs estime avoir un jeu particulièrement brillant, il peut dire : « Va ! ». Il dépose devant lui un certain nombre de jetons. Si personne ne le tient, il aura droit au montant de la corbeille plus deux jetons que devra lui verser le dernier joueur. Mais si un ou plusieurs joueurs *vont,* tous ceux qui restent dans le jeu peuvent à nouveau écarter une ou deux cartes de leur main. Celui qui a beau jeu ou qui veut faire croire qu'il en est ainsi, peut *renvier,* c'est-à-dire qu'il met un certain nombre de jetons au jeu. Les joueurs peuvent soit suivre, donc déposer le même nombre de jetons, soit passer définitivement, soit renvier à leur tour en ajoutant à la mise du premier qui a renvié. Tous ceux qui gardent un espoir et qui veulent suivre doivent déposer le même nombre de jetons.

Tout le monde ayant parlé, on *borne* le jeu et celui qui a les meilleures chances gagne la partie et ramasse tous les jetons, tant ceux de la corbeille que ceux des renvis.

Règles particulières

- Celui qui a fait la première *relance* ne peut plus relancer le premier quand les cartes sont données pour la dernière fois.
- Les cartes des écarts sont placées à part et quand, lors des donnes supplémentaires, il n'y a pas assez de cartes au talon pour servir tout le monde, on reprend les cartes d'écart, on les bat et on les distribue.
- A jeux égaux, le gagnant est celui qui fut le premier à jouer.
- Il est défendu de montrer son jeu ou ses écarts, sous peine de perdre le coup et, au surplus, de verser une pénalité de quatre jetons dans la corbeille.
- Quand, pour maldonne, le coup est annulé, le responsable verse quatre jetons dans la corbeille.

Le Plus-d'Atouts S/2

Jeu élémentaire, d'une telle simplicité qu'il peut même amuser les enfants, le Plus-d'Atouts est très ancien. Il date du début de l'introduction des jeux de cartes en Europe.

Les cartes et les joueurs

On se sert d'un jeu de trente-deux cartes. Deux joueurs participent à la partie. On suit l'ordre ordinaire des cartes : A, R, D, V, 10, 9, 8, 7.

Une couleur devient atout.

Le but de la partie

Le joueur qui peut réunir dans sa main et montrer le plus grand nombre de cartes d'atout gagne la partie.

On peut jouer pour de l'argent. Chaque joueur dépose alors une mise avant la partie ; le gagnant ramasse les mises.

Le joueur qui peut montrer le plus d'atouts...

La partie

Chacun, à tour de rôle, a *la main*. On donne, deux par deux ou trois par trois, douze cartes à chacun. On retourne la vingt-cinquième carte qui désigne l'atout.

Les deux joueurs étalent leurs cartes et celui qui réunit le plus grand nombre de cartes de la couleur de l'atout, sans tenir compte de la valeur de ses cartes, gagne.

Quand il y a égalité de cartes (six contre six), la partie est annulée. En ce cas, les premières mises restent dans la corbeille, les joueurs y déposent une nouvelle mise. Le premier vainqueur de l'une, ou parfois des deux ou trois parties suivantes s'il y a plusieurs égalités successives, ramasse la totalité dc la corbeille.

Variante

Il existe une légère variante à ce jeu, destinée sans doute à le rendre plus compliqué.

Quand les cartes sont abattues, chaque joueur écarte parmi elles celles de la couleur de l'atout, et c'est l'addition des points de ces dernières cartes qui désigne le gagnant.

Dans ce cas, la valeur des cartes s'établit comme suit :

- l'As : 11 points,
- les figures : chacune 10 points,
- les cartes numérales : selon leur valeur marquée.

Le Baccara (ou Baccarat) M/+

Les avis diffèrent au sujet des origines de ce jeu. Quelques auteurs affirment qu'il fut inventé en Italie, d'où il pénétra en Provence vers la fin du XVe siècle ; d'autres prétendent que c'est en Provence même qu'il vit le jour et, simultanément, dans le Languedoc.

Quoi qu'il en soit, la manière primitive de jouer au Baccara se modifia au cours des ans, et ce n'est qu'au début du XIXe siècle que ses règles furent établies, telles qu'on les suit encore de nos jours.

Variétés

Il existe deux variétés de Baccara :

- le Baccara dit *En Banque,*
- le *Chemin de fer.*

BACCARA EN BANQUE

Le Baccara oppose un banquier à un nombre illimité de joueurs ou pontes.

Le croupier ne joue pas ; dans les salles de jeux, assis en face du banquier, il est chargé non seulement de surveiller le jeu, mais aussi de recevoir l'argent des perdants et de payer les gagnants.

Le premier banquier peut acheter la banque.

Le matériel

Le Baccara, jeu de casino avant tout, exige un certain matériel ; celui-ci peut être adapté au jeu en société.

La table et les tableaux : la table de Baccara se présente comme le schéma ci-dessous.

Le sabot : c'est un petit bloc de marbre ou de bakélite, taillé en oblique, contre la paroi duquel on dépose les cartes. Il se trouve devant le banquier.

Il est absolument interdit de tenir les cartes en main. Le banquier doit les faire glisser du sabot, avec l'index, afin qu'elles passent sur le tapis sans qu'on puisse entrevoir leur face.

La corbeille : en principe les jeux de cartes utilisés ne peuvent l'être qu'une fois et doivent être immédiatement remplacés après une utilisation ; c'est pourquoi le croupier dispose d'une corbeille dans laquelle sont jetées les cartes qui viennent de servir à un coup.

Les cartes

On utilise de deux à six jeux de cinquante-deux cartes, selon convention préalable.

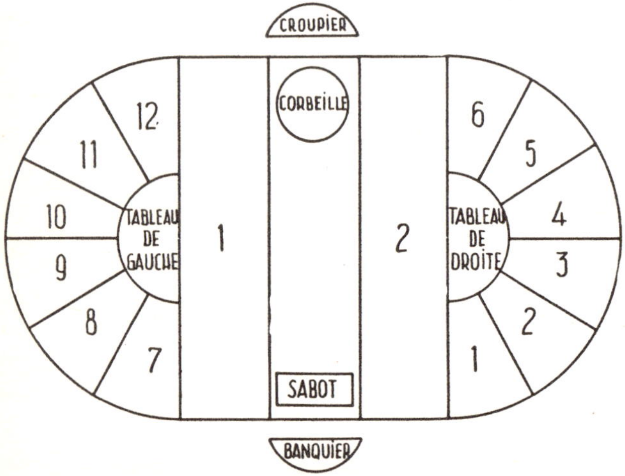

Les figures et les 10 ne comptent pas, on les appelle les *bûches*.

Les autres cartes représentent leur valeur nominale, l'As vaut 1 point.

On se sert toutefois de toutes les cartes.

Le but du jeu

Faire 9 ou le point le plus rapproché, avec deux ou éventuellement trois cartes.

Lorsque le point formé par les cartes reçues dépasse 10, ce nombre est retranché du point pour former un solde unitaire. Ainsi, par exemple, un joueur qui aurait deux 7, peut estimer n'avoir que 4. Autrement dit on ne compte que le chiffre des unités.

Faire Baccara, c'est faire 0 point.

Les préliminaires

Le premier banquier peut être désigné soit par un tirage au sort, soit en achetant la banque qui vient d'être mise aux enchères. Il se place au centre de la table, en face du croupier.

Les pontes se placent autour de la table, devant les cases numérotées de 1 à 12 et de préférence dans l'ordre : 1 - 7 - 2 - 8 - 3 - 9 - 4 - 10 - 5 - 11 - 6 - 12.

S'il y a plus de douze pontes, d'autres pourront se tenir, debout, derrière ceux qui ont pris place devant le tapis, et ils pourront jouer comme ceux-ci.

Les enjeux

On joue pour de l'argent, représenté par des jetons. Le montant des enjeux est facultatif pour chaque coup, mais on peut convenir d'une mise minimum pour tous les coups d'une partie.

Parfois on convient aussi d'un maximum d'enjeu pour chaque ponte.

Les joueurs placent leur mise en face d'eux sur le tapis (dans les cases numérotées) et les joueurs qui éventuellement sont debout placent également leur mise immédiatement un peu plus haut que celle du joueur assis. Sur le tableau de droite se trouvent les cases 1 à 6 ; sur le tableau de gauche, les cases 7 à 12. Chaque tableau comprend aussi un rectangle vertical marqué 2, à droite du banquier et 1, à gauche. Ces rectangles permettent à un ponte assis devant une des cases 1 à 6 et désirant miser sur la partie gauche du tableau de déposer sa mise dans le rectangle du tableau de gauche, ou à un ponte d'une case 7 à 12, de participer au jeu du tableau 2, de droite, en misant sur ce rectangle 2. Ceci facilite les manœuvres des pontes sans qu'ils soient obligés de se déplacer.

Dès que chacun a déposé sa mise, le banquier annonce : « Rien ne va plus ! ». Désormais, plus aucune modification aux enjeux n'est admise.

Toutefois, certains joueurs admettent que celui qui désire encore modifier son enjeu peut en demander à haute voix, l'autorisation au banquier. Celui-ci peut autoriser ou refuser mais aucune demande ne peut être introduite dès que la première carte est tirée du sabot.

Le coup

Le croupier ou le banquier demande à l'un des joueurs de couper le jeu. Personne n'a le droit de se refuser à cette demande. On ne peut couper qu'en laissant au moins quatre cartes au-dessus ou quatre cartes au-dessous du paquet.

Ensuite, le banquier distribue, une par une, deux cartes, tout d'abord au tableau de droite puis au tableau de gauche, enfin à lui-même.

Parmi les pontes, seuls peuvent accepter les deux premières cartes ceux dont c'est le tour, c'est-à-dire, en premier lieu, le joueur de la case 1 et celui de la case 7 qui recevront encore les cartes aux coups suivants jusqu'au moment où le tableau auquel ils appartiennent ait perdu.

Ce sera alors, successivement, le ponte 2 ou le ponte 8 qui recevront les cartes, puis le 3 ou le 9, et ainsi de suite. Si le tableau de droite perd, le ponte 2 reçoit les cartes, mais le ponte 7 continue à les recevoir jusqu'au moment où son tableau a perdu.

Les cartes données à un ponte de chaque tableau sont valables pour tous ceux qui ont misé sur ce tableau.

La distribution des cartes terminée (deux pour les pontes de droite, deux pour les pontes de gauche et deux pour le banquier), le banquier regarde ses cartes.

S'il a 8 ou 9, il les abat.

Quand le banquier a abattu ainsi ses deux cartes, les pontes doivent évidemment faire de même.

Dans ce premier cas, le banquier gagne les mises des deux tableaux, à moins que les pontes ne possèdent un point égal (8 pour 8) ou supérieur (9 contre 8 du banquier). Le banquier perd sur un ou sur deux tableaux.

S'il a un point inférieur, il dit : « J'en donne ». Il doit alors satisfaire à la demande éventuelle des pontes. Il doit donner une troisième carte, découverte cette fois, au tableau qui la demande.

Il sert d'abord le tableau de droite, puis celui de gauche. Les tableaux étant servis, le banquier, suivant la carte qu'il vient de donner, peut estimer approximativement quel pourrait être le jeu de ses adversaires. Il peut à son tour, s'il le juge utile, tirer une carte.

Ceci fait, il abat son jeu.

Les pontes du tableau de droite (ou tout au moins celui qui les représente) abattent ensuite, puis ceux de gauche.

Selon qu'ils gagnent ou perdent, les pontes doublent leur enjeu ou le perdent.

Le croupier, pour le banquier, prend d'abord l'argent des perdants, puis paie les gagnants.

Si, par inadvertance, le banquier, alors qu'il pouvait abattre 8 ou 9, annonçait : « J'en donne », il ne pourrait reprendre sa parole et devrait distribuer les cartes.

Le banquier doit jouer au moins un coup, il peut alors se retirer et prendre sa masse.

Tout joueur qui désire prendre la place du banquier sortant doit mettre au jeu une somme égale à celle annoncée par le banquier sortant.

Le croupier prend l'argent des perdants, puis paie les gagnants.

Le banco

Un joueur peut tenir seul l'enjeu contre la banque ; en ce cas, il demande le *banco*.

Cette demande peut évidemment indisposer les autres pontes ; aussi a-t-on établi quelques prescriptions sur la demande de banco.

Le banco ne peut se faire qu'un seul coup. Si, en effet, on l'autorisait pour chaque coup, le jeu n'offrirait plus aucun intérêt pour les autres pontes.

On peut aussi limiter le droit de banco, lequel ne serait autorisé que tous les trois ou quatre coups.

Si plusieurs pontes demandent le banco, le droit de l'obtenir appartient en premier lieu au tableau de droite et, dans ce tableau, au ponte n° 1, puis n° 2, et ainsi de suite. Au cas où deux ou plusieurs pontes du tableau de gauche demandaient le banco alors qu'il n'y en a pas à droite, c'est au premier ponte de gauche (n° 7) de parler, puis au 8 et ainsi de suite.

Le banco peut être proposé par le banquier.

Dans ce cas, il peut être tenu par un seul ponte ou par plusieurs, chacun pour une part du montant de l'enjeu.

Le coup : le banquier donne les cartes au banco, comme il les distribue aux pontes des deux tableaux ; mais le joueur ne peut toucher au jeu du deuxième tableau avant d'avoir répondu à celui du premier. Après avoir regardé ses cartes du premier tableau, s'il a un 8 ou un 9, le banco l'abat, sinon il peut soit *se tenir*, soit *demander carte* pour son premier jeu. Ensuite seulement, il peut s'inquiéter du deuxième tableau pour lequel il agit de même.

Le banquier, après avoir examiné son propre jeu, peut annuler le banco si le ponte a regardé son deuxième jeu avant d'avoir parlé pour le premier.

On abat les cartes :

- si les deux tableaux gagnent, le banquier paie toute la masse de son enjeu au banco.
- si le banco perd sur les deux tableaux, le banquier enlève au ponte toute la masse du banco.
- si l'un des tableaux gagne et si l'autre est *en cartes* avec le banquier, le banco touche la moitié de la masse du banquier.
- si l'un des deux tableaux perd et si l'autre est en cartes avec le banquier, c'est ce dernier qui touche la moitié de la masse du banco.

- si l'égalité s'établit entre le jeu du banquier et celui du banco, le coup est nul mais un nouveau coup doit être joué. Si ce deuxième coup s'annule également, un troisième coup se joue. Après cela, la partie est définitivement annulée.

LE CHEMIN DE FER

La principale différence entre le Baccara en banque et le Chemin de fer réside en ce que chaque joueur, dans ce dernier jeu, devient banquier à tour de rôle.

Ajoutons qu'on n'utilise pas de grand tableau avec cases comme dans le Baccara en banque. (Ce qui rend d'ailleurs la partie plus aisée à jouer en société.)

Le banquier ne distribue les cartes qu'à un tableau, c'est-à-dire qu'il donne les cartes à un seul ponte qui, en somme, représente tous les autres.

Les places

Le sort désigne par tirage d'une carte hors d'un jeu, les places que les autres occuperont après désignation du premier banquier.

Au tirage, le Roi est la plus haute carte, l'As restant la plus basse. Le joueur qui tire le Roi ou, à défaut, la carte la plus forte se place à droite du banquier et les autres s'installent à la droite du premier en tenant compte de la valeur de la carte qu'ils ont tirée (la Dame après le Roi, le Valet après la Dame, etc.).

Les cartes

On convient du minimum des mises à déposer. On utilise, d'habitude, six jeux de cinquante-deux cartes.

On dépose les cartes dans le sabot et la partie dure jusqu'à épuisement des cartes mais, après le dernier coup, sept cartes au moins devront rester au talon.

Suivant convention préalable, on peut limiter à trois ou à quatre le nombre de jeux à utiliser.

Le banquier

Lorsque le banquier perd le coup, il cède sa place à son voisin de droite. S'il gagne, il peut continuer à donner ou céder la place à un autre joueur ; ce dernier doit en ce cas, disposer d'une masse d'enjeu égale à celle dont disposait le banquier en se retirant.

Le nouveau banquier, dès qu'il perd, cède sa place au joueur assis à la droite du premier banquier puisque, en réalité, le tour d'être banquier revenait à celui-ci quand le premier a perdu. En outre, un banquier qui s'est retiré ne peut le redevenir que lorsque tous les pontes l'ont été.

Le coup

Pour le reste, la partie se déroule comme celle du Baccara en banque, c'est le ponte qui met l'enjeu le plus élevé qui représente le groupe des pontes et qui est opposé au banquier. S'il y a égalité de mise entre plusieurs pontes, c'est celui qui est assis le plus près à la droite du banquier qui l'emporte.

Après le « Rien ne va plus ! » le banquier distribue, une à une, deux cartes au ponte et à lui-même et la partie se déroule comme au Baccara en banque.

Règles particulières

Le banquier qui fait *maldonne* perd le coup.

Il est interdit au ponte qui reçoit les cartes de les montrer aux autres pontes ou de consulter ces derniers sur la manière dont il doit jouer.

- Si le banquier tient le coup, il doit découvrir la première carte qu'il se donne à lui-même et, dans ce cas, les pontes sont libres de modifier ou de retirer leurs enjeux.
- Si le banquier retourne les deux cartes du ponte, il est évidemment tenu de retourner aussi les deux siennes, mais en outre, la troisième carte que le ponte pourrait réclamer doit lui être donnée à couvert.
- Si les points sont égaux, la partie est annulée et le banquier donne pour un nouveau coup.
- Le ponte qui se trompe sur la valeur de ses cartes et, croyant avoir un jeu parfait, ne demande pas de carte supplémentaire ne peut se prévaloir de son erreur pour faire annuler le coup. Par exemple, s'il a reçu un As et un 6 et croit avoir un As et un 7 (donc 8) s'il se tient, il est responsable de sa perte.

La Banque S/+

La Banque, qui à l'origine s'appelait Banco, est l'un des plus anciens jeux de cartes pratiqués en France, avant d'envahir toute l'Europe. Comme son nom l'indique, il est d'origine italienne et il pénétra en France sous Charles VIII, à la suite des guerres d'Italie.

Ce jeu, populaire tout d'abord dans les provinces méridionales de la France, connut sans doute sa plus grande vogue au début du XIXe sècle. Mais il garde encore de nos jours, une foule de fervents.

La Banque garde encore, de nos jours, une foule de fervents.

Jeu de hasard et d'argent, il se présente en somme comme une forme simplifiée du Baccara auquel il devait d'ailleurs donner naissance.

Les joueurs et les cartes

Plusieurs joueurs peuvent participer à ce jeu, au maximum une dizaine.

On utilise un jeu de trente-deux cartes. L'ordre des cartes est le suivant, en valeur décroissante : A, R, D, V, 10, 9, etc.

Les couleurs peuvent intervenir dans le jeu.

La partie

Le sort désigne un banquier.

Après avoir déposé une certaine somme, en argent ou en jetons, *en banque,* c'est-à-dire dans une corbeille installée devant lui, le banquier donne trois cartes, une par une, à chacun des joueurs et dépose le talon devant lui.

Suivant les cartes que le sort vient de leur attribuer, les pontes peuvent *passer* (ou *miser*) une partie ou la totalité de la banque.

Le banquier retourne alors la carte supérieure du talon.

Le ponte perd si la carte retournée est d'une couleur qu'il n'a pas en main. Il perd encore s'il n'a pas dans son jeu une carte plus forte et de la même couleur que celle qui a été retournée.

Il gagne donc s'il peut prendre la carte retournée par le banquier avec une carte supérieure et de même couleur.

Toutefois le ponte qui a eu l'audace de miser sur la totalité de la banque et qui gagne, l'emporte sur tous les autres.

Exemple : l'un des joueurs possède un 7 de trèfle, un 10 de carreau et un 8 de pique. Cartes faibles. Prudent, il passe.

Un second ponte réunit un 10 de carreau, un 8 de trèfle, un Valet de cœur. Il peut estimer n'avoir pas suffisamment de chance et se contente de déclarer une mise modérée.

Un troisième ponte possède un As de trèfle, un 8 de cœur et un Roi de cœur. Il se risque à jouer la totalité de la banque.

Le banquier retourne un Roi de trèfle.

Le troisième ponte, avec son As de trèfle, emporte la totalité de la banque.

Le rôle du banquier est terminé. La banque *saute* et son voisin de gauche devient banquier.

La Bassette S/5

La Bassette connut une. très grande vogue en Italie dès le XVe siècle. Introduit en France vers 1725, ce jeu y devint rapidement populaire et il donna lieu à de tels excès que la police s'efforça, à maintes reprises, de l'interdire.

Les cartes et les joueurs

La Bassette nécessite deux jeux de cinquante-deux cartes ; elle réunit cinq joueurs : le banquier et quatre pontes.

Chaque joueur dispose de jetons dont le nombre et la valeur sont à convenir.

Le but de la partie

La Bassette est un jeu de pur hasard et d'argent. La carte sortie désigne le gagnant.

La partie

Chaque participant choisit une carte dans un jeu de cinquante-deux cartes. La carte la plus forte désigne le banquier. Celui-ci garde pour lui un paquet de cinquante-deux cartes qu'il dépose, face au tapis, et partage le second paquet entre ses quatre adversaires, chacun recevant treize cartes, soit deux donnes de quatre et une de cinq cartes non visibles.

Suivant une convention à établir, chaque joueur pourra extraire de son jeu deux, trois, quatre cartes ou plus qu'il étalera, découvertes, devant lui. Sur chacune de ces cartes, il déposera un enjeu de son choix.

Ceci terminé, le banquier tire, deux à deux, les cinquante-deux cartes de son jeu. La première carte qu'il découvre lui appartient. Si elle est de même valeur et de même couleur qu'une carte d'un ponte, il empoche la mise qui recouvre cette carte.

La seconde carte tirée avantage les pontes. Si elle est de même valeur et de même couleur qu'une carte de ces derniers, le banquier doit payer la mise qu'elle porte.

Le jeu se poursuit de cette manière jusqu'à épuisement des cinquante-deux cartes. Toutefois, si le banquier a la chance de faire un *double,* c'est-à-dire de tirer deux cartes de valeur égale, il a droit aux enjeux qui recouvrent toutes les cartes de la même valeur chez ses adversaires.

Exemple : première carte tirée : 10 de carreau.

Le banquier a droit à l'enjeu qui recouvre un 10 de carreau déposé éventuellement par l'un des pontes. Deuxième carte tirée : une Dame de trèfle. Il paie à l'un de ses adversaires la mise placée sur une Dame de trèfle.

Le banquier tire deux Valets : il a le droit d'enlever les mises qui recouvrent tous les Valets des quatre joueurs.

Variante

Le double n'intervient pas dans le jeu.

Si, en première carte, le banquier tire un As, il a droit à toutes les mises placées sur les As. Si, par contre, comme première carte il abat un Valet, il doit payer toutes les mises placées sur les Valets.

La Bataille S/2

Bataille est un jeu tout à fait élémentaire. C'est d'ailleurs l'un des premiers jeux de cartes pratiqués en France, et le pauvre roi Charles VI passait, assure-t-on, des journées entières à entamer des parties de Bataille avec sa favorite, la « petite reine » Odette de Champdivers.

La Bataille fait la joie des petits et des grands.

Le succès de ce jeu s'est toujours maintenu. De nos jours, il continue à faire la joie des petits et des grands.

Les joueurs et les cartes

Bataille se joue à deux avec un jeu de trente-deux ou de cinquante-deux cartes. Pour rendre la partie plus longue et plus passionnante, on peut même utiliser deux jeux.

L'ordre des cartes est le suivant, par valeur décroissante : A, R, D, V, 10, 9, 8, 7, 6, 5, 4, 3, 2. La couleur n'importe guère.

Le but de la partie

Faire prendre toutes ses cartes par son adversaire.

La partie

Chaque joueur tire une carte du jeu : la plus forte désigne le premier donneur.

Cartes battues et coupées, le donneur distribue toutes les cartes, une à une, jusqu'à épuisement et chacun garde son paquet sans le regarder ni le déranger.

Quand toutes les cartes sont distribuées, le second joueur prend la carte de dessus de son paquet, la retourne et la dépose sur le tapis. Son adversaire en fait autant. Celui qui a la carte la plus forte ramasse la levée (deux cartes), place celle-ci sous son paquet et joue. La partie se termine quand l'un des joueurs ne possède plus de cartes.

Il peut arriver, et c'est le côté attrayant de ce jeu, que les deux joueurs retournent deux cartes de même valeur. Alors il y a *bataille*. Ils jouent une deuxième, une troisième, voire de plus nombreuses cartes jusqu'au moment où l'un d'eux dépose une carte plus forte que celle de son adversaire, ce qui lui fait lever les diverses cartes déposées durant la bataille.

La Belote M/2 3 4

La Belotte figure parmi les jeux les plus populaires de notre temps. On la joue en Europe comme en Amérique, dans les campagnes aussi bien que dans les villes, dans les bistrots comme à la table de famille. Elle inspira même chansonniers

Dans les bistrots comme à la table de famille...

et revuistes, et l'extraordinaire faveur dont elle jouit ne paraît guère prête à s'éteindre.

Quelles sont donc les origines de ce jeu qui, apparu vers 1914, a pu en cinquante ans conquérir ainsi des millions de fervents ?

En fait, on l'ignore. Pour certains, la Belote (ou Belotte) était déjà pratiquée en Alsace il y plus d'un siècle et son nom serait une altération de *bel atout*. Elle dériverait du jeu du Cinq-Cents. Pour d'autres, un certain Belot en aurait établi les premières règles, lesquelles furent modifiées à maintes reprises. Quelques auteurs situent sa naissance soit aux Etats-Unis, soit dans la Flandre française. Il faut enfin signaler qu'au début de ce siècle, en Flandre belge et à Bruxelles, on pratiquait un jeu dénommé en patois *smoosejas*, dont les règles peuvent s'apparenter à celles de la Belote. Or, la dénomination même de ce jeu semble indiquer qu'il fut d'abord pratiqué par les Juifs (*smoos*, en patois : juif). Peut-on en conclure que ce furent les Israélites qui l'introduisirent aux Etats-Unis, d'où quelques diamantaires le ramenèrent en France ? La chose ne paraît pas impossible puisque, selon certains chercheurs, la Belote apparut tout d'abord à Paris dans les milieux diamantaires du carrefour Châteaudun.

En réalité, ce sont là toutes suppositions que ne consolide aucune preuve convaincante ; sans doute est-il plus raisonnable d'admettre que la Belote dérive de plusieurs jeux anciens pratiqués dans les campagnes, qui se ressemblaient souvent et dont, petit à petit, on codifia les règles pour créer en définitive le jeu que nous connaissons aujourd'hui.

D'ailleurs, la Belote connaît encore plusieurs variantes. Selon les régions, on la joue à deux, à trois ou à quatre ; on la joue à l'atout, sans atout, au tout-atout ; on pratique aussi la Belote lyonnaise et la Belote bridgée. Toutes ces variétés répondent cependant à quelques règles à peu près communes.

Les différentes Belotes

La Belote se joue soit chacun pour soi, à deux, à trois ou à quatre, soit par équipes de deux partenaires, à quatre.

On distingue de la Belote ordinaire : la Belote bridgée, la Belote sans-atout ou tout-atout et la Belote avec enjeux.

Nous examinerons, à propos de la Belote ordinaire, les règles essentielles et communes à toutes les Belotes ; nous exposerons ensuite les règles particulières à chaque variété.

LA BELOTE ORDINAIRE
(En atout et à deux)

On utilise un jeu de trente-deux cartes et la valeur de celles-ci diffère selon qu'elles sont d'atout ou non.

La valeur et l'ordre des cartes s'établissent comme suit :

Dans la couleur d'atout		Dans les autres couleurs	
1. Valet	20 points	1. As	11 points
2. Neuf	14 —	2. Dix	10 —
3. As	11 —	3. Roi	4 —
4. Dix	10 —	4. Dame	3 —
5. Roi	4 —	5. Valet	2 —
6. Dame	3 —	6. Neuf	0 —
7. Huit	0 —	7. Huit	0 —
8. Sept	0 —	8. Sept	0 —

On voit qu'en atout, les cartes maîtresses sont le Valet et le 9 ; en effet, le Valet vaut 20 points au lieu de 2 ; le 9,

14 points alors qu'il est sans valeur dans les autres couleurs. Les autres cartes conservent les mêmes valeurs.

Les combinaisons

Hasards - Accidents - Annonces : la belote est surtout un jeu de combinaisons. Ces dernières donnent lieu à l'attribution de points ; elles prennent les noms de hasards, accidents ou même d'annonces, car elles doivent être annoncées.

Il y a cinq combinaisons : le Carré, les trois Séquences (Quinte, Quatrième, Tierce) et la Belote.

Le *Carré* ou *Cent* est la réunion, dans la même main, de quatre cartes de même valeur : quatre Rois, quatre As, etc.

Le nombre de points que vaut un carré diffère selon les cartes qui le composent.

Le carré	de Valets	vaut	200	points
—	de Neuf	—	150	—
—	d'As	—	100	—
—	de Dix	—	100	—
—	de Rois	—	100	—
—	de Dames	—	100	—

Les carrés de 8 et de 7 n'ont pas de valeur.

Les séquences :

la *Quinte* se compose d'une suite, dans l'ordre, de cinq cartes de même couleur ; elle vaut 100 points ;

la *Quatrième,* suite de quatre cartes de même couleur, vaut 50 points ;

la *Tierce,* suite de trois cartes de même couleur, vaut 20 points ;

la *Belote* est composée du Roi et de la Dame d'atout ; elle vaut 20 points.

Les séquences sont désignées par leur carte la plus élevée. Une quinte *à la Dame,* par exemple, comprend la Dame, le Valet et le 10. Pour former les séquences, on suit l'ordre ordinaire des cartes : 7, 8, 9, 10, Valet, Dame, Roi, As.

La valeur relative des combinaisons sera examinée dans l'étude de la partie.

Le but de la partie

On détermine à l'avance que la partie se jouera en 500, 750, 1 000 ou 2 000 points. Un des joueurs tiendra la *marque.* Les points obtenus par chacun seront notés au fur et à mesure des *tours* ou *manches*. Celui qui, le premier, atteindra ou dépassera le plafond fixé aura gagné la partie. On joue le nombre de tours nécessaire pour obtenir ce résultat.

L'atout se fait au cours de la première partie de la *donne* et peut changer à chaque manche. Le joueur qui fait l'atout s'engage, par le fait même, à réunir, en totalisant les points de ses annonces possibles et ceux des levées (plis) gagnées par lui, plus de points que son adversaire. S'il échoue, il donne tous ses points à cet adversaire.

Le joueur qui ramasse le dernier pli de la manche marque 10 points supplémentaires, les *dix de der*.

Le joueur qui ramasse tous les plis d'une manche marque 100 points de *capot,* mais il ne marque pas les dix de der.

La distribution des cartes et le choix de l'atout

On tire au sort celui qui doit donner, d'une manière quelconque. D'après l'usage, chaque joueur tire une carte du paquet étalé sur le tapis, face en dessous : celui qui tire la plus faible, d'après l'ordre ordinaire, distribue.

Premier temps de la donne. Appelons Paul et Pierre nos deux joueurs. Pierre tire un 10, Paul un 7 : Paul distribue.

Paul bat les cartes, fait couper par Pierre (chaque paquet de la coupe doit contenir au moins quatre cartes) et donne six cartes à chacun — deux fois trois — face en dessous ; il retourne la 13ᵉ carte qui indique l'*atout provisoire.*

Si l'un des joueurs a en main le 7 de même couleur que la 13ᵉ carte, et si cette couleur devient atout définitif, il peut faire l'échange avant le deuxième temps de la donne.

Pierre a la parole. C'est ici que le joueur de Belote doit faire preuve d'imagination, d'habileté et... d'audace ! Il doit examiner la possibilité de désigner l'atout provisoire comme définitif.

Supposons que la 13ᵉ carte soit un 9 de cœur. Pierre a en main :

Ses chances sont très faibles, car il n'est certain que d'un pli : celui du Valet de cœur. Son 10 de cœur sera sans doute pris par l'As de cœur ou le 9 ; Paul a peut-être le 7 à échanger. En outre, il n'a pas d'annonce à faire. Il dit : « Je passe ! »

Paul a la parole. Il a en main :

Ses chances sont assez bonnes ; il peut échanger son 7 de cœur contre le 9 ; il aura alors de bons atouts. En outre, s'il n'a pas immédiatement de combinaison, ses cartes en pique et en carreau sont bonnes. Son renom en trèfle lui permettra de couper cette couleur. Il dit : « Je vais à cœur ! » Il échange son 7 et continue à distribuer.

Second temps de la donne. Si Paul avait passé à son tour, Pierre aurait pu désigner une autre couleur comme atout. Si Pierre avait passé une seconde fois, Paul aurait eu la parole de nouveau. Si chacun avait passé deux fois, il n'y aurait pas eu de second temps : on aurait reformé le paquet, rebattu, recoupé et redistribué.

Puisque le cœur a été choisi, Paul distribue trois nouvelles cartes à chacun. Chaque joueur a maintenant neuf cartes.

Il reste un *talon* de quatorze cartes. Douze d'entre elles restent ignorées, en paquet, face au tapis. La 13e carte du premier temps reste visible (dans notre exemple, le 7 de cœur lui a été substituée). La dernière carte du talon est retournée ; on n'y touchera pas, mais il pourra être utile de la connaître. Dans certaines régions, cette carte dénommée la *Bergère* peut être échangée contre le 7 d'atout.

Pierre a reçu :

Paul a reçu :

Le jeu

Chaque joueur jette, à son tour, une carte sur le tapis. Celui qui a donné joue le dernier. Les cartes jetées à chaque

tour forment un pli. Celui qui a jeté la carte maîtresse ramasse le pli.
- On annonce les combinaisons — sauf la Belote — en jouant le premier pli. Une combinaison n'a de valeur que si elle est annoncée. On annonce la Belote en la jouant.
- On doit suivre dans la couleur demandée, si l'on peut. En atout, on doit monter, si l'on peut. Si l'on ne peut pas suivre dans la couleur, on doit couper par un atout ; si l'on n'a pas d'atout pour couper, on se défausse dans une troisième couleur.

La Belote peut se jouer à deux.

Première manche et annonces

Le carré l'emporte sur toutes les autres combinaisons. Le carré de Valets prime sur les autres carrés ; le carré de 9 n'est battu que par le carré de Valets. Les carrés d'As, de Rois, de Dames priment dans cet ordre décroissant. Nous rappelons que les carrés de 8 et de 7 n'ont pas de valeur. Toutefois, le joueur qui ne *va* pas, s'il a un carré de 7 en main, peut déclarer qu'il annule la donne : on recommence.

La *quinte* l'emporte sur la *quatrième,* celle-ci sur la *tierce.*

La Belote n'est annulée par aucune combinaison.

Souvent, d'une manière impropre d'ailleurs, on désigne les annonces par leur valeur en points. Exemple : on dit : « Un cent » pour une quinte, « Un cinquante » pour une quatrième.
- Le premier joueur jette sa première carte et annonce, éventuellement, ses combinaisons sans révéler leur hauteur ni montrer ses cartes. Son adversaire procède de même.

- Si l'adversaire annonce une combinaison du même nom, le premier indique la hauteur de la sienne ; si celle-ci est supérieure, le second joueur dit : « C'est bon ! » Le premier montre sa combinaison.
- Si la combinaison du second joueur est meilleure, il le dit et la montre.
- Lorsque deux combinaisons de même hauteur sont opposées, celle d'atout l'emporte. Si aucune n'est d'atout, la première annoncée — en suivant l'ordre dans lequel les joueurs ont la parole — l'emporte.
- Dans la même main, les combinaisons additionnent leur valeur, mais uniquement dans une main qui tient au moins une combinaison supérieure à toutes celles de l'adversaire comptées séparément.

Exemple : si Paul a un carré de Rois et une tierce au Roi, il marque $100 + 20 = 120$; il ne marque rien si Pierre a un carré d'As.

Dans la même main, une même carte peut entrer dans plusieurs combinaisons.

Exemple : si Paul avait en main :

Atout.

il pourrait compter :

carré de Rois	100 points
tierce à l'As de cœur . .	20 —
belote	20 —
quatrième au Roi de Trèfle .	50 —
Total	190 points

L'annonce

Lorsque se présente l'occasion de jouer le Roi d'atout, le joueur qui le détient annonce : *belote.* Il annonce : *rebelote,* en jouant la Dame. S'il oublie d'annoncer rebelote, il perd son annonce. Il peut d'ailleurs avoir intérêt à le faire s'il estime qu'il va perdre la manche qu'il doit gagner : il se tait pour ne pas donner 20 points de plus à son adversaire. Son intérêt peut lui suggérer également de jouer la Dame avant le Roi ; il annonce alors belote en jouant la Dame et rebelote en jetant son Roi.

Revenons à nos deux joueurs, Pierre et Paul, qui ont reçu leurs cartes pour jouer une première manche en atout cœur.

Les jeux se présentent comme suit :

Pierre Paul

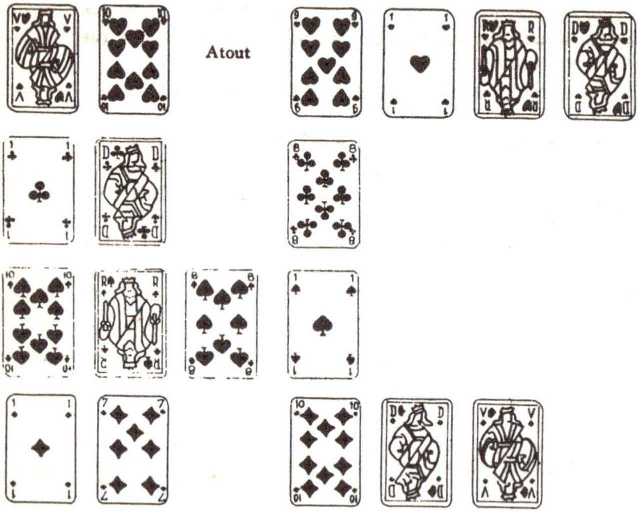

Cartes visibles au tapis :

Echangé contre
le 9.

Dernière carte du talon - 2e temps.

Pierre doit attaquer.
Il se contentera de réaliser le maximum de points : ce n'est pas lui qui a fait l'atout, il ne risque donc pas de perdre ses points. Il va épargner ses atouts et laisser venir Paul.
Il se tait car il n'a pas de combinaisons.
Il joue :

Paul doit suivre en trèfle.
Il annonce : « Deux tierces ! »
Celles-ci sont bonnes ; il les montre
A R D de cœur (atout)
D V 10 de carreau
Par le fait, il montre sa belote mais il ne l'annonce pas.
Il joue :

Pierre ramasse le 1er pli.
Il joue :

Paul n'a plus de trèfle, il doit couper.
Il annonce : « Belote ! » en jouant.

Il ramasse le 2e pli.
Il peut supposer que Pierre a le Valet de cœur (atout) ; son intérêt est de le faire tomber.
Il annonce : « Rebelote ! » en jouant :

Pierre détrompe l'espoir de Paul : son Valet de cœur n'est pas « sec » ; il prend du

Il ramasse le 3e pli et joue :

Paul suit avec le

Pierre ramasse le 4^{e} pli et joue :

Paul prend du

et ramasse le 5^{e} pli.
Paul joue :

Pierre prend part et ramasse le 6^{e} pli.

Pour faire tomber l'As de pique, qui se trouve, peut-être, chez Paul et garder son 10 maitre, il joue :

Paul prend avec

Pierre, qui n'a plus d'atout, se défausse en jouant :

Pierre doit abandonner : dont il n'a rien pu faire.

Il ramasse le 7e pli et, pour faire tomber le 8 de cœur (atout) qu'il ne sait pas caché au talon, il joue :

Paul ramasse le 8e pli et joue :

Paul ramasse le 9e pli. Il marque : *Dix de der.*

On fait alors le compte des points de la première manche. (A titre d'exemple, nous en donnons le détail.)

Pierre

1er pli :	A de trèfle	11 points
	8 —	0 —
3e pli :	D de cœur	3 —
	10 —	10 —
4e pli :	A de carreau	11 —
	V —	2 —
6e pli :	V de cœur	20 —
	A —	11 —
		68 points

Paul

2e pli :	D de trèfle	3 points
	R de cœur	4 —
5e pli :	7 de carreau	0 —
	10 —	10 —
7e pli :	R de pique	4 —
	A —	11 —
8e pli :	9 de cœur	14 —
	8 de pique	0 —
9e pli :	D de carreau	3 —
	10 de pique	10 —
		59 points

Pierre a donc 68 points et Paul 59 ; mais ce dernier peut ajouter :

Dix de der . . .	10 points
Deux tierces . . .	40 —
Belote	20 —
soit un supplément de .	70 points

Paul totalise donc 59 + 70 = 129 points ; il gagne la première manche. Sans ses annonces, il serait battu et devrait donner tous ses points à Pierre. Son jeu était risqué, car il n'avait aucune annonce au premier temps de la donne.

Suite de la partie et total des points. On joue les manches suivantes comme la première.

Il est d'usage, dans la Belote à deux, que le gagnant d'une manche donne les cartes de la manche suivante.

On ajoute les points de chaque manche à ceux déjà obtenus et l'on arrête la partie lorsque l'un des joueurs atteint ou dépasse le plafond fixé.

Variante

Les joueurs totalisent mentalement leurs points : lorsque l'un d'eux croit avoir atteint le plafond, même en cours de jeu, il dit : « J'arrête ! »

On vérifie ; s'il s'est trompé dans son calcul et s'il lui manque un ou plusieurs points, la partie est perdue pour lui, même si son adversaire ne pouvait la gagner. Cet arrêt ne peut être fait, dans une manche, que si le joueur qui arrête a fait au moins une levée.

Cette variante est particulièrement intéressante à appliquer lorsque la marque des joueurs est très voisine.

Exemple. On joue en 1 000 points. Le joueur A marque 950 points ; le joueur B, 975 points.

Si A a l'occasion de faire atout avec le Valet, un As et une tierce, la tierce étant valable et annoncée au premier pli, ramassé par A avec son Valet, A pourra arrêter si son As fait un pli. En effet, il totalise alors :

Tierce	20 points
Valet d'atout . . .	20 —
As maître . . .	11 —
	51 —
	+ 950 —
	1 001 points

LA BELOTE A TROIS

La Belote se joue, à quelques légères différences près, à trois, comme à deux.

La donne est toujours désavantageuse pour celui qui en est chargé ; on peut, ici, pour désigner le donneur, procéder d'une manière particulière.

On retire du paquet un Roi, une Dame et un Valet.

On mêle ces trois cartes couvertes et chaque joueur en choisit une. Celui qui a tiré le Valet, devient donneur, le tireur du Roi s'installe à droite du donneur et le troisième joueur prend place à droite du deuxième.

Choix de l'atout : ce n'est que lorsque les trois joueurs ont passé que le premier peut parler à nouveau et dire s'il *met* ou s'il *passe* encore.

Le gagnant : la Belote à trois n'admet qu'un gagnant.

Si, par hasard, deux joueurs gagnent ex-aequo, une nouvelle donne est faite pour les départager.

Le capot : en outre, si l'un des trois joueurs est capot, les deux autres marquent chacun 50 points ; si deux joueurs sont capots, le troisième marque 100 points ; on ne marque pas les *dix de der*.

Fair-play : enfin, il ne faut jamais oublier que chacun joue pour soi ; l'un des joueurs ne peut pas faciliter le jeu de l'un de ses adversaires au détriment de l'autre. C'est une règle de fair-play.

LA BELOTE A QUATRE

Il existe deux manières de jouer la Belote à quatre, soit chacun pour soi, soit en formant deux équipes de deux associés.

Chacun pour soi

La donne - 1er temps. Le donneur, après avoir fait couper le jeu, distribue en deux fois cinq cartes à chacun (trois + deux) en commençant par son voisin de droite. Il retourne ensuite la 21e carte qui devient l'atout provisoire.

Le choix de l'atout. Le premier joueur à parler dira s'il *va* ou s'il *passe,* et ainsi de suite comme dans la Belote ordinaire. Si tous les joueurs passent après le second tour, ce premier coup est annulé et la distribution revient au joueur assis à la droite du premier joueur.

La donne - 2e temps. Si l'un des joueurs va, l'atout étant fixé, le donneur distribue en une fois trois cartes à chacun, excepté à celui qui va. Ce dernier ne reçoit que deux cartes et prend comme troisième celle de retourne.

Chacun possédant huit cartes, le paquet est épuisé.

La partie. Le joueur qui a annoncé qu'il allait sort une carte de sa main et la dépose sur le tapis en annonçant ses combinaisons.

Le jeu se poursuit comme dans la Belote à deux ou à trois.

Le total des points de cartes est 162.

La capote. Quand un seul joueur est capot, chacun de ses adversaires marque 30 points ; quand deux joueurs sont capots, les deux autres ont droit chacun à 50 points ; si, par hasard, trois joueurs sont capots, le quatrième marque 100 points ; on ne marque pas les dix de der.

Par équipes

Le jeu par équipes est évidemment plus passionnant, encore qu'il puisse réserver maintes surprises, les deux partenaires n'étant pas toujours de force égale ou n'ayant pas la même expérience du jeu.

Aussi la formation des équipes peut-elle présenter quelque

difficulté. Elle peut se faire soit par accord préliminaire (on tire seulement le donneur au sort), soit par tirage au sort général.

On peut aussi prélever dans le paquet des cartes un As, un Roi, une Dame et un Valet, cartes couvertes que l'on mêle avant que chacun en choisisse une. Le possesseur du Valet devient le donneur et a pour partenaire le détenteur du Roi. Le possesseur de l'As s'installe à droite du donneur et parle le premier tandis que celui qui tire la Dame s'installe en face de lui et devient son partenaire.

Pour égaliser les chances, on peut décider qu'après un certain nombre de parties les partenaires changent. En ce cas, le sort décidera à nouveau lequel des quatre joueurs deviendra le donneur.

La partie.

Les équipes étant composées et le donneur désigné, comme il est dit précédemment, on procède de la même manière que dans les autres jeux. Chacun *va* ou *passe*. Si tous les joueurs passent deux fois de suite, le coup est annulé et le joueur à la droite du donneur remplace ce dernier. Chaque partenaire fait son annonce au moment de jouer sa première carte. Toutefois, les joueurs qui possèdent des combinaisons inférieures à celles de leur prédécesseur, peuvent également faire leur déclaration, car ces combinaisons inférieures entreront en ligne de compte si l'annonce de leur coéquipier est retenue, les annonces des deux partenaires se totalisant. Mais ce n'est que lorsque l'annonce principale aura été retenue que la combinaison inférieure du co-équipier devra être montrée et que les points qu'elle représente s'ajouteront à la première annonce.

Un seul joueur de l'équipe lève les plis. Il est défendu de les mettre en tas car, en cas de contestation, le contrôle s'avérerait impossible.

Règle importante mais discutée : il est toujours obligatoire de monter en atout, même si le partenaire est maître. Donc, si le partenaire a joué par exemple un 8 d'atout, le second doit obligatoirement jouer un atout supérieur. Par contre, certains joueurs décrètent qu'on n'est pas obligé de monter en atout si le pli appartient au partenaire.

Il est également admis qu'on ne doit pas sous-couper, c'est-à-dire jouer un atout inférieur à l'atout maître du partenaire qui vient de couper, lorsque l'on ne peut pas suivre la couleur demandée.

Le capot vaut toujours 100 points. Quand une équipe est capot, ses adversaires marquent 100 points mais pas les dix de der.

Quand un joueur possède une belote mais qu'il juge qu'après avoir déposé et annoncé son roi de belote, les cartes qui lui restent permettront un jeu plus lucratif, il lui est toujours loisible de ne pas annoncer rebelote quand il joue sa Dame, renonçant ainsi aux 20 points de la belote. Quand on joue en équipe, le possesseur de la belote peut agir ainsi sans demander l'avis de son partenaire.

Soyez bien à votre jeu.

Chaque équipe totalise ses points et ses annonces. L'équipe qui est *allée* doit totaliser plus de points que l'équipe adverse, sinon elle perd le coup et tous ses points sont donnés à l'autre camp.

Si, par hasard, les deux équipes faisaient égalité de points, ceux-ci seraient tenus en suspens. Une nouvelle donne est faite — parfois deux s'il y a encore égalité — et les vainqueurs bénéficient du total des points tenus en suspens.

Variante.

En cas de litige, par égalité, certains joueurs admettent que seuls les points des joueurs qui sont allés restent en suspens et seront attribués aux vainqueurs de la donne supplémentaire.

LE RUBICON

La clause du Rubicon peut apporter parfois un attrait supplémentaire à la Belote. Est *rubicon* le (ou les) joueur qui n'a pas atteint la moitié des points fixés pour gagner : par exemple 490 quand le point fixé est 1 000. En ce cas, les points de celui qui est rubicon s'ajoutent à ceux de l'adversaire.

Pénalités

On convient parfois de pénaliser certaines erreurs, les maldonnes, les oublis ou les renonces (ne pas suivre dans la couleur demandée alors qu'on peut le faire, ne pas couper alors que c'est possible).

Dès qu'un adversaire de celui qui a commis la faute s'en aperçoit, il fait rétablir le coup ou, si l'adversaire l'exige, il le fait annuler.

Les pénalisations sont, en général, de 10 points :

soit pour une maldonne,
soit pour avoir annoncé avant son tour,
soit pour avoir oublié son annonce au moment voulu,
soit pour une erreur dans le décompte des points.

Il est recommandé d'établir, avant la partie, toutes les pénalités que les joueurs seraient disposés à admettre.

LA BELOTE BRIDGEE

La Belote bridgée est peut-être la forme de Belote qui, à l'heure actuelle, connaît le plus de succès.

Basée sur les règles de la Belote ordinaire, elle en diffère cependant du fait qu'on peut y jouer sans atout et, dans ce

Belote et rebelote !

cas, la valeur et l'ordre des cartes changent, ainsi d'ailleurs que les points attribués aux combinaisons.

Si aucun des joueurs n'use de la faculté de jouer sans atout, la partie se déroule comme une Belote ordinaire. Il est donc indispensable de décider, avant la partie, si elle pourra se jouer avec la possibilité du sans-atout.

L'As devient donc en toute couleur la carte maîtresse, tous les Valets valent 2 points et tous les 9, 0 point.

Le total des points est donc de 130 au lieu de 162.

On joue pour 1 000 ou 2 000 points.

La valeur des hasards ou combinaisons s'établit comme suit :

	Valeurs communément admises	**Autres valeurs admises**
Carré d'As	100 points	200 points
Carré de Rois	50 —	150 —
Carré de Dames . . .	50 —	100 —
Carré de Valets . . .	50 —	100 —
Carré de 10	50 —	100 —
Carrés de 9, 8 ou 7 . . .	0 —	0 —

On joue généralement pour un nombre de points assez élevé (1 000 ou 2 000).

Dans tous les cas, les quintes valent 100 points ; les quatrièmes, 50 ; les tierces, 20.

La belote vaut 20 points : la der, 10, et la capote, 100.

Certains joueurs conviennent aussi de doubler les points à la fin de la partie.

L'annonce de sans-atout. La partie s'engage comme une partie de Belote ordinaire.

Chaque joueur, à son tour de parler, a le droit de déclarer *sans-atout.*

Si l'un des joueurs dit, au premier ou au second tour, qu'il va, un autre joueur a le droit de déclarer sans-atout. Cette déclaration annule toutes les autres.

Certains joueurs n'admettent la déclaration du sans-atout qu'au second tour, après que chaque participant ait pu déclarer la couleur choisie. C'est une règle facultative.

Contrairement à la Belote ordinaire, on doit fournir la couleur demandée sans obligation de monter.

Il existe deux manières d'annoncer et de jouer la belote pour que cette combinaison soit valable :

- jouer le Roi et la Dame, en annonçant belote et rebelote, dans la couleur demandée ; si, par exemple, le partenaire ou l'adversaire dépose un carreau, on peut annoncer belote et rebelote seulement avec le Roi et la Dame de carreau.
- jouer le Roi et la Dame de même couleur, sans oublier d'annoncer belote et rebelote, sur n'importe quelle couleur.

Le jeu se déroule ensuite comme la Belote ordinaire.

Le contre. Le contre qu'on applique dans la Belote bridgée — on peut même éventuellement l'admettre dans la Belote ordinaire — ne peut être réalisé que dans un jeu à deux ou à quatre.

A deux ou à trois ?

Contrer, c'est déclarer qu'on s'engage à faire plus de points que l'adversaire ou l'équipe adverse qui a mis en premier lieu.

C'est incontestablement une tentative très hasardeuse.

En effet, si le joueur qui *contre* réussit, il pourra ajouter à ses points non seulement ceux de son adversaire, mais aussi doubler le tout, mais s'il échoue, ce sera celui qui a mis qui ajoutera à ses points ceux du contreur et qui pourra doubler le tout. Le risque est donc grand !

En cas d'égalité de points, on opère comme pour la Belote ordinaire par une nouvelle donne, mais, cette fois, les points ne seront pas doublés.

Enfin le joueur (ou l'équipe) contré peut *sur-contrer*. Il le déclare et, dans ce cas, le succès ou l'échec de cette manœuvre se soldera comme dit ci-dessus, mais les points, cette fois, seront quadruplés.

Le Tout-Atout

Le Tout-Atout, que quelques joueurs pratiquent, est un réel jeu de sans-atout dans lequel l'ordre et la valeur des cartes sont intervertis.

Au lieu d'annoncer sans-atout, un joueur peut déclarer *tout-atout* et cette déclaration annule toutes les autres.

Cette fois, les Valets et les 9 sont les cartes maîtresses dans les quatre couleurs ; elles ont la même valeur qu'en atout, à la Belote ordinaire.

Valet . .	20 points	10 . . .	10 points
9 . . .	14 —	Roi . .	4 —
As . . .	11 —	Dame . .	3 —
8 et 7 . .	0 —		

Comme ces points peuvent être comptés dans les quatre couleurs, la totalisation s'établira à 258 points, soit 4 × 62 plus les dix de der.

Les carrés et les séquences ont la même valeur qu'à la Belote ordinaire. A noter qu'il y a quatre belotes possibles : une belote en chaque couleur, chacune valant 20, mais il faut que le Roi soit joué le premier ou servi dans la couleur demandée, la Dame (de la couleur du Roi) pouvant être jouée en défausse et sans qu'il soit obligatoire d'annoncer rebelote.

Les points alloués aux annonces et au capot sont, cette fois, triplés.

La partie se joue en 3 000 ou 4 000 points.

LA BELOTE AVEC DES ENJEUX

Il s'agit de constituer un *pot* ou *poule* réunissant des enjeux qui reviendront au gagnant de deux parties successives.

A la Belote à deux, chaque joueur dépose son enjeu dans le pot. La partie se joue comme la Belote ordinaire. Le perdant de la première partie dépose à nouveau son enjeu, alors que le gagnant ne dépose rien.

Si le gagnant de la première gagne la seconde partie, la totalité des enjeux réunis dans le pot lui appartient. S'il perd, c'est à son tour de déposer son enjeu, et les parties se succèdent ainsi avec, chaque fois, l'enjeu supplémentaire d'un joueur, jusqu'au moment où l'un d'eux réussira à gagner deux fois de suite.

Comme la donne est souvent défavorable, le sort désigne le premier donneur et, ensuite, chaque joueur donne, à tour de rôle, qu'il soit gagnant ou perdant.

A trois, le joueur qui tire la carte la plus basse reste hors-jeu. Les deux autres déposent leur enjeu et celui des deux qui a tiré la carte la plus basse devient le donneur.

Ils jouent une Belote à deux. Le perdant de cette partie cède sa place à celui qui n'a pas joué et qui, cette fois, dépose son enjeu. Et les parties se suivent ainsi, le perdant cédant toujours sa place à celui qui se trouve hors-jeu dans la partie qui se joue, jusqu'au moment où l'un des joueurs gagne deux fois de suite.

A quatre, par équipes, la règle veut également qu'une des équipes gagne deux fois de suite.

Inutile de dire qu'avec cette méthode, le montant des enjeux peut parfois être très élevé.

Note sur les marques

Tenir le relevé des points à marquer n'est pas toujours facile ; aussi certains joueurs ont-il établi un tableau simplifié des marques en négligeant les chiffres des unités, mais en arrondissant à la dizaine supérieure les nombres se terminant par cinq ou plus.

Dès lors, on peut établir de la manière suivante les inscriptions des marques :

	Jeu avec atout		**Jeu sans atout (on multip. p. 2)**		**Jeu tout-atout (on multip. p. 3)**	
	Total	*Total simplifié*	*Total*	*Total simplifié*	*Total*	*Total simplifié*
Points	162	16	260	26	774 [2]	78
Carré de Valets	200	20	200	20	600	60
Carré de 9	150	15	—	—	450	45
Carré d'As	100	10	400	40	300	30
Carré de 10	100	10	300	30	300	30
Carré de Rois	100	10	200	20	300	30
Carré de Dames	100	10	200	20	300	30
Quintes	100	10	200	20	300	30
Quatrièmes	50	5	100	10	150	15
Tierces	20	2	40	4	60	6
Belote	20	2	40	4	60	6
Capot	252 [1]	25	440 [3]	44	1044 [4]	105

1. 162 des points de levées moins 10 de la der plus 100 du capot.
2. 62 × 4 des points plus 10 de la der = 258 × 3 = 774.
3. 130 des points de levée moins 10 de la der = 120 plus 100 points du capot = 220 × 2 = 440.
4. 258 des points de levée moins 10 de la der = 248 plus 100 du capot = 348 × 3 = 1 044.

Et pour conclure...

La Belote apparaîtra sans doute, au novice, comme un jeu hérissé de difficultés. Les valeurs diverses attribuées tour à tour au Valet, au 9 et aux annonces selon que l'on joue en atout, en sans-atout ou en tout-atout présentent évidemment quelques difficultés. Un débutant qui possède, par exemple, dans sa main quatre cartes d'atout peut s'imaginer qu'il tient un jeu intéressant ; il oublie que s'il n'a pas, dans ses quatre atouts, un Valet ou un 9, la valeur de ses cartes peut être insignifiante.

Aussi faut-il être extrêmement prudent et suivre avec attention les annonces et la valeur des cartes qui tombent sur le tapis.

Jouez donc la belote à deux puis, quand vous aurez bien assimilé les règles et découvert les embûches qu'elles peuvent réserver, quand vous pourrez calculer rapidement le nombre de points que peuvent vous réserver encore les cartes au cours de la partie, risquez-vous aux belotes à quatre, aux sans-atout et aux tout-atout, vous approfondirez ainsi, progressivement, un jeu des plus passionnants.

Le Bésigue M/2 3 4

Joué surtout à Paris durant les cinquante premières années du XIXe siècle, le Bésigue (appelé aussi Bézi ou Bési) connut rapidement une grande vogue. Bientôt, joué tant en province qu'à Paris, il devint peut-être plus populaire que la célèbre Bouillotte.

On ignore l'origine de son nom. Certains estiment qu'il faut y voir tout simplement une altération du mot brisque (sous lequel on désignait autrefois de petits jetons). Quoi qu'il en soit, c'est au Mariage et au jeu du Cinq-cents que le Bésigue a emprunté la plupart de ses règles qui se modifièrent souvent au cours des années. C'est d'ailleurs ces jeux qu'il concurrencera dans la faveur des « cartomanes ».

Variétés

On distingue le Bésigue à la retourne, le Bésigue sans retourne et le Bésigue chinois.

BESIGUE A LA RETOURNE A DEUX

Les joueurs et les cartes

On se sert de deux jeux de trente-deux cartes mélangés. Certains joueurs utilisent parfois trois jeux, ce qui peut allonger les parties sans les rendre plus passionnantes pour autant.

L'ordre des cartes est le suivant, par priorité : A, 10, R, D, V, 9, 8, 7.

L'As et le 10, appelés brisques, valent 10 points. L'As peut prendre toutes les autres cartes, même le 10.

On peut réaliser plusieurs combinaisons.

Valeur des combinaisons

Mariage Roi et Dame de la même couleur . .	20	points
Mariage d'atout	40	—
Carré de Valets - quatre Valets	40	—
Carré de Dames - quatre Dames	60	—
Carré de Rois - quatre Rois	80	—
Carré d'As - quatre As	100	—
Bésigue - une D de pique + un V de cœur . .	40	—
Double Bésigue - 2 D de pique + 2 V de cœur .	500	—

Quinte majeure - A, 10, R, D, V d'atout . .	250	—
Un 7 d'atout	10	—
Plusieurs 7 d'atout, chacun	10	—

Le but de la partie

Il s'agit de réaliser le maximum de points.

Avant de commencer la partie, on doit décider en combien de points elle sera gagnée (en général, le chiffre fixé varie entre 1 000 et 2 000 points).

« Dans ce cas-là, je... »

La partie

On tire au sort le premier donneur ; celui-ci distribue, trois par trois, neuf cartes à chacun. On peut convenir de jouer avec huit ou dix cartes chacun ; le donneur distribue alors 3, 3 et 2 ou 3, 3, 3 et 1 cartes.

Après la distribution, on retourne la carte supérieure du talon qui désigne l'atout, soit la dix-septième carte quand on joue avec huit cartes chacun, la dix-neuvième avec neuf cartes ou la vingt et unième avec dix cartes. La carte de retourne (l'atout) reste à découvert sur le tapis.

Le donneur dispose le talon à sa gauche.

L'adversaire du donneur joue le premier. Celui des deux qui fait la levée prend une carte au talon pour compléter son jeu. Son adversaire agit de même. Celui qui a fait la levée joue le premier. Le jeu se poursuit de cette manière jusqu'à épuisement du talon. A ce moment, celui dont c'est le tour prend la carte de la retourne.

Lorsqu'un joueur réalise une levée, il annonce et montre l'une des combinaisons qu'il possède, puis en inscrit les points.

Bien entendu, celui qui possède d'excellentes combinaisons, mais qui ne réussit pas à faire de levées, perd tout le bénéfice de ses combinaisons.

On ne peut annoncer qu'une seule combinaison par levée ramassée, mais une même carte peut servir à constituer diverses combinaisons.

Une carte peut servir à compter plusieurs fois : par exemple, un Roi qui a compté dans un mariage intervient encore dans les 80 points attribués au carré de Rois ; il peut compter aussi dans une quinte d'atout.

Toutefois, quand on a marqué un carré de Rois, pour en compter encore un autre il faut que ce dernier ne contienne aucun des Rois inclus dans le premier.

On n'est pas obligé de suivre la couleur, ni de couper, ni de ne pas couper ; mais dès que le talon est épuisé, il devient obligatoire de fournir la couleur ; si l'on n'en a pas, on doit couper.

Si les deux adversaires abattent une carte de même valeur, c'est celui qui a joué en premier lieu qui ramasse la levée.

Celui qui ramasse la dernière levée marque 10 points.

Quand la dernière levée est faite, chaque joueur compte les As et les 10 qui se trouvent dans ses levées et dont la valeur s'ajoute aux points des levées.

A point égal, le gagnant est celui qui a fait la dernière levée.

Exemple. Deux joueurs : Pierre et Jean.

Pierre donne et, quand il est servi, Jean choisit parmi ses cartes l'une de celles qui a le moins de valeur.

Pierre fait la levée, prend une carte au talon.

Jean, à son tour, prend une carte au talon. Il vient de prélever ainsi une Dame de pique ; or, son jeu contient déjà un Valet de carreau. Il pourrait donc logiquement annoncer un Bésigue (40 points), mais il doit cependant attendre d'avoir fait une levée pour pouvoir le faire et marquer son point.

Jean garde aussi dans son jeu trois As. S'il en acquiert un quatrième, il aura un carré d'As (100 points) qu'il aurait intérêt à annoncer dès sa première levée plutôt que son Bésigue de 40 points.

Ainsi, chaque joueur garde des cartes qui, avec l'appoint de quelque carte du talon, lui offriront peut-être l'occasion de marquer le point le plus fort.

Cas spéciaux

- En cas de maldonne, la main passe ou on recommence suivant la volonté de l'adversaire.
- Lorsqu'un joueur a oublié de lever sa carte au talon, l'adversaire peut l'obliger à prendre deux cartes de suite ou bien

décider le coup nul.
- Le joueur qui n'ayant que trois cartes en annonce quatre doit, lorsque l'erreur est reconnue, démarquer le point qu'il aurait marqué. Il peut même être contraint de jouer une de ses trois cartes si l'erreur n'a pas été reconnue avant que son adversaire ait joué, ce dernier ayant pu, en raison de cette faute, se défaire d'une carte qu'il n'a aucune raison de conserver.

À trois ou à quatre

On utilise trois jeux de trente-deux cartes si l'on est trois, et même quatre jeux si l'on est quatre. Dans la partie à quatre, les joueurs peuvent se répartir en deux camps. L'association des joueurs deux à deux se fera par tirage au sort. Les associés ne doivent pas être placés côte à côte, mais bien aux coins opposés de la table. A la fin de la partie, ils réuniront leurs points de combinaisons et leurs brisques, et les additionneront comme dans la partie à deux.

Pour le bésigue à trois ou à quatre, le nombre des points à atteindre sera évidemment beaucoup plus élevé. En général, le point sera fixé à 2 500 ou 3 000. Par contre, une combinaison nouvelle entrera en ligne de compte : le triple Bésigue qui réunit trois Dames de pique et trois Valets de cœur, et qui vaudra 1 500 points.

LE BESIGUE SANS RETOURNE

Cette partie se joue comme le Bésigue ordinaire, à cela près que l'on ne retourne point l'atout, ce dernier étant déterminé par le premier mariage qu'un joueur annonce. Par exemple, quand l'un des joueurs annonce un mariage du Roi et de la Dame de carreau, c'est le carreau qui deviendra l'atout.

Dans ces conditions, ce premier mariage vaut 40 points et la quinte majeure ne peut être marquée qu'après l'annonce du mariage fixant l'atout.

Les autres combinaisons sont comptées comme dans le Bésigue à la retourne, sauf le 7 d'atout qui perd sa valeur de 10 points.

LE BESIGUE CHINOIS

Cette variété plus compliquée de Bésigue se joue avec quatre, voire avec six jeux de trente-deux cartes ; le point à atteindre étant de 3 000 à 5 000.

Dans ce jeu, les valeurs des combinaisons réalisables sont toutes différentes de celles appliquées au Bésigue ordinaire.

Mariage	100	points
Mariage d'atout	200	—
Carré de Valets	200	—
Carré de Dames	300	—
Carré de Rois	400	—
Carré d'As	500	—
Carré de Valets d'atout . . .	400	—
Carré de Dames d'atout . . .	600	—
Carré de Rois d'atout	800	—
Quinte majeure d'atout . . .	1 000	—
Quinte majeure d'une autre couleur .	150	—
Bésigue	200	—
Double bésigue	1 000	—
Triple bésigue	2 500	—
Quadruple bésigue	4 000	—
La dernière levée	50	—

En outre, on convient parfois que celui qui gagne la partie ajoutera 500 points à la totalité des points qu'il possède déjà mais qu'il déduira de son total le nombre de points du perdant. On obtient ainsi le bénéfice du vainqueur.

Si le perdant n'a pas réussi à marquer au moins 1 000 points, ses points s'ajoutent à ceux du gagnant. Comme on peut, par exemple, attribuer une certaine valeur à chaque cinquantaine ou à chaque centaine de points, cette manière de procéder permet de ne pas arriver à des chiffres astronomiques.

Le Bog M/+

Ce jeu est né, assura-t-on, en Sicile. Bog, de l'italien *Boga*, désigne la réunion de deux cartes de même valeur (la *paire* d'autres jeux).

Le Bog jouit d'une grande vogue auprès des campagnards italiens. Il vint de Lombardie en France où, au XIXe siècle, il connut beaucoup de succès dans les provinces méridionales.

Les joueurs et les cartes

Le jeu de Bog peut réunir jusqu'à dix participants mais, d'habitude, il se joue à cinq.

La distribution des cartes varie suivant le nombre de joueurs. De trois à six joueurs, on se sert d'un jeu de trente-deux cartes. De sept à dix joueurs, on utilise cinquante-deux cartes.

L'ordre des cartes s'établit en valeur décroissante : R, D, V, 10, 9, etc. jusqu'à l'As qui ne vaut qu'un point.

Combinaisons :

Bog : deux cartes de valeur semblable dans une main.

Double bog : deux fois deux cartes de valeur semblable.

Mitsi : le Valet de trèfle et deux cartes de même valeur.

Brelan : trois cartes de valeur semblable.

Brelan carré : quatre cartes de même valeur.

Ces combinaisons sont énumérées en valeur croissante, le mitsi l'emportant sur les bogs, le brelan sur le mitsi et le carré sur le brelan.

Le Bog jouit d'une grande vogue auprès des campagnards italiens.

Lorsque deux joueurs possèdent chacun un bog ou un brelan, la combinaison qui réunit les cartes les plus fortes l'emporte.

Matériel

Au centre de la table, on place un tableau hexagonal divisé en six compartiments. Ceux-ci portent les indications suivantes : Roi de carreau, 10 de cœur, Valet de trèfle, As de cœur, Dame de pique et bog.

Le but de la partie

Le Bog est un jeu d'argent. On peut remplacer l'argent par des jetons. Pour gagner, il faut se débarrasser de toutes ses cartes en ramassant le maximum de jetons ou d'argent.

La partie

Chaque joueur dépose une mise de deux jetons sur la case placée devant lui.

Le donneur désigné par le sort, après avoir déposé sa mise sur sa case et avant de distribuer, dépose une mise supplémentaire de deux jetons dans la case du bog. Ensuite, il distribue les cartes, deux par deux ou trois par trois, suivant le nombre de joueurs. On distribue à chacun huit cartes s'ils sont trois ; six quand ils sont quatre ; cinq quand ils sont cinq ou six. Au-delà : sept joueurs reçoivent chacun sept cartes ; huit en reçoivent six ; neuf et dix, cinq cartes. De toute manière, le talon doit comporter au moins deux cartes.

Le donneur retourne la carte supérieure du talon ; il peut échanger cette carte contre l'une des siennes (c'est l'avantage qui compense la mise qu'il a déposée dans le bog). Si cette carte correspond à l'une des figures du tableau, il ramasse les enjeux déposés sur cette figure.

S'il retourne par exemple un Roi de carreau, les enjeux déposés dans la case du Roi de carreau lui reviennent.

Cette opération terminée, les joueurs, à tour de rôle, annoncent s'ils *boguent* ou s'ils *s'en vont*. Ceux qui s'en vont doivent déposer deux jetons dans la case du bog.

Le premier joueur qui bogue fait son enjeu dans sa case, enjeu qui doit être au moins d'un jeton supérieur à la mise initiale.

Ceux qui estiment alors que les relances sont trop élevées peuvent également quitter le jeu en abandonnant leur mise.

Chacun ayant parlé, ceux qui ont bogué étalent leurs cartes. Celui qui a la plus forte combinaison ramasse les enjeux déposés dans la case du bog.

Il reste les enjeux déposés dans les cinq autres cases.

Le premier à jouer jette alors une carte de son choix et continue à jeter tant qu'il en a de la même couleur. Dès qu'il est forcé de s'arrêter, la main passe à celui qui peut suivre la dernière carte déposée. Si aucun des joueurs ne possède cette carte qui doit suivre, le premier joueur continue à jouer, soit dans la même couleur, soit dans une autre à son choix. Cette tolérance est accordée à tout joueur qui a la main.

Le joueur qui abat un Roi peut continuer dans une couleur à son choix.

Quand un joueur abat une carte correspondant à l'une des cartes du tableau (Roi de carreau, 10 de cœur, Valet de trêfle, As de carreau ou Dame de pique), il a le droit de prendre l'enjeu déposé dans cette case.

La partie continue ainsi jusqu'au moment où l'un des joueurs réussit à se débarrasser de toutes ses cartes. Il recevra des autres joueurs autant de jetons qu'il leur reste de cartes en main. Enfin, si parmi ces cartes restées en main il s'en trouve une qui corresponde à l'une des figures du tableau, celui qui n'a pas réussi à s'en défaire mettra dans cette case autant de jetons qu'elle en contient déjà. Ils deviendront la propriété du miseur qui avait déposé son enjeu dans cette case.

Le Boston D/4

La guerre de l'Indépendance des Etats-Unis s'alluma, en 1773, par une insurrection qui éclata à Boston. Aussi, quand les hostilités commencèrent, la capitale du Massachusetts fut-elle une des premières villes à être attaquée par les Anglais. C'est au cours du long siège qui suivit que les Bostoniens, pour trouver un dérivatif à leurs angoisses, s'avisèrent d'inventer un nouveau jeu de cartes qui allait prendre le nom de leur ville.

C'est ainsi, assure-t-on, que naquit le Boston. Il connut immédiatement un grand succès et les alliés français des insurgés s'empressèrent de l'importer dans leur patrie.

En France, puis dans toute l'Europe, le Boston devint le grand jeu à la mode qui allait détrôner maints autres jeux de cartes.

Sans doute, au cours des ans et suivant les régions, le Boston américain subit-il maintes modifications. On vit naître ainsi une sorte de Boston français dénommé soit Boston de Nantes, soit Boston de Lorient. C'est ce dernier dont nous établirons ici les règles les plus communes.

Les joueurs et les cartes

Il faut être quatre joueurs pour entreprendre une partie de Boston.

D'habitude, on joue en équipe provisoire de deux, c'est-à-dire qu'un joueur a un associé ou *soutien*.

On se sert d'un jeu de cinquante-deux cartes, d'une corbeille placée au milieu de la table et de quatre petites corbeilles,

Un joueur est aidé d'un « soutien ».

paniers ou boîtes, déposées devant chaque joueur. Dans chaque petit panier, on dépose cent vingt fiches.

Avant d'entreprendre une partie, on fixe la valeur unitaire des fiches ; leur nombre sera attribué aux levées supplémentaires ainsi qu'aux levées perdues.

La valeur des cartes s'établit comme dans la plupart des jeux, l'As étant la plus forte, puis le Roi, la Dame, le Valet, jusqu'au 2. La Valet de carreau, appelé Boston, est supérieur à l'As d'atout.

Les *honneurs* sont l'As, le Roi, la Dame et le Valet de la couleur choisie.

En général, la valeur des honneurs s'établit de la manière suivante : celui qui obtient trois honneurs a droit à deux fiches et celui qui en obtient quatre : quatre fiches.

Les préliminaires de la partie

- On convient parfois que le joueur qui peut annoncer *cartes blanches* obtient, au départ, dix fiches de chacun des trois autres joueurs.
- On peut convenir aussi de ne pas jouer suivant la couleur d'atout imposée par le donneur. En ce cas, on joue dans les quatre couleurs, et ce seront les quatre As qui deviendront les honneurs.
- On convient enfin, soit de payer les honneurs *en dehors* (si les demandeurs perdent, ils sont obligés de les payer), soit de les faire entrer en ligne de compte en compensation des levées perdues.

Le donneur est désigné d'une manière assez originale. Chacun, à tour de rôle, tire une carte du paquet et celui qui, le premier, tire un Roi devient le donneur. Celui qui tire le second Roi est chargé de surveiller les mises déposées dans la corbeille centrale, car il est indispensable que celle-ci contienne toujours vingt fiches.

Si le surveillant oubliait sa mission, il devrait compléter éventuellement la corbeille avec le nombre de fiches qui y manquerait.

Les vingt fiches sont déposées de la manière suivante : le donneur en dépose huit et chacun des trois autres joueurs quatre.

Le but de la partie

Pour gagner, il faut faire huit levées, soit cinq par celui qui demande et trois par celui des joueurs qui s'associe au premier en disant : « Je soutiens. »

Pour demander, il faut estimer pouvoir réaliser cinq levées ; pour soutenir, trois.

Lorsqu'on fait des levées au-delà de huit, les adversaires paient autant de fiches qu'il y a de levées au-dessus du nombre huit.

Distribution des cartes

Le donneur distribue trois fois trois et une fois quatre, soit treize cartes en tout à chaque joueur. Il montre la dernière carte qu'il s'attribue et qui indique la couleur dans laquelle il faut jouer l'atout. On ne peut en choisir aucune autre, sauf convention préliminaire.

Le jeu

Lorsque les cartes sont distribuées, le premier à jouer parle, s'il a de quoi le faire.

S'il estime pouvoir faire huit levées sans l'aide d'un soutien, il doit déclarer avant qu'une première carte ne soit jouée : « Je demande une indépendance. » Il joue alors sans soutien et, en cas de réussite, il a droit à la *bête* (contenu de la corbeille principale), plus trente fiches que devront lui verser chacun des autres joueurs à raison de dix fiches chacun. Il peut compter aussi ses honneurs.

Si l'*indépendant* ne réussit pas à exécuter ses huit levées, il doit payer dix fiches à chacun de ses adversaires, ainsi que les fiches attribuées aux levées et aux honneurs.

Lorsque trois joueurs passent et qu'un seul demande, on ne peut l'obliger à faire ses huit levées, mais seulement cinq, puisqu'il n'a pas de soutien. S'il réussit, la bête lui appartient et on lui paie en outre les levées qu'il a pu faire en sus des cinq obligatoires.

Si un joueur est seul demandeur pour cinq levées, l'un des trois autres, s'il estime avoir des chances de le faire, peut encore s'écrier : « Je soutiens », ce qui l'oblige à faire les trois levées supplémentaires.

Si le premier joueur passe au premier tour, le second peut parler, et ainsi de suite.

Evidemment, pour demander, il faut avoir dans son jeu de quoi faire cinq levées, soit en atouts, soit en As ou en Rois. Il est d'ailleurs plus sûr de compter sur les atouts, sinon les adversaires pourraient l'emporter par le nombre. Aussi, pour être certain de son jeu, faut-il y trouver au moins cinq atouts forts ou six ou sept petits, plus un ou deux As et Rois.

La technique du jeu veut que les adversaires des demandeurs s'efforcent à les empêcher de s'approprier la bête. Quant aux demandeurs, ils doivent surtout contrôler leur jeu, afin que le demandeur à cinq levées puisse permettre à son soutien d'opérer les trois levées obligatoires. Ils doivent donc, autant que possible, protéger leurs atouts.

Il faut, soit suivre la couleur, soit couper ou se défausser d'une carte. On n'est jamais obligé de couper.

L'équipe qui réussit les huit levées (le *chelem*) peut se partager la bête à parts égales, même si ces huit levées ont été faites par 4 et 4 ou par 6 et 2.

En outre, les deux perdants doivent payer huit fiches à chacun des gagnants. Toutefois, si les joueurs qui se sont engagés à faire les huit levées échouent, ils font la bête en ajoutant, à parts égales, vingt jetons dans la corbeille centrale, et ils paient aux deux autres joueurs autant de fiches qu'ils ont raté de levées.

Ce paiement, lui aussi, se fait à parts égales pour les deux joueurs (celui des cinq comme celui des trois). On doit convenir aussi, avant de jouer, comment se paieront les honneurs.

Chaque levée supplémentaire vaut deux fiches.

Le *chelem* — 13 plis — rapporte aux gagnants 16 fiches chacun, payées par les perdants.

Le *solo-chelem* rapporte 48 fiches à son gagnant, en sus du reste.

Variante

Il existe une variante au jeu de Boston. Bourrée de difficultés, elle ne peut être pratiquée que par des joueurs déjà très habiles dans l'usage de la manière ordinaire.

Les règles sont les suivantes :

Chaque joueur dispose de dix-sept cents fiches et, au départ, chacun dépose soixante fiches dans la corbeille.

Le jeu se déroule comme à l'ordinaire : treize cartes à chacun, mais le demandeur verse soixante fiches supplémentaires dans la corbeille.

Celui qui a passé une fois ne peut plus soutenir.

Lorsqu'on joue une couleur, l'As, le Roi, la Dame et le Valet de cette couleur sont les honneurs, mais si l'on joue sans couleur d'atout, les As deviennent les honneurs.

Heureux au jeu, ...

Le demandeur, après avoir déposé sa mise, joue le premier. A moins que l'un des joueurs n'annonce qu'il veut réaliser un des jeux suivants, en ordre croissant :

- *Indépendance* par 6 levées, sans écart de cartes ;
- *Petite misère* par 0 levée, en écartant une carte ;
- Minimum de 7 levées, sans écart de cartes ;
- *Picolissimo* par 1 levée, sans écart ;
- Minimum de 8 levées, sans écart de cartes ;
- *Grande misère* par 0 levée, sans écart ;
- Minimum de 9 levées, sans écart ;
- *Misère des quatre As* par 0 levée, sans écart, mais avec renoncement possible jusqu'à la onzième carte incluse ;
- Minimum de 10 levées, sans écart ;
- *Petite misère sur table,* par 0 levée en écartant une carte et en étalant son jeu ;
- Minimum de 11 levées, sans écart ;
- *Piccolo des quatre As,* par une seule levée, avant la onzième carte, avec renonce possible avant cette levée ;
- Minimum de 12 levées, sans écart ;
- *Grande misère sur table,* par 0 levée, sans écart et en étalant son jeu.

N. B. Un tableau des valeurs en fiches de chaque combinaison est utilement dressé avant la partie.

La Bouillotte M/4 +

Les romans de Balzac évoquent d'heureux joueurs de Bouillotte.

Quand la police du Directoire se décida à mettre un terme aux excès de quelques aventuriers dans leurs parties de Brelan truquées (voir ce jeu), les joueurs de cartes, toujours audacieux, s'avisèrent de surmonter cette interdiction en créant un nouveau jeu qui reprendrait certaines règles du Brelan. Ainsi naquit la Bouillotte, précurseur du Poker.

Les modifications successives apportées à ce jeu semblaient en rendre la pratique moins dangereuse que celle du Brelan. Ainsi, la Bouillotte fut-elle, pendant un certain temps, un divertissement des familles autant que de salon. Les romans de Balzac, vous vous en souvenez, évoquent d'heureux joueurs de Bouillotte.

Mais, cette fois encore, les habitués des tripots y trouvèrent occasion à de savantes acrobaties. Aussi, sous l'Empire d'abord, sous la Restauration ensuite, des mesures durent-elles à nouveau être prises pour mettre un frein aux exploits des joueurs d'une habileté douteuse.

En 1825, dans les tripots du Palais-Royal à Paris, on jouait tout autant à la Bouillotte qu'au Trente-et-Un. Mieux encore, comme les jeux étaient surveillés, certains tenanciers de salles de jeux ouvrirent-ils des « Maisons de Bouillotte », lesquelles, pour dépister la police, se déguisaient en tables d'hôte. Aussitôt le dîner terminé, elles devenaient des tables de Bouillotte. Les passionnés de ce jeu, comme aussi de l'Ecarté, pouvaient y faire valoir leur habileté. Vers le milieu du XIXe siècle, la grande vogue de la Bouillotte s'éteignit. Joué loyalement, ce jeu reste pourtant l'un des plus distrayants que l'on connaisse.

Les joueurs et les cartes

La Bouillotte peut réunir quatre ou cinq joueurs.

On utilise un jeu de vingt-huit cartes, soit un jeu de Piquet dont on supprime les 7.

L'As y vaut 11 points, les figures 10, les cartes blanches leur valeur nominale.

Le but de la partie

La Bouillotte est un jeu d'argent. Le but est de gagner le maximum, c'est-à-dire toutes les mises.

On représente l'argent par des jetons et des fiches. La mise totale de chaque joueur est habituellement de cinq jetons et de cinq fiches, chacune de ces dernières valant cinq jetons. Jetons et fiches, déposés devant chaque joueur, représentent sa *cave*. Quand il les a tous perdus, il est *décavé*.

Les places

Pour déterminer la place que chacun occupera, on sort du jeu un As, un Roi, une Dame, un Valet et un 10. On les mêle. Chacun tire une carte. Elle indiquera la place qui lui revient. Le Roi, et non l'As, indique le donneur. Le possesseur de l'As s'installera à sa droite. Celui qui détient la Dame, à la droite de l'As, puis le valet et le 10.

Les mises

Avant de distribuer les cartes, chaque joueur dépose un jeton dans la corbeille dressée au centre de la table, le donneur étant le dernier à le faire. La première personne à jouer (l'As) peut, si elle le désire, se *carrer* en mettant au jeu autant de jetons qu'il y en a déjà, plus un. Le second joueur (la Dame) peut se *contrecarrer* en doublant à nouveau la mise plus un jeton. Le troisième peut se *tricarrer*, le quatrième se *quadricarrer* (c'est le maximum permis). Il y a évidemment un grand avantage à pouvoir se carrer : si tout le monde passe, sa cave et les enjeux déposés dans la corbeille appartiendront à celui qui s'est carré. En outre, si le jeu se fait, celui qui a décidé de se carrer jouera le dernier.

Enfin, un joueur peut proposer son *va-tout*, c'est-à-dire qu'il mise tout l'argent de sa cave (ce qu'il a donc devant lui).

La partie

Le donneur distribue, une à une, trois cartes à chaque joueur et retourne celle qui suit cette distribution (donc la treizième si l'on joue à quatre ou la seizième quand on est cinq). Il dépose le talon à sa droite.

Le premier joueur à sa droite parle en premier lieu, s'il n'est pas carré. Si son jeu lui paraît valable, il annonce qu'il *voit* le jeu, c'est-à-dire les quatre ou cinq jetons de la corbeille. Ou qu'il voit, avec telle autre quantité de fiches qu'il devra ajouter à la mise centrale. Si son jeu lui paraît médiocre, il peut passer. Quand ce joueur a parlé, les autres répondent successivement, soit en tenant le jeu, soit en relançant celui qui a ouvert, donc en offrant un enjeu plus fort.

Cette relance oblige ceux qui ont ouvert à tenir, donc à jouer ce que l'on propose, ou à renoncer en payant autant de jetons qu'il y en a au jeu ou autant qu'ils ont proposé de tenir. Celui qui a passé peut revenir au jeu et relancer s'il lui plaît.

Lorsque tout le monde a parlé et que plusieurs joueurs tiennent, ceux qui passent abattent leurs cartes à découvert et ceux qui tiennent ont le privilège de prendre, parmi ces cartes celles qui pourraient leur convenir.

Le joueur qui a le point le plus fort gagne le coup, c'est-à-dire celui qui a le plus de cartes de la même couleur ou les plus fortes en points.

S'il y a égalité, le premier en points l'emporte.

Toutefois, le joueur qui peut abattre un brelan — trois cartes de même valeur dans trois couleurs différentes — bat le point maximum.

Le brelan d'As bat les autres brelans, mais il est lui-même battu par un carré — quatre cartes de même valeur — qui l'emporte sur tout (points ou brelans).

Quand tout le monde passe, chacun remet un jeton dans la corbeille et l'on recommence. Rappelons que lorsqu'un joueur au départ, a annoncé être carré, sans qu'un des joueurs suivant ne vienne se contrecarrer, il a droit, si tout le monde passe à la totalité des mises.

Ce jeu est passionnant parce qu'il se prête à maintes astuces. Ainsi, un joueur qui possède un beau jeu au départ pourra perdre devant un autre joueur, malchanceux d'abord mais qui a eu la bonne fortune de trouver dans les cartes déposées de quoi réaliser un jeu plus fort.

Variante

Certains passionnés de Bouillotte estiment qu'il est possible de rendre les parties plus attrayantes en limitant le jeu à quatre joueurs et en réduisant le nombre de cartes mises à la disposition du donneur. En ce cas, le jeu ne comprendra que vingt cartes, soit un jeu de Piquet dont on aura enlevé non seulement les 7 mais aussi les 10 et les Valets.

Le Brelan S/3 4 5

Appelé à l'origine *berlan*, ce jeu fut pratiqué dès le XVIe siècle. Il doit son nom au tapis sur lequel on jouait aux dés et qu'on utilisa ensuite pour jouer aux cartes.

Jeu d'argent, il facilita maintes tricheries. Aussi fut-il définitivement interdit en France sous le Directoire quand, pour réprimer la fureur du jeu qui s'était emparée de toute la population, la police se décida à fermer les innombrables tripots de Paris, n'en laissant subsister que neuf pour toute la ville.

La Bouillotte qui est en réalité une modification du Brelan, devait lui succéder.

Les joueurs et les cartes

On peut jouer au Brelan à trois, à quatre ou à cinq personnes, avec un jeu de trente-deux cartes.

La partie

Chaque joueur dépose une mise dans une corbeille placée au centre de la table. Après avoir tiré la main, le donneur distribue, une à une, trois cartes à chaque joueur. Celui qui obtient ainsi un brelan, c'est-à-dire trois cartes de même valeur (trois Rois, trois 10, etc.) a droit au contenu de la corbeille.

Un brelan d'As.

Si deux joueurs abattent un brelan, celui de la valeur la plus haute l'emporte. Celui toutefois, qui a la chance d'obtenir un brelan de Valets, dénommé *le favori*, l'emporte sur tous les autres brelans, même ceux des As, des Rois ou des Dames.

Le Bridge D/3 4

Devenu l'un des principaux jeux en vogue aujourd'hui, le Bridge est d'une complexité infinie et le plus savant de tous les jeux de cartes. Dérivé du Whist, le jeu de cartes qui, le premier, introduisit l'idée du *partnership*, il se joue à quatre personnes, qui s'affrontent deux contre deux.

Origine

Le terme *Bridge* peut se référer à quatre jeux distincts : Bridge whist, Auction bridge, Bridge plafond et Bridge contrat. Tous ces jeux ont été appelés Bridge au cours de leur période d'expansion, et le terme Bridge whist n'était même pas utilisé lorsque le jeu était en vogue (1894-1904). Il semble que le mot « bridge » ait été mentionné pour la première fois dans un pamphlet publié en 1886 sous le titre : *Biritch, ou whist russe*.

Bien qu'il n'y ait aucune certitude que le jeu soit russe, le fait d'avoir été baptisé « whist russe » donne du poids à l'idée que son origine se situe en Russie. La raison que le nom « bridge » a été donné à ce jeu est due, sans le moindre doute, au fait que ce mot anglais (qui signifie « pont ») ressemble le plus à *biritch*. De là à croire que *biritch* soit un mot russe, il n'y a aucun élément qui confirme cette thèse. Son origine est inconnue.

Les variétés

Le Bridge a épousé plusieurs formes avant d'atteindre son statut définitif : le Bridge contrat, dont la diffusion ne cesse de croître.

L'Auction bridge constitue la troisième étape dans l'évolution générale du Bridge. Ses prédécesseurs étaient le Whist et le Bridge whist. Sa grande innovation concernait l'introduction des enchères compétitives. L'Auction bridge a été pratiqué pour la première fois en 1903 ou 1904. Sa popularité alla *crescendo*, au détriment du Whist et du Bridge whist.

L'objectif premier de l'Auction bridge était de maintenir les enchères le plus bas possible, dans la mesure où la contestation adverse le permettait. En effet, le déclarant bénéficiait de toutes les levées réalisées, demandées ou non. Si, par exemple, le déclarant avait annoncé un contrat de 2 piques, exigeant 8 levées pour y satisfaire, la réussite de 4 levées supplémentaires lui réservait le droit d'inscrire un petit chelem. Par ailleurs, les pénalités et les primes n'étaient pas affectées par la vulnérabilité. Les bonifications attribuées aux honneurs diffèrent sensiblement de celles du Bridge contrat.

Le Bridge plafond peut être considéré comme la quatrième étape. Très populaire en France et en Belgique, le Bridge plafond supprime le privilège du déclarant de tirer grand bénéfice des levées non demandées. Un contrat partiel à 2 piques, par exemple, ne donne aucun droit à la manche, quand bien même on réalise deux levées supplémentaires. Celles-ci s'inscrivent au-dessus de la ligne, c'est-à-dire au *plafond*. Les primes pour le chelem sont dérisoires et enlèvent tout attrait aux déclarations de chelem. En résumé, le Bridge plafond met l'accent sur le jeu de la carte et condamne les enchères à un rôle secondaire.

Cherchez le mort.

BRIDGE CONTRAT

C'est en 1925 que l'Américain Harold Vanderbilt conçoit une nouvelle méthode comptable pour établir les *scores*, en attribuant des valeurs mieux choisies aux primes de manche et de chelem, pénalités, levées supplémentaires et honneurs, tout en les rendant variables selon la vulnérabilité. Sa trouvaille avait pour effet de rendre davantage justice aux enchères.

Le Bridge contrat ne tarda pas à s'implanter aux Etats-Unis, mais, pendant plusieurs années, il manqua au Bridge des règles universelles. Et il fallut attendre un appel de

La période des déclarations.

Culbertson, en 1929, pour convaincre le monde du Bridge de la nécessité d'élaborer et de promulguer un premier *Code international du Bridge*. A cet effet, le Whist Club de New York, le Portland Club de Londres et la Commission française du Bridge s'unirent pour s'atteler à cette tâche, et le premier *Code international* du Bridge contrat vit le jour en novembre 1932 (édité en France chez Plon).

Les joueurs

Le Bridge contrat est un jeu de *partnership*. Une partie (ou *robre*) se dispute entre 4 joueurs formant 2 équipes de 2 partenaires se faisant vis-à-vis. Le sort décide des associations. Chacun des joueurs tire une carte. Les 2 plus hautes jouent ensemble. Les adversaires seront ceux qui ont tiré les 2 cartes les plus basses. Match au meilleur de 3 manches éventuelles, le *robre* est terminé lorsqu'un *partnership* a gagné 2 manches. Les joueurs disputent alors un deuxième *robre* en changeant de partenaire.

Les cartes

Il faut 52 cartes pour jouer au Bridge. On peut se contenter d'un paquet de cartes, mais il est plus commode d'en avoir deux en circulation. Pendant qu'on utilise l'un, on prépare l'autre pour la donne suivante.

Les quatre couleurs

Le paquet est divisé en quatre couleurs : piques, cœurs, carreaux et trèfles. L'ordonnance choisie correspond à leur hiérarchie. Les deux premières s'appellent les couleurs majeures, les deux dernières les couleurs mineures. La nuance entre ces deux catégories joue un rôle capital à l'annonce.

Chaque couleur comprend 13 cartes : As, Roi, Dame, Valet, 10, 9, 8, 7, 6, 5, 4, 3, 2. L'ordonnance de celles-ci correspond à leur hiérarchie. Les cinq premières (A R D V 10) sont des honneurs, les autres des cartes basses.

Le jeu

Le Bridge contrat comprend deux phases essentielles : 1) les annonces ; 2) le jeu de la carte. Les annonces précèdent le jeu de la carte et tous deux se déroulent dans le sens des aiguilles d'une montre, au même titre que la distribution des cartes. Chaque joueur est donneur à tour de rôle ; après avoir battu les cartes et les avoir fait couper par son voisin de droite, le donneur les distribue une à une, en commençant par la gauche. Chaque joueur reçoit 13 cartes.

Les annonces

Le donneur est celui qui a tiré la carte la plus haute ; et il a le privilège de parler en premier lieu. Il peut ouvrir le

Une fatalité.

débat ou passer. S'il annonce 1 pique, par exemple, l'ouvreur s'engage à réaliser le nombre de levées demandées (1) plus 6. Un contrat de 4 piques, par exemple, implique 4 + 6 = 10 levées. C'est pour des raisons de facilité que la portion des 6 premières levées se trouve omise à l'annonce.

Pour faire une enchère supérieure à la précédente, deux possibilités : soit demander à faire une levée de plus, soit nommer au même niveau une couleur de rang supérieur.

Par exemple :

S	O	N	E
1 trèfle	1 carreau	1 cœur	1 pique
1 S.A.			

Cinq enchères au palier 1, qui indiquent l'ordre hiérarchique des quatre couleurs et du sans-atout (S.A.).

Contre et surcontre

Lorsqu'un camp s'est engagé à gagner un certain nombre de levées, et qu'il n'y réussit pas, une pénalité est prévue. Si le contrat est 3 S.A. exigeant 9 levées, le fait de ne réaliser que 8 levées en implique une de *chute*. Or le camp adverse peut *contrer* ce contrat, s'il estime que 3 S.A. seront irréalisables. Dans l'affirmative, la pénalité sera plus lourde.

Vulnérabilité

Un camp qui gagne une manche devient *vulnérable*. Cette vulnérabilité a une double conséquence : les pénalités sont plus onéreuses, les récompenses ou primes sont plus importantes.

La marque

La manche exige au moins 100 points. Pour atteindre d'emblée ce but, le contrat le plus économique est 3 S.A. Il n'exige que 9 levées et vaut exactement 100 points : le premier S.A. annoncé 40 points ; les suivants 30 points.

Les couleurs majeures (pique et cœur) : 30 points par unité annoncée, permettent de réaliser la manche au palier 4 ($4 \times 30 = 120$ points).

Les couleurs mineures (carreau et trèfle) sont les moins attrayantes, parce qu'elles ne valent que 20 points par unité. Il faut annoncer 5 carreaux ou 5 trèfles et réussir 11 levées pour inscrire la manche : $5 \times 20 = 100$ points.

A défaut de pouvoir déclarer la manche, un *robre* peut se gagner par étapes, à l'aide du *score partiel*.

Primes

Deux manches alors que les adversaires en avaient déjà une :	500 points
Deux manches successives, déclarées et réussies :	700 points
Petit chelem (12 levées), non vulnérable :	500 points
Petit chelem, vulnérable :	750 points
Grand chelem (13 levées), non vulnérable :	1 000 points
Grand chelem, vulnérable :	1 500 points
Quatre honneurs à l'atout dans une seule main :	100 points
Cinq honneurs à l'atout dans une seule main :	150 points
Quatre As à S.A. dans une seule main :	150 points

Réussite d'un contrat contré ou surcontré :	50 points
Levées supplémentaires dans un contrat contré, non vulnérable :	100 points par levée
Levées supplémentaires dans un contrat contré, vulnérable :	200 points par levée
Levées supplémentaires dans un contrat surcontré, non vulnérable :	200 points par levée
Levées supplémentaires dans un contrat surcontré, vulnérable :	400 points par levée
Levées supplémentaires dans un contrat non contré :	valeur de la couleur
- par levée en couleur mineure :	20 points
- par levée en couleur majeure ou en S.A. :	30 points

Pénalités

Elles varient, tout comme les primes, selon la vulnérabilité, mais aussi en fonction du contre et du surcontre.

Non vulnérable

Chaque levée de chute :	50 points
Première levée de chute, contrée :	100 points
Chacune des suivantes :	200 points
Première levée de chute, surcontrée :	200 points
Chacune des suivantes :	400 points

Vulnérable

Chaque levée de chute :	100 points
Première levée de chute, contrée :	200 points
Chacune des suivantes :	300 points
Première levée de chute, surcontrée :	400 points
Chacune des suivantes :	600 points

L'évaluation d'une ouverture

Pour évaluer leur jeu, les bridgeurs utilisent ce tableau universellement admis :

Il est interdit de regarder dans le jeu de l'adversaire.

As = 4
Roi = 3
Dame = 2
Valet = 1

Il y a 40 points d'honneur dans un paquet de 52 cartes, si bien que la part moyenne de chacun s'élève à 10 points. Une valeur d'ouverture exige pour le moins 12 à 13 points d'honneur.

Observons que le calcul des points d'honneur est d'autant plus utile que la répartition est mauvaise : 4-3-3-3 ou 4-4-3-2.

Avec l'apparition des couleurs longues (répartitions excentriques), il importe de faire intervenir aussi les points de distribution, pour mieux apprécier la valeur de son jeu.

Points de distribution

Pour évaluer leur jeu, les bridgeurs utilisent ce tableau établi le tableau suivant, basé sur les couleurs *courtes* :

Chicane = 3 points
Singleton = 2 points
Doubleton = 1 points

Points de soutien

Pour le partenaire de l'ouvreur, nanti d'un soutien par 4 cartes dans la couleur d'atout, il complétera son calcul en points d'honneur par celui des points de soutien, conformément au tableau qui suit :

Chicane = 5 points
Singleton = 3 points
Doubleton = 1 points

La feuille de marque

Une feuille de marque est composée de deux colonnes. Le marqueur (chacun peut marquer s'il le désire) inscrit les résultats de son camp dans la colonne de gauche. Les deux colonnes sont traversées par une ligne horizontale. Au-dessus sont inscrites les primes et les pénalités qui n'affectent pas la marche du *robre*. Le contrat demandé et réussi est inscrit au-dessous, et une nouvelle horizontale se trace dès qu'une manche est obtenue.

Fig. I

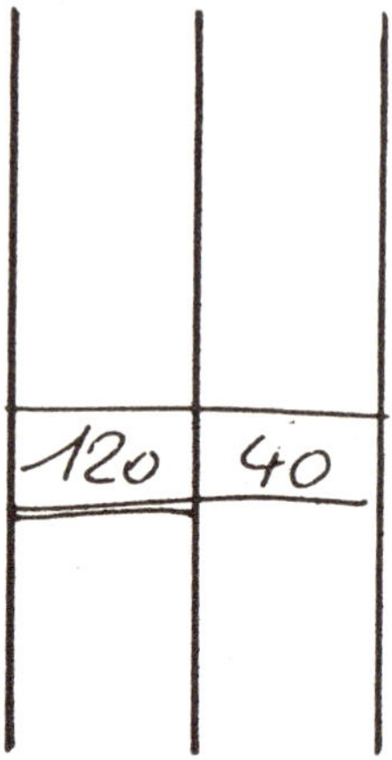

Fig. II

Fig. I : Feuille de marque vierge.
Fig. II : Le camp du marqueur gagne la première manche.

Le jeu de la carte

Quand les enchères sont terminées, le joueur qui se trouve à gauche de celui qui a enlevé le contrat *entame* d'une des 13 cartes qu'il détient.

Après l'entame, le partenaire du déclarant étale ses cartes sur la table, dites les cartes du *mort*.

Première règle à suivre : *il faut fournir à la couleur*. Si l'entame est pique, les trois autres joueurs doivent suivre en pique. La non-observance de cette règle n'est admise que dans le cas où l'un des joueurs, ou le mort, possède une *chicane* à pique, c'est-à-dire une absence de cartes dans la couleur entamée. S'il s'agit d'un contrat à l'atout, celui qui possède une chicane dans la couleur jouée a la faculté de couper ou de défausser une autre couleur. S'il coupe, la levée lui appartiendra, à moins qu'il soit surcoupé, ce qui suppose une autre chicane en cette même couleur du côté adverse.

En revanche, lorsqu'il s'agit d'un contrat à S.A., c'est-à-dire où il n'y a pas de couleur d'atout, la chicane dans la couleur jouée autorise la défausse d'une carte d'une autre couleur. Bref, dans un contrat à S.A., chaque levée est gagnée par celui qui sort la plus haute carte de la couleur jouée.

Termes spéciaux du bridge

Affranchir : rendre maîtresses (affranchies) une carte ou toutes les cartes d'une couleur, en faisant tomber le ou les honneurs supérieurs des adversaires.

Amende : pénalité provenant de levées de chute contrées ou surcontrées.

Annonce : proposition de contrat faite par les joueurs durant la première partie du coup. Synonymes : *enchère, déclaration, demande*. On peut annoncer un contrat (de 1 trèfle à 7 S.A.), accepter le contrat précédent *(passe)*, contrer le contrat adverse *(contre)* ou surcontrer le contre adverse *(surcontre)*.

Appel : carte invitant le partenaire à jouer une couleur déterminée.

Atout : couleur privilégiée, désignée par l'enchère finale. Toute carte de la couleur d'atout est supérieure à celle des autres couleurs.

Balancé : se dit d'un jeu qui possède l'une des 3 répartitions suivantes : 4-3-3-3, 4-4-3-2, 5-3-3-2.

Bicolore : se dit d'un jeu dont la répartition comporte deux couleurs de quatre cartes au moins.

Blanc : jeu blanc = jeu ne comportant aucun honneur.

Changement de couleur : réponse ou redemande faite dans une nouvelle couleur.

Chelem : contrat de 12 levées *(petit chelem)* ou de 13 levées *(grand chelem).*

Chicane : absence de cartes d'une couleur dans un jeu de 13 cartes.

Chuter : ne pas accomplir le contrat demandé.

Compétitif : ce terme définit les situations d'enchères où les deux camps se disputent le contrat final.

Contrat : nombre de levées que s'engage à faire chaque joueur pour obtenir le droit de choisir l'atout ou de jouer sans-atout.

Contre : enchère qui augmente le coût des contrats chutés (ou le profit des contrats réussis).

Couper : jouer une carte de la couleur d'atout sur une levée de couleur différente.

Surcouper : jouer un atout supérieur à une coupe précédente.

Couvrir : jouer une carte supérieure à celle de l'adversaire de droite.

Déclarant : joueur ayant annoncé en premier la couleur du contrat final.

Donneur : joueur qui distribue les cartes et annonce en premier.

Doubleton : couleur constituée de deux petites cartes.

Flanc : adversaires du déclarant.

Fit : terme caractérisant deux jeux ayant une ou plusieurs couleurs communes.

Intermédiaires : 10, 9 et 8 de chaque couleur. Ces cartes servent d'appui aux honneurs supérieurs.

Intervention : enchère faite après une ouverture adverse, lorsque l'un des adversaires peut encore parler.

Mariage : combinaison dans le même jeu de la Dame avec le Roi *(grand mariage)* ou le Valet *(petit mariage).*

Misfit : terme caractérisant deux jeux n'ayant pas de valeur complémentaire.

Pénalité : perte subie par le camp qui n'a pas réalisé son contrat.

Séquence : combinaison de plusieurs cartes de même couleur qui se suivent par leur rang (R D V, V 10 9, etc.) ; également, ensemble des enchères faites sur une donne *(séquence d'enchères).*

Singleton : carte isolée dans une couleur.

Surenchère : enchère dépassant l'enchère précédente.

Tripleton : couleur d'un jeu comportant 3 cartes sans valeur.

Pour plus de renseignements sur le Bridge contrat, ne manquez pas de consulter le Marabout Flash n° 61, « Je bridge » ; et, pour une connaissance approfondie du jeu, l'ouvrage en deux volumes de Jo Van den Borre, « Le Guide Marabout du Bridge », tome 1 : « Les Annonces », tome 2 : « Le Jeu de la carte » (collection Marabout Service, n°s 173 et 174).

LE BRIDGE WHIST

On joue généralement en trois robres.

Chaque robre comprend trois manches de 30 points (aux Etats-Unis, on joue parfois en 50 ou 80 points, mais cette règle de jeu n'est guère recommandable). Si un camp gagne deux manches, la troisième n'est pas jouée, celle-ci étant, en somme, la « belle » après une manche gagnée par chaque équipe.

On joue chaque manche jusqu'au moment où l'un des camps a gagné les 30 points. Ces points ne se gagnent que par les tricks, c'est-à-dire les levées faites après les six premières levées dites du *devoir.*

Après chaque robre, les joueurs changent de place de telle sorte que chacun se trouve, pendant un robre, assis devant l'un des autres. Pour cela, après le robre, le donneur qui vient de distribuer les cartes change de place avec son voisin de droite.

Les gagnants du robre (donc de deux manches) ajoutent aux points qu'ils viennent d'acquérir ainsi, les points que leur rapportent diverses combinaisons dites *hasards* : honneurs, chicane ou chelems (voir plus loin) ; le chiffre ainsi obtenu est augmenté de 100 points, dits « points de queue ». On déduit du total des points auquel on arrive ainsi, les points des levées et des hasards des adversaires qui ont donc un total inférieur.

La soustraction donne finalement le nombre de points que gagne l'équipe victorieuse du robre.

Le paiement s'opère suivant la valeur attribuée par convention, avant la partie, à chacun de ces derniers points. Il se fait après chaque robre.

Les annonces

Le donneur ayant relevé son jeu, imité en cela par chacun, annonce l'atout, à moins qu'il ne juge bon d'annoncer jouer *sans atout*. Dans ce dernier cas, il sera donc impossible de couper durant ce coup et seule comptera la valeur des cartes.

Le donneur peut aussi *passer parole*. Il oblige ainsi son partenaire à désigner un atout ou à déclarer sans atout.

La couleur choisie pour servir d'atout a le pouvoir, pendant la durée de la manche, de couper et de prendre n'importe quelle carte des autres couleurs, quelle que soit sa valeur propre.

En sans atout, les cartes fortes prennent les cartes plus faibles de la même couleur.

L'atout étant désigné, le voisin de gauche du donneur parle le premier.

S'il estime que son jeu permettra des relances, il déclare : « Contre ». Sinon il interroge son partenaire : « Puis-je jouer ? » Celui-ci, selon sa main, répond : « Oui ! » ou « Contre ! »

Ces déclarations faites, l'équipe du donneur peut faire *recontre* (cette formule de recontre n'est pas toujours employée, on déclare directement *surcontre*) ; puis la première équipe peut déclarer surcontre, et ainsi de suite, chacun parlant à son tour suivant l'ordre établi au départ.

Chaque contre, recontre ou surcontre déclaré doublera la valeur des *tricks* réalisés après les six premières levées du *devoir*.

Toutefois une déclaration de contre exige du déclarant l'engagement de faire au moins sept levées, soit les six du devoir et un premier trick.

Un contre double donc la valeur d'un trick, un recontre la quadruple, un surcontre double un recontre et ainsi de suite.

Le jeu

Quand plus personne ne relance, la partie peut commencer.

Le joueur assis à la gauche du donneur abat donc une carte. A ce moment, le partenaire du donneur — donc le joueur assis à gauche de celui qui vient de jouer — étale son jeu à découvert sur la table : il est *mort*.

Les règles du jeu

- Chaque joueur doit fournir la couleur demandée. Il n'est pas obligatoire cependant de monter ou de surmonter.

On peut couper avec de l'atout. La plus forte carte de la couleur jouée ou une carte d'atout opère la levée.

Si le pli comporte plusieurs atouts, le plus fort l'emporte. Celui qui opère la levée jouera ensuite en premier lieu.

Chaque camp bénéficie des points des levées qu'il a réalisées.

- Si un joueur possède la couleur demandée et qu'il néglige de fournir, il y a *renonce*. Cette dernière est pénalisée de trois levées inscrites à son compte, ou ajoutée à celles du camp adverse, si le coupable ne peut les défalquer de son compte.
- Quand un joueur ne possède aucun atout dans son jeu, il doit, à son tour de jouer, déclarer : « Chicane ». Cette chicane lui permettra d'ailleur de marquer des points dans sa colonne des hasards.

La marque

Pour marquer les points, on établit un double tableau, l'un réservé aux points acquis par les tricks, l'autre aux points obtenus par les *hasards* (honneurs, chicane, etc.).

Tricks et hasards permettent de marquer des points. Chaque trick fait après les six levées du devoir vaut :
en atout cœur : 8 points ;
en atout carreau : 6 points ;
en atout trèfle : 4 points ;
en atout pique : 2 points ;
en sans atout : 12 points.

Rappelons que les contre et surcontre multiplient la valeur des tricks.

Remarques

Il est évident que les levées utiles sont celles qui permettront d'atteindre le plus rapidement possible les 30 points qui font gagner une manche.

Ainsi cinq levées utiles à carreau, (après les six du « devoir ») feront gagner 30 points (5 × 6) ; 4 levées utiles à cœur : 32 points (4 × 8) ; 3 levées utiles sans atout : 36 points (3 × 12). Les points acquis ainsi s'inscrivent dans la colonne des tricks.

Le but étant de réaliser 30 points avant les adversaires, le donneur doit calculer sa déclaration en tenant compte des points acquis dans sa main. Si le compte est pauvre, c'est-à-dire s'il ne peut déclarer sans atout, cœur ou carreau, il a intérêt à passer parole. En effet, 5 levées à trèfle ne donnent que 20 points et 5 levées à pique, 10 points.

Les honneurs

Quand on joue avec atout, les honneurs sont l'As, le Roi, la Dame, le Valet et le 10 d'atout. Ils sont dits « simples » lorsque les deux partenaires n'en totalisent que trois, dans leurs jeux réunis.

Ils vaudront, en atout cœur 16 points ; en carreau 12 points ; en trèfle 8 points ; en pique 4 points.

Quand on joue sans atout, trois As représentent les honneurs simples et valent 30 points.

Quatre honneurs dans les deux mains, valent, en atout cœur : 32 points ; en carreau : 24 points ; en trèfle : 16 points ; en pique : 8 points ; en sans atout, quatre As valent : 40 points.

Cinq honneurs dans les deux mains, valent, en atout cœur : 40 points ; en carreau : 30 points ; en trèfle : 20 points ; en pique : 10 points.

Quatre honneurs en une seule main, valent : en atout cœur : 64 points ; en carreau : 48 points ; en trèfle : 32 points ; en pique : 16 points ; en sans atout quatre As valent : 100 points.

Quatre honneurs en une main, le 5e dans l'autre, valent en atout cœur : 72 points ; en carreau : 54 points ; en trèfle : 36 points ; en pique : 18 points.

Cinq honneurs dans une main, valent : en atout cœur : 80 points ; en carreau : 60 points ; en trèfle : 40 points ; en pique : 20 points.

La chicane

Celle-ci est déclarée par le joueur qui n'a pas une seule carte d'atout dans son jeu (en sans atout il n'y a donc pas de chicane).

Elle permet d'ajouter à la colonne des hasards deux fois

la valeur de l'atout soit en atout cœur : 16 points ; en carreau : 12 points ; en trèfle : 8 points ; en pique : 4 points.
Si le joueur qui fait la chicane n'a pas d'honneurs, il peut faire enlever le même nombre de points à ses adversaires.
S'il y a chicane dans les jeux des deux camps, les deux chicanes s'annulent.
Le contre et le surcontre n'interviennent pas dans le calcul des honneurs.

Chelem

Le camp qui réussit treize levées marque, en plus des tricks que lui valent ces levées, 40 points pour ce *grand chelem* dans la colonne des honneurs.
Le camp qui réussit douze levées marque, en plus des tricks que lui valent ces levées, 20 points pour ce *petit chelem*, dans la colonne des honneurs.

Points « de queue »

Lorsque le robre est terminé, on ajoute 100 points, dans la colonne des honneurs, à l'équipe qui vient de gagner deux manches de ce robre.
On additionne les points acquis tant par les tricks que par les honneurs, on défalque du montant le plus élevé le montant le plus faible et le nombre de points obtenus ainsi indique les points réels de l'équipe gagnante.
Il suffit de les multiplier par la valeur attribuée à chaque point, avant le jeu, pour obtenir le gain de l'équipe victorieuse.
Il peut arriver aussi que les gagnants des deux manches du robre perdent encore celui-ci, les points d'honneur pouvant assurer à leurs adversaires un montant total plus élevé.

LE BRIDGE PIRATE

Il obéit aux mêmes règles que le Bridge simple à quatre joueurs. Toutefois, pour commencer plus vite la partie, les participants renoncent aux opérations du tirage. Chacun choisit son premier partenaire et le premier donneur est désigné par un accord général.

LE BRIDGE A TROIS

- Au lieu de se jouer en parties liées de 30 points, le Bridge à trois se joue en 40 points secs.
- Chaque joueur fait le mort, à tour de rôle, jusqu'à ce qu'il ait gagné ou perdu 40 points.
- On peut convenir des places comme au Bridge pirate ou opérer un tirage. Dans ce dernier cas, celui qui tire la carte la plus basse fera le mort le premier, le détenteur de la deuxième carte basse le fera le dernier.

En cas de tirage de cartes de même valeur, un nouveau tirage s'opérera entre ces deux joueurs, le troisième (celui qui a tiré la carte la plus haute des trois) gardant la place acquise au premier tirage.

Le donneur doit, au premier coup, distribuer les cartes par sa propre main. Il peut choisir l'atout ou passer parole.

S'il choisit l'atout, ses adversaires peuvent jouer ou contrer.

S'il *passe parole* au mort, il doit, avant de regarder le jeu de ce dernier, poser son propre jeu sur table. Il n'a plus le droit de le regarder avant qu'une première carte n'ait été jouée.

Il doit se conformer pour la déclaration aux règles suivantes :

- le mort doit avoir quatre As, ou trois As ou deux As et un mariage d'autre couleur pour déclarer : « Sans atout » ; cinq cœurs ou quatre cœurs par trois honneurs pour déclarer : « Atout cœur » ; cinq carreaux ou quatre carreaux par deux honneurs pour déclarer : « Atout carreau » ;
- il déclare trèfle ou pique à volonté. Si, après la déclaration du mort auquel parole a été passée, les adversaires demandent contre, le défenseur peut déclarer surcontre quoiqu'il ait déjà vu ses deux jeux, mais sans avoir pu regarder une nouvelle fois le jeu de sa main.

LE BRIDGE AUX ENCHERES

Le donneur est le premier à parler.

Il ouvre les enchères, c'est-à-dire qu'il déclare vouloir faire un certain nombre de levées (après le devoir) en une couleur qui pourra peut-être devenir l'atout, ou en sans atout. Cependant, cette fois, quand vient son tour de parler, son partenaire peut faire une enchère supérieure à celle du donneur, obligeant donc ce dernier à le suivre pour exécuter l'engagement qu'il prend.

Quand le donneur a parlé, chaque joueur, en commençant par son voisin de gauche, a le droit de parler, de surenchérir à une déclaration précédente (même à celle de son partenaire), de contrer la déclaration d'un adversaire ou de surcontrer (si les adversaires ont contré) ou enfin de passer.

Pour constituer une surenchère à une déclaration précédente, il faut cependant :

- que la nouvelle couleur nommée représente un nombre de points supérieurs, chaque couleur ayant une valeur fixée pour les levées faites au-dessus du devoir.

Cette valeur est : en sans atout : 10 points ; en pique : 9 points ; en cœur : 8 points ; en carreau : 7 points ; en trèfle : 6 points ; ou bien :

- que le nombre de levées soit plus grand, à valeur de points égale. Ainsi, après deux levées sans atout (20 points), on doit faire au moins trois levées à carreau (3 × 7 = 21 points).

On peut contrer ou surcontrer mais le contre, qui double une déclaration d'enchère, n'empêche pas un autre joueur de poursuivre les enchères sans tenir compte de la valeur du contre qui vient d'être déclaré.

Ainsi, après deux tricks carreau (14 points) qui contrés valent 28 points, on peut fort bien demander trois levées à trèfle (18 points).

Le joueur qui fait l'enchère la plus haute, celle qui est admise quand les trois autres joueurs passent, devient le meneur du jeu. Il décide de l'atout, remplace donc le premier donneur, tient le mort, mais il doit faire au moins le nombre de tricks qu'il s'est engagé à réaliser, sinon ses adversaires pourront marquer des points à la colonne de leurs honneurs.

Les honneurs

Les honneurs simples (trois au total des jeux réunis des deux partenaires) sont comptés au double d'une levée simple, soit donc :

- à pique : 18 points ; à cœur : 16 points : à carreau : 14 points ; à trèfle : 12 points ;
- à sans atout, trois As valent 30 points ;
- quatre honneurs en deux mains valent 4 levées simples ; à sans atout, quatre As en deux mains valent 40 points ;
- cinq honneurs en deux mains valent 5 levées simples ;
- quatre honneurs en une main valent 8 levées simples ; à sans atout, quatre As en une main valent 100 points ;
- quatre honneurs en une main valent 10 levées simples.

Une chicane déclarée par le joueur qui n'a pas une seule

carte d'atout vaut le double de la levée simple.
Le grand chelem (treize levées) vaut 100 points.
Le petit chelem (douze levées) vaut 50 points.
Une renonce vaut 150 points.

Primes et amendes

Pour chaque levée qu'un joueur n'a pu faire selon son enchère, ses adversaires bénéficient de 50 points à marquer aux *hasards*.

En cas de contre, les levées exigées du demandeur, et réalisées, sont non seulement doublées, mais on marque également pour lui aux hasards 50 points par trick et 50 points par trick supplémentaire.

Si le demandeur ne réalise pas son engagement, chaque levée, en moins de celles qu'il devait faire, lui vaut une amende de 100 points.

En cas de surcontre, les levées exigées et faites sont non seulement quadruplées, mais le joueur marque aux hasards 100 points par levée réalisée et 100 points par levée supplémentaire.

Les adversaires inscrivent dans leur colonne de hasards, 200 points pour chaque levée manquant au demandeur.

Enfin, le parti qui gagne le robre peut ajouter à son compte de hasards 250 points de *queue*.

Sauf les modifications relatives au donneur, à la proclamation de l'atout, à l'ordre des couleurs et à leur valeur, ainsi qu'à la valeur des points attribués aux honneurs et aux primes, la partie même du Bridge aux enchères se déroule comme le Bridge simple.

LE BRIDGE-PLAFOND

Les points attribués aux honneurs diffèrent de ceux attribués aux mêmes honneurs dans les autres jeux de Bridge.

Les honneurs ne se marquent qu'à la condition d'en avoir au moins quatre dans une main (les honneurs dits « simples » n'interviennent donc pas).

Quatre honneurs dans une main valent . .	100 points
Quatre honneurs dans une main et le cinquième dans l'autre	150 —
Cinq honneurs dans une main	200 —
Quatre As dans une main (sans atout) : . .	200 —

Des primes sont accordées en points qui s'inscrivent également aux honneurs.

Pour les levées supplémentaires qu'un camp réussit en sus de celles demandées par le contrat, les partenaires reçoivent 50 points par levée supplémentaire, à inscrire dans la colonne des honneurs.

Un joueur a donc intérêt à faire le plus grand nombre de levées possible.

Une prime de bon joueur, de 50 points, est accordée au camp qui réussit son contrat ; mais par contre s'il ne le réussit pas, ses adversaires ont le droit d'inscrire 100 points, dans leur colonne d'honneurs, par levée non réalisée.

Chelem

Le grand chelem (13 levées) permet d'inscrire 200 points aux honneurs ; le petit chelem (12 levées) permet d'inscrire 100 points.

A la fin de chaque manche, on ajoute 100 points aux honneurs du camp gagnant ; à la fin de chaque robre, les gagnants du robre ajoutent 400 points à leurs honneurs.

Contre et surcontre

Comme dans les autres Bridges, le contre et le surcontre doublent ou quadruplent les points, sauf tous ceux qui doivent s'inscrire aux honneurs.

Les infractions

Une nouvelle donne peut être exigée et faite par le même donneur, les cartes ayant été battues et coupées :
- si la coupe n'a pas été faite par le joueur qui devait la faire ;

Par inadvertance.

- si une carte a été montrée pendant la coupe ;
- s'il a été coupé moins de quatre cartes ;
- si l'un des joueurs a mêlé les cartes après la coupe ;
- si l'on trouve, pendant la donne, retournée dans le jeu de cartes, une carte de valeur quelconque ;
- si, pendant la donne, une carte se trouve exposée à la vue des joueurs, soit en tombant sur le tapis, soit en tombant à terre, etc.
- si la dernière carte ne revient pas, selon l'ordre régulier, au donneur ;
- si un joueur ramasse par inadvertance le jeu d'un autre joueur et en prend connaissance ;
- si, pendant le coup, un joueur se trouve avoir plus de cartes que le nombre normal auquel il a droit ou si un autre en a moins ;
- si, pendant la donne, un joueur prend connaissance de l'une de ses cartes et si, de ce fait, une carte est retournée, l'adversaire voisin de gauche du joueur fautif a le droit, après avoir examiné son jeu, de décider si la donne peut se poursuivre ;
- si, après la fin de la donne mais avant que la période des déclarations soit close, un joueur montre (sans vouloir attaquer) une seule carte n'ayant pas rang d'honneur, le joueur qui devient le demandeur peut exiger, si la faute provient de l'un de ses adversaires, que cette carte soit étalée ou que le partenaire du joueur fautif n'entame pas dans la couleur de la carte montrée ;
- si un joueur montre une carte ayant rang d'honneur, son adversaire de gauche peut demander une nouvelle donne.

Sont considérées comme demandes irrégulières :

- une annonce de plus de sept tricks ;
- le contre ou le surcontre d'une annonce que le partenaire d'un joueur aurait déjà contrée ou surcontrée ;
- l'appel fait d'une couleur, en contrant ou surcontrant, qui n'est pas celle qui peut faire l'objet d'un contre ou d'un surcontre.

Ces déclarations irrégulières peuvent être sanctionnées par le voisin de gauche du joueur fautif qui peut soit exiger une nouvelle donne, soit considérer l'annonce comme nulle et, en ce cas, laisser continuer les déclarations comme si le joueur fautif avait passé parole.

Enchère insuffisante

Si un joueur fait une enchère insuffisante pour battre une annonce précédente, et s'il n'a pas rectifié son erreur avant qu'un des joueurs le lui ait fait remarquer, il doit faire une nouvelle déclaration suffisante. Celle-ci peut être à n'importe quelle couleur et comporter un nombre de tricks quelconque, mais son partenaire doit passer parole quand vient son tour de parler.

Fautes du mort

Si le mort, soit en touchant une carte, soit d'autre manière, suggère au demandeur de jouer telle ou telle carte, son adversaire de gauche a le droit d'imposer au demandeur soit de jouer, soit de ne pas jouer cette carte, sauf si cela occasionne une renonce.

Carte jouée

Une carte jouée ne peut être reprise. Une carte nommée par un joueur comme étant celle qu'il se propose de jouer ne peut non plus être changée pour une autre.

Tout joueur peut, s'il en est prié, indiquer la sanction qui s'applique à une faute commise.

Un côté qui a déclaré le grand chelem et qui ne réussit que le petit chelem, ne peut marquer les points attribués à ce dernier.

Un joueur obligé de partir avant que le robre soit terminé peut se faire remplacer si les autres joueurs y consentent. A défaut de ce consentement, s'il est impossible de trouver un remplaçant, le robre est considéré comme achevé d'un commun accord.

La Brusquembille   S/2 à 5

Les règles de ce jeu auraient été fixées, assure-t-on, au XVIIIe siècle, par Deslaurier, comédien de l'Hôtel de Bourgogne et surnommé Brusquembille. Très populaire au XVIIIe siècle, ce jeu perdit sa vogue sous l'Empire. De nos jours, on ne le joue plus guère alors qu'il est fort distrayant.

Les joueurs et les cartes

La Brusquembille (ou Bruxambille) peut réunir de deux à cinq joueurs. Quand ces derniers sont en nombre pair, on utilise trente-deux cartes ; en nombre impair, trente cartes qu'on obtient en retirant du paquet un 7 rouge et un 7 noir.

L'As vaut 11 points et le 10 a sa valeur nominale. Ces deux cartes sont dites *brusquembilles*. Le Roi vaut 4 points, la Dame 3, le Valet 2. Les autres cartes n'entrent pas en compte.

Il est préférable de jouer avec des jetons car, en cours de partie, des paiements doivent se faire. Au départ, on désigne le nombre de jetons que chaque perdant paiera au gagnant.

La partie

Le donneur désigné en premier lieu par tirage au sort, distribuera, une à une, trois cartes à chacun des joueurs. Il en prend également trois. La dernière carte tirée est l'atout qu'il doit annoncer.

La distribution terminée, le donneur dépose le talon au centre du tapis car bientôt chaque joueur, à tour de rôle, devra y prélever une carte.

Le joueur assis à droite du donneur abat une carte quelconque. Chacun doit suivre avec une carte de la couleur demandée ; toutefois, le joueur qui ne possède ni cette couleur, ni un atout, doit se défausser d'une carte quelconque et couper le jeu.

Le joueur qui fait la levée tire la carte supérieure du talon et la joue. Les autres agissent de même. La partie se poursuit ainsi jusqu'à épuisement du talon. On joue alors les deux cartes que chacun garde en main.

Le joueur qui abat l'As d'atout reçoit deux jetons de chacun de ses adversaires.

Celui qui abat un As reçoit également deux jetons ; mais si cet As est coupé, celui qui l'a abattu ne reçoit rien et doit, au contraire, donner deux jetons à chacun de ses adversaires.

On fait le compte des levées. Le plus grand nombre de points désigne le gagnant.

Le joueur assis à la droite du donneur remplacera ensuite ce dernier.

Recevoir deux jetons.

La Canasta

D/2 à 6

C'est un jeu de création relativement récente puisqu'il n'apparut aux Etats-Unis qu'à la fin de la dernière guerre. Il arrivait d'Amérique du Sud et, selon certains auteurs, il serait né en Uruguay d'où il serait passé au Chili et en Argentine. La Canasta — mot espagnol pour « corbeille » — connut, vers 1947-48, un très vif succès aux Etats-Unis, tout en étant joué souvent de manières diverses. Soucieux de standardisation, les Américains s'évertuèrent à unifier et à codifier toutes ces règles élémentaires. Ils réussirent à créer ainsi un jeu qui peut s'apparenter au Rami, mais qui établit cependant quelques conventions toutes nouvelles dans le mécanisme des jeux de cartes. Par exemple, cette *pile* qui est l'une des grandes originalités de la Canasta. Il y a une quinzaine d'années que l'Europe eut la révélation de la Canasta.

Les joueurs et les cartes

La Canasta peut réunir de deux à six joueurs ; mais elle est surtout passionnante quand elle peut être pratiquée par deux équipes de deux joueurs. Quand on est six, on forme deux équipes de trois joueurs ; quand on est trois ou cinq, on peut éventuellement former des équipes de deux contre un ou de trois contre deux.

On utilise deux jeux de cinquante-deux cartes auxquels on ajoute quatre Jokers, soit donc au total cent huit cartes, dont tous les dos doivent être identiques.

Vingt cartes qui restent sont dites *spéciales* et se divisent en trois groupes :

- 12 cartes *volantes* (ou cartes *libres* ou cartes *passe-partout*) qui sont les quatre Jokers et les huit 2. Elles sont importantes, car elles servent à compléter les combinaisons (ou séries) ;
- les 3 noirs qui sont les 3 de trèfle et de pique. Ce sont des cartes d'*arrêt* ;
- les 3 rouges qui sont les 3 de cœur et de carreau. Elles sont dites cartes de *bonification.*

Elles ne participent pas directement au compte des points des cartes mais rapportent cependant une bonification de 100 points à qui les possède.

Les quatre-vingt-huit autres cartes sont dites : *naturelles ou ordinaires.*

Valeur des cartes

Le Joker vaut	50 points
Le 2 et l'As chacun	20 —
Le 8, le 9, le 10, le Valet, la Dame et le Roi, chacun	10 —
Le 7, le 6, le 5, le 4 chacun . . .	5 —
Le 3 noir (pique-trèfle)	5 —
Le 3 rouge (cœur-carreau) . . .	100 —
Les quatre 3 rouges détenus par une main rapportent à l'équipe une bonification de	400 —

En définitive, à part les 3 de couleur rouge, la couleur des cartes ne présente aucune différence dans le compte des valeurs.

Les combinaisons

La Canasta est surtout un jeu de combinaisons et non de levées mais qui reste soumis aux fluctuations du hasard.

Une partie de Canasta se joue en 5 000 points (totalisés par équipe). Pour terminer — on dit, en ce cas, pour *sortir* du jeu — il faut s'être débarrassé de toutes ses cartes. Cette *sortie* vaut 100 points.

Le joueur qui veut sortir doit en demander l'autorisation à son partenaire ; il ne doit pas étaler ses cartes de sortie avant d'avoir obtenu cet accord.

Il existe une *sortie-surprise ;* c'est celle, fort rare, où un joueur peut étaler toutes ses cartes sans s'aider d'une série déjà étalée par son partenaire. Cette sortie-surprise doit comporter au moins une canasta. Elle rapporte une bonification de 200 points à l'équipe qui la réalise.

La Canasta est un jeu de combinaisons.

Il existe une « sortie-surprise ».

On ne peut se débarrasser de ses cartes qu'en formant des séries, soit des brelans, soit des canastas.

Un brelan est formé d'une série de trois cartes de même valeur comprenant au moins une paire de cartes naturelles.

La canasta est une série de sept cartes de valeur identique. Elle est dite *pure* (ou parfaite) quand elle compte sept cartes naturelles de même valeur. Elle est dite *impure* (ou imparfaite) quand elle compte quatre cartes de même valeur auxquelles s'ajoutent trois cartes volantes.

Une bonification de 500 points est attribuée à la canasta pure, alors que l'impure n'a droit qu'à 300 points.

Les bonifications se comptent en fin de partie et s'ajoutent aux points que représentent les diverses cartes comprises dans les canastas.

Les séries (brelans-canastas) n'entrent en ligne de compte qu'au moment où elles sont étalées sur le tapis. La valeur de la série est formée par le total des points que représentent les différentes cartes qui la composent.

Exemple : une série de quatre 5 et de trois Rois vaudra 4 × 5 points, plus 3 × 10 points, soit : 50 points ; une série comprenant deux As, plus un Joker, plus trois Dames vaudra : 2 × 20, plus 50, plus 3 × 10, soit : 120 points.

Dès qu'une série est établie, elle appartient à l'équipe et chaque partenaire peut y ajouter des cartes assorties à cette série.

La série initiale est le premier ensemble de cartes étalé par une équipe au début d'une manche.

Le joueur ne peut déposer ses brelans sur le tapis que s'il est assuré de déposer des brelans totalisant des points exigés par rapport à la marque de son équipe au début de chaque manche.

Pour la première manche, ce total est de 50 points ; pour les manches suivantes, les points nécessaires pour ouvrir avec un brelan sont de :

50 points si la marque renseigne de 0 à 1 495 points,
90 points si la marque renseigne de 1 500 à 2 995 points,
120 points si la marque renseigne 3 000 points ou plus.

Exemple : après la première manche, l'équipe qui possède, par exemple, 1 800 points à la marque, ne peut ouvrir qu'avec des séries totalisant 90 points.

La partie

On désigne tout d'abord, par convention ou par tirage au sort, le premier donneur. Ensuite, chaque joueur fait la donne, à son tour, en allant de droite à gauche.

Pour former les équipes, on tire quatre cartes du jeu. Les deux joueurs qui tirent les cartes les plus fortes s'associent pour former équipe contre les deux autres joueurs. L'ordre décroissant, pour la désignation des places seulement, est le suivant : A, R, D, V, 10, 9, 8, 7, 6, 5, 4, 3, 2 ; le Joker ne compte pas ; celui qui le tire peut reprendre une autre carte.

Chaque membre d'une équipe s'installe vis-à-vis de son partenaire. Celui qui a tiré la plus forte carte devant jouer le premier, la donne est faite par son voisin de droite.

La donne

Le donneur distribue à chacun, une par une et dans le sens des aiguilles d'une montre, onze cartes qu'il dépose, couvertes devant chaque joueur, lequel ne peut les lever et les regarder que lorsque la donne est terminée.

Le donneur dépose au milieu de la table les soixante-quatre cartes qui restent et il retourne la carte supérieure de ce talon qu'il dépose, découverte, à côté. Cette carte forme la base de ce qu'on appelle la *pile*. Si, par haasrd, cette carte était un Joker, un 3 rouge ou un 2, le donneur la recouvrirait immédiatement par une nouvelle carte sortie du talon.

La pile est, en somme, le pivot de tout le jeu de la Canasta. On la nomme : *pile de défausses ;* elle est formée, par la suite, de l'ensemble des cartes écartées par les joueurs. Les écarts successifs se recouvrent et il ne reste jamais qu'une seule carte à découvert au-dessus de la pile.

Si une carte d'arrêt se trouve sur le dessus de la pile, on ne peut plus la prendre, mais il suffit qu'un joueur suivant recouvre cette carte d'arrêt pour que l'interdiction soit levée.

Lorsqu'une carte volante ou un 3 rouge se trouve dans la pile, on dit que celle-ci est *gelée.*

Au cours de la partie, chaque joueur, à tour de rôle, peut prendre soit la carte supérieure du talon, soit la carte supérieure de la pile.

Toutefois pour pouvoir prendre cette dernière, il faut obéir à des règles très strictes.

- Il faut avoir en main soit deux cartes de valeur équivalente à cette carte qui domine la pile, soit une carte équivalente accompagnée d'une carte volante (passe-partout).

Exemple : la carte supérieure de la pile est un 8 de trèfle. Pour pouvoir la prendre, il faut avoir en main deux 8 ou un 8 accompagné d'un Joker ou d'un 2.

Ou bien il faut que la carte du dessus de la pile soit de valeur équivalente à un brelan déjà étalé par l'équipe qui prend la pile.

Le joueur qui n'a plus qu'une carte ne peut prendre la pile si cette dernière ne compte, elle aussi, qu'une carte ; à moins que le talon soit épuisé. Dans ce dernier cas, il peut prendre la pile.

Quand la pile est gelée, on peut prendre la carte supérieure de la pile en sortant de sa main deux cartes naturelles de la même valeur que celle qui domine la pile.

Comme il s'agit, dans la Canasta, de constituer des séries, c'est en prenant des cartes au talon ou à la pile que le joueur réussit à les réaliser. Il est donc indispensable de bien connaître le mécanisme qui permet de prélever des cartes de la pile.

Il est recommandé de garder en main aussi longtemps que possible une ou deux paires de cartes naturelles et une carte volante afin de pouvoir agir efficacement pour s'emparer des cartes de la pile.

La marque

Une mission très importante est confiée au marqueur. En effet, il doit pouvoir contrôler efficacement tous les points qui sont gagnés, tant ceux attribués aux cartes que ceux qui reviennent aux séries.

Après chaque manche, il totalisera les points de chaque équipe qui s'ajouteront à ceux de la manche précédente et dont on défalquera les pénalités.

Le jeu

Quand le joueur s'est bien pénétré de la valeur des cartes, des possibilités de former des séries et de la valeur de celles-ci, la partie peut s'engager.

Après la première donne, chaque joueur possède donc onze cartes. Sur le tapis se trouvent le talon avec les cartes couvertes, et, à côté, une carte découverte, base de la pile.

Le joueur qui, lors du tirage, a pris la plus forte carte ouvre le jeu. Chaque joueur joue à son tour, en succédant à son adversaire de droite.

Après avoir examiné son jeu et classé ses cartes, chacun tire la première carte du talon. Après avoir tiré, le joueur peut déjà étaler les cartes formant une série (ce n'est pas obligatoire) ou ajouter des cartes à une série étalée par son partenaire. Il peut aussi prendre la première carte de la pile, mais alors il faudra, comme nous l'avons vu plus haut, qu'il ait en main une paire de cartes égales à celle de la pile, ou bien une carte de même valeur accompagnée d'une carte volante, ou bien un brelan étalé sur la table, de même valeur que la carte.

Aussi longtemps qu'il reste des cartes au talon, le joueur peut y puiser, ses écarts passant sur la pile. L'étalement devient obligatoire quand le joueur prend une carte sur la pile.

Bien entendu, toutes les séries restent sur le tapis étendues, visibles jusqu'à la fin de la manche.

Après avoir tiré et, éventuellement étalé, chaque joueur doit écarter une carte de sa main et la déposer, visible, au sommet de la pile.

La partie se poursuit de cette manière, chacun s'efforçant de former des séries, tout en cherchant à se débarrasser aussi rapidement que possible de toutes ses cartes.

La fin d'une manche

Une manche est terminée lorsqu'un joueur se débarrasse de sa dernière carte ou lorsqu'un joueur réussit à sortir du jeu.

Le calcul des points

A la fin de la manche, on établit les comptes en additionnant les points obtenus par chaque équipe.

Sont comptés comme points valables :

- la valeur des cartes étalées par l'équipe ;
- les points accordés par la canasta ;
- les points de sortie ;
- le 3 rouge si une équipe a étalé au moins une série : 100 points.

De ces points, on doit défalquer des points négatifs, soit :
- la valeur des cartes restées en main des joueurs qui n'ont pas terminé la partie.

Par exemple : si à la fin de la manche, un joueur garde en main un Joker et deux Dames, on défalquera 70 points de ses points (50 + 2 × 10)
- le 3 rouge (100 points) si l'équipe qui le détient n'a pas étalé au moins une série.

Si à la fin de la partie, chaque équipe totalisait plus de 5 000 points, c'est celle qui totaliserait le plus de points au-dessus de 5 000 qui serait gagnante.

Un jeu hérissé de difficultés.

La Canasta est évidemment un jeu hérissé de difficultés. Toutefois, celles-ci sont plus apparentes que réelles. Il s'agit surtout de pouvoir juger rapidement de la valeur du jeu que l'on a en main et de classer ses cartes en conséquence. Une longue et patiente pratique permet de s'y adonner avec succès et de découvrir toutes les possibilités que ce jeu passionnant, peut offrir.

Le Chasse-Cœur

M/4

On joua surtout le Chasse-Cœur dans la seconde moitié du XIXe siècle, tant en France qu'en Belgique. De nos jours, la vogue de ce jeu particulièrement attrayant, s'est fort ralentie ; toutefois dans les provinces du nord de la France comme en Wallonie, il garde de fidèles adeptes.

Les joueurs et les cartes

Le Chasse-Cœur réunit, en général, quatre joueurs. On peut y jouer à trois, à cinq ou à six, mais dans ce cas, la distribution des cartes devient très compliquée. Restons-en donc au jeu à quatre.

On se sert de cinquante-deux cartes. L'ordre d'importance de celles-ci s'établit, en valeur décroissante : A, R, D, V, 10, etc.

Les Dames valent chacune 13 points ; quant à chaque cœur, on lui attribue 1 point.

La partie se joue généralement en douze donnes (nombre qu'il est permis d'augmenter ou de diminuer).

Le but de la partie

Il s'agit pour le joueur qui cherche à gagner de faire le moins de points possible dans ses levées. Il faut donc tenter de ramasser les plis comportant peu de points, c'est-à-dire ceux où il n'y a ni Cœurs, ni Dames.

L'un des joueurs marque les points. Il établit un tableau divisé en quatre colonnes ; chacune est réservée à l'un des joueurs.

La partie

Chaque joueur tire une carte du jeu. La plus haute désigne le donneur. Celui-ci distribue de gauche à droite, treize cartes à chacun, soit deux fois quatre et une fois cinq.

Le joueur assis à la gauche du donneur est le premier à parler ; par la suite, c'est celui qui vient d'opérer une levée qui est le premier à jouer.

On doit toujours suivre la couleur ; il n'est pas obligatoire de monter. Quand on ne peut suivre en couleur, il faut écarter tout d'abord les cœurs que l'on a en main et, bien entendu, en premier lieu si c'est avantageux, la Dame de cœur. Le joueur qui ne peut suivre et qui n'a plus de cœurs écarte les Dames qu'il peut avoir en main.

A la fin de la première donne, chacun compte le nombre de points de ses levées. Le total des points de chaque donne doit être de 64, soit 12 points des cœurs et quatre Dames valant chacune 13 points.

Le compte des points

Quand les douze donnes — ou le nombre convenu de donnes — sont terminées, le marqueur additionne les points de chaque colonne. Il défalque des deux colonnes les plus élevées les points des deux colonnes les plus basses. Le solde représente le gain des gagnants. Il divise ce solde en deux parts égales, chacune revenant à l'un des deux gagnants.

Exemple :

Jean	220 points	Les perdants	452 points
Pierre	232 —		
Louis	190 —	Les gagnants	316 —
Jacques	126 —		
Total : 12 × 64	768 —		136 —

Louis et Jacques ont droit chacun à 68 points qu'on multiplie par la valeur convenue par point.

LA GENERALE

Le joueur qui possède un jeu qui lui permettra peut-être de ramasser tous les points peut déclarer qu'il joue la *Générale,* c'est-à-dire qu'il s'engage à ramasser tous les plis contenant des points. S'il a la chance ou l'habileté de réussir, chacun de ses adversaires doit inscrire 64 points, alors que lui-même ne marque rien. Mais, s'il échoue, c'est lui qui marque les 64 points.

La partie

Quand un joueur annonce la générale, ses adversaires sont obligés de mettre la Dame de la couleur du Roi ou de l'As que le joueur audacieux a sorti. Si un joueur de Générale dépose un Roi de carreau, l'un des suivants qui possède la Dame de carreau est obligé de la déposer et celui qui possède l'As de carreau ne peut même pas, avec cet As, prendre le Roi, tout en étant obligé de le déposer.

Celui qui ne peut suivre dans la couleur doit déposer la Dame de cœur, un cœur quelconque ou une autre Dame, s'il a une de ces cartes.

Si l'un des adversaires de celui qui a annoncé la générale ramasse un pli comportant ne serait-ce qu'un point, le coup s'arrête immédiatement et l'annonceur perdant doit marquer 64 points.

LA SOURDINE

Un joueur qui possède une série lui permettant peut-être de faire une générale peut la tenter sans l'annoncer. Il s'agit cette fois de la Générale en sourdine. Bien entendu, dans ce cas, les suivants ne sont pas tenus de mettre une Dame sur la sortie d'un Roi, puisqu'ils ignorent que le joueur fait la Générale.

Si le joueur d'une Générale en sourdine réussit, chacun de ses adversaires doit marquer 54 points. Mais s'il échoue dans sa tentative, il a au moins l'avantage de ne marquer que les points qu'il a faits, ce qui, évidemment, est un avantage qu'il n'aurait pas eu en annonçant sa Générale.

Le Cinq-Cents M/2

Le jeu de Cinq-Cents, dénommé ainsi car le point à faire pour gagner est de cinq cents, se jouait surtout en Provence et dans le Languedoc. On peut en déduire qu'il est d'origine espagnole ou italienne. Avec de légères modifications, il s'appela, au XVIe siècle, Briscan, pour devenir par la suite la Brisque et enfin le Mariage. Ses règles, encore modifiées, allaient servir à créer le Bésigue. De nos jours, dans le Sud de la France et dans le Nord de l'Italie, on continue à jouer au jeu du Cinq-Cents et au Mariage.

Les joueurs et les cartes

On utilise un jeu de trente-deux cartes ; on joue à deux. L'As vaut 11 points ; le 10, 10 points ; le Roi, 4 ; la Dame, 3 ; le Valet, 2. Les 9, 8 et 7 n'ont pas de valeur numérique, sauf le 7 d'atout.

Le jeu comporte les combinaisons suivantes :

Carré d'As	100	points
Carré de 10	80	—
Carré de Rois	60	—
Carré de Dames	40	—
Carré de Valets	20	—
Mariage (R et D de même couleur)	20	—
Mariage d'atout	40	—
Binage (un V de pique et une D de carreau)	40	—
Quinte majeure (A, R, D, V, 10)	120	—
Quinte majeure en atout	250	—
Le 7 d'atout (lorsqu'on le relève)	10	—

Le joueur qui possède le 7 d'atout peut l'échanger contre l'atout de retourne qu'on a déposé sous le talon, et peut, au surplus, marquer 10 points.

Les cartes qui comptent dans un mariage ne peuvent plus compter dans une quinte et réciproquement.

Les combinaisons, pour être valables, doivent être annoncées.

La partie

Le sort désigne le donneur qui distribue huit cartes, par deux et par trois. La dix-septième carte, retournée, est l'atout que le donneur montre et glisse ensuite sous le talon.

Celui qui a reçu les cartes joue le premier. Son adversaire est libre de jouer la carte qui lui plaît. Il ne faut pas suivre la couleur, mais la levée est faite par celui qui dépose la carte la plus forte.

Celui qui fait la levée prend, le premier, une carte au talon. Son adversaire agit ensuite de même.

Chacun garde donc sa main de huit cartes. On suit cette marche jusqu'à épuisement du talon. On est obligé alors de forcer ou de couper.

Celui qui a des points dans son jeu doit les marquer aussitôt qu'il les a annoncés ; s'il laisse faire la levée sans les marquer, ces points sont perdus.

Celui qui marque des points qu'il n'a pas, perd évidemment la partie.

Lorsqu'un joueur est certain d'avoir atteint 500 points, il peut arrêter immédiatement la partie sans égard aux points de son adversaire, même si ce dernier a dépassé l'enjeu, mais que, par erreur ou inadvertance, il a négligé de le dire.

Toutefois, s'il manque ne serait-ce qu'un point à celui qui a proclamé avoir 500, celui-là perd la partie même si son adversaire à moins de points que lui.

Lorsqu'à la fin d'une partie les deux joueurs se trouvent avoir le même point au-dessus de 500, on entreprend une nouvelle partie en 100 points.

Variantes

Il existe deux variantes du jeu de Cinq-Cents : le Cinq-Cents bordelais et le Cinq-Cents lyonnais.

LE CINQ-CENTS BORDELAIS

Il se joue, au départ avec six cartes seulement et la treizième retournée devient l'atout.

La valeur des cartes et des combinaisons reste la même sauf la quinte majeure qui vaut 250 points et en atout 500 points.

En outre, le joueur pour annoncer ses combinaisons doit être le premier en carte et il ne peut le faire qu'avec cinq cartes en main, la sixième restant à distribuer. Enfin, il n'est permis de faire qu'une annonce à la fois.

La dernière levée vaut 10 points et l'on ne peut plus rien annoncer quand le talon est épuisé. La dernière annonce ne peut donc se faire que lorsqu'il reste une carte du talon et la carte de l'atout.

LE CINQ-CENTS LYONNAIS

Le point ici est fixé à 1 000 (on pourrait, dès lors, appeler ce Cinq-Cents le jeu des Mille).

On distribue, suivant convention, de six à douze cartes.

Toutes les valeurs des points et des combinaisons restent les mêmes que dans la partie ordinaire, mais un joueur ne peut plus faire d'annonce quand il a joué la première de ses dernières cartes, c'est-à-dire que, si l'on joue avec huit cartes, nulle annonce ne reste valable quand on n'en tient plus que sept en main.

Ni bordelais, ni lyonnais.

Le Commerce M/+

Il s'agit d'un jeu très ancien, où le hasard tient le rôle principal, et qui se joue de diverses manières.

LE JEU DU COMMERCE SIMPLE

Suivant le nombre de joueurs, on utilisera un jeu de trente-deux ou de cinquante-deux cartes.

La valeur suit l'ordre ordinaire : A, R, D, V, 10, 9, etc.

On se sert de jetons. Une corbeille est placée au centre de la table, autour de laquelle se tiennent un banquier et un nombre indéterminé de pontes. Le sort — la carte la plus forte tirée du paquet — ou une convention désignera le banquier.

La partie

Chacun dépose son enjeu (un jeton) dans la corbeille.

Ensuite, le banquier distribue, une à une, trois cartes à chacun des pontes, mais lui-même n'en prend que deux. Toutes ces cartes resteront déposées couvertes sur le tapis, devant chaque joueur.

Le commerce. Avant de prendre sa troisième carte au talon, le banquier propose de la vendre.

Chaque ponte peut :

- refuser d'acheter. En ce cas, il *se tient* avec ses trois cartes couvertes et l'annonce ;
- accepter d'acheter en payant au banquier un certain nombre de jetons ;
- surenchérir sur la proposition d'achat d'un acheteur précédent en proposant un nombre de jetons supérieur.

Quand tout le monde a parlé, le banquier retourne la carte supérieure du talon qui devient sa troisième carte et qui indique l'atout.

Cette carte appartient au banquier si tous les pontes ont refusé de commercer ou au joueur qui l'a payée le plus haut prix, prix qu'il paie au banquier.

Les opérations de commerce terminées, chacun retourne ses trois cartes. Le joueur qui possède la plus forte carte en atout gagne — soit le banquier avec ses deux ou ses trois cartes, soit l'un des pontes avec ses trois cartes — et il ramasse tous les enjeux déposés dans la corbeille. Si, par exemple, la carte d'atout est un pique, celui qui possède le pique de la plus forte valeur gagne.

On peut acheter des jetons.

Dans cette partie, le banquier possède l'avantage de se faire payer cher sa troisième carte, tout en participant encore au jeu avec deux cartes ; quant à celui qui achète une carte, il est assuré d'avoir au moins un atout dans sa main et peut-être, si la chance lui sourit, cette carte d'atout sera-t-elle la plus forte du jeu.

Variante

Comme dans la partie ordinaire, chacun verse son enjeu dans la corbeille.

Le banquier distribue, une à une, trois cartes à chacun des pontes et en prend trois pour lui-même. On peut regarder ses cartes et il n'y a pas d'atout.

Le banquier peut parler le premier. Il demande à chacun des pontes, à tour de rôle, s'il veut *commercer*, c'est-à-dire s'il veut échanger une de ses cartes contre une carte du talon. Cet échange peut se faire moyennant un jeton à payer au banquier. La carte que le ponte échange est placée sous le talon.

Quand ce premier échange commercial est terminé — chaque ponte peut évidemment faire l'échange contre paiement — et que tout le monde a été interrogé par le banquier, les pontes peuvent commercer entre eux et échanger une de leurs cartes contre une carte de leur voisin de droite. Il s'agit, cette fois, non pas d'un commerce de jetons, mais bien d'un troc : carte contre carte. Le dernier ponte peut échanger une carte avec le banquier.

Dès qu'un des joueurs est satisfait de son jeu, il peut l'abattre en annonçant ses points et, aussitôt, chacun doit en faire autant.

Celui qui a le plus fort jeu gagne la partie et ramasse le

contenu de la corbeille. Les trois combinaisons ci-dessous, citées dans l'ordre décroissant de prédominance, l'emportent sur tout autre jeu :

le tricon ou brelan : trois cartes de même valeur (trois Rois, trois 9, etc.) ;

la tierce : trois cartes de même couleur(trois cœurs, trois piques, etc.) ;

le point : trois cartes de diverses couleurs mais formant une tierce : par exemple, un Valet de cœur, une Dame de pique et un Roi de carreau.

Exception : le banquier possède une chance supplémentaire de gagner. En effet, s'il possède l'une des combinaisons qui permettent de gagner (tricon, tierce ou point) qui l'oppose à l'un des pontes, sa combinaison bat toujours celle de son adversaire même si celle-ci est plus forte. S'il possède, par exemple, un brelan de 7, il l'emporte sur un adversaire qui abat un brelan de Rois. C'est là le grand avantage d'être banquier.

En revanche, lorsque le banquier ne gagne pas, il doit payer au gagnant un jeton supplémentaire.

Commère, accommodez-moi S/+

Le titre seul de ce jeu, familier et charmant, nous indique qu'il s'agit ici d'un très ancien jeu français qui se joue à six ou sept, en utilisant cinquante-deux cartes.

Le but de la partie

Il s'agit de réussir un *point* (trois cartes de même famille), une *séquence* (trois cartes dans l'ordre naturel : A, R, D, ou R, D, V ou D, V, 10, etc.), ou un *tricon* (trois cartes de même valeur), cette combinaison valant plus que la seconde, laquelle bat la première. Le premier joueur qui réalise une de ces combinaisons gagne.

La partie

Au départ, chacun dépose l'enjeu convenu, des jetons, dans la corbeille, dite *la poule*.

Le donneur désigné par le sort distribue trois cartes à chacun et dépose le talon à sa droite.

Le premier à parler, à droite du donneur, peut être favorisé en recevant d'emblée une combinaison, auquel cas il est directement vainqueur à moins qu'un autre, dans ce seul cas, ait une combinaison supérieure.

Sinon le premier à parler se débarrasse de la carte qui lui convient le moins en la tendant — non visible pour les autres joueurs — à son voisin de droite, en lui disant : « Ma commère, accommodez-moi. » (Favorisez-moi !)

L'interpellé doit céder une de ses cartes (celle qui lui convient le moins) en échange de celle qu'il reçoit ; il peut, à son tour, faire la même proposition à son voisin de droite et échanger l'une de ses cartes. Ainsi de suite jusqu'au moment où l'un des joueurs réussit l'une des combinaisons.

Celui qui, le premier, a un point prend le contenu de la poule, et la partie recommence, celui qui a gagné devenant le donneur.

Celui qui a une séquence prend le contenu de la poule et reçoit un jeton de chaque joueur.

Celui qui a un tricon prend le contenu de la poule et reçoit deux jetons de chaque joueur.

Si le tour se termine sans qu'un des joueurs ait pu abattre ses cartes, le donneur prélève au talon une nouvelle carte pour chaque joueur que ce dernier échange contre l'une des siennes. Les cartes que chacun remet sont mises sous le talon. Quand chacun possède sa nouvelle carte, le premier à jouer réitère sa demande jusqu'au moment où l'un des participants gagne.

La Conférence S/4

Il s'agit d'un très ancien jeu joué surtout dans les provinces méridionales de la France.

Les joueurs et les cartes

Le jeu oppose deux équipes de deux joueurs qui utilisent trente-six cartes, soit un jeu de Piquet complété par quatre 6.

Les partenaires s'installent côte à côte de façon à pouvoir confronter leurs jeux.

L'ordre des cartes est en valeur décroissante : R, D, V, A, 10, 9, 8, 7, 6.

Le but de la partie

La partie se joue sans atout, en 5 ou 10 points qui s'obtiennent par des levées, en plusieurs coups, chaque levée valant 1 point.

La partie

Au tirage, les deux plus hautes cartes désignent les associés d'un camp et la plus haute le donneur. Ce dernier distribue, trois par trois, neuf cartes à chacun. L'adversaire de droite du donneur parle le premier après avoir consulté son partenaire pour savoir si, à eux deux, ils sont capables de faire cinq levées. S'ils l'estiment possible, ils disent : « Nous y allons ». Sinon ils passent.

Dans ce dernier cas, les adversaires se consultent à leur tour. S'ils déclarent également passer, le coup est annulé et le donneur suivant distribue les cartes. C'est le camp qui décide d'y aller qui joue en premier lieu.

Il faut suivre la couleur demandée, monter et surmonter, si possible. Si l'on ne peut suivre, il faut se défausser d'une carte quelconque. La plus haute carte de la couleur demandée fait le pli.

Dès qu'on entreprend la partie, les levées faites par l'un ou l'autre partenaire sont mises en commun. Si le camp qui a entamé le jeu réussit ses cinq premières levées obligatoires, il marque un point, mais s'il ne les réussit pas, ses adversaires ont droit à ce point. Le camp qui marque neuf levées peut marquer 2 points.

Le Coucou M/+

Le Coucou se range parmi les plus anciens jeux pratiqués en France. Au cours des ans, on l'a désigné sous diverses appellations et il deviendra tour à tour le jeu du Pauvre hère, du Cocu ou du Malheureux.

On l'a beaucoup joué, car il peut réunir un grand nombre de personnes et, en ces temps où les distractions étaient relativement rares, il permettait d'amuser une nombreuse compagnie. Il ne devient d'ailleurs vraiment passionnant que lorsqu'il réunit plusieurs joueurs.

Les joueurs et les cartes

Le nombre des joueurs peut aller de cinq à vingt. Quand il y a moins de dix joueurs, on utilise un jeu de trente-deux cartes ; quand ils sont plus nombreux, on prend un jeu complet de cinquante-deux.

L'ordre des points est le suivant : la carte la plus basse est l'As qui ne vaut qu'un point, puis le 2, le 3, le 4, etc. ; quand on utilise un jeu de piquet, l'As reste la carte la plus basse, suivie du 7, du 8, du 9, etc.

Le but de la partie

Le Coucou est un jeu d'argent (ou de jetons). Chaque joueur dépose comme enjeu, devant soi, cinq ou six jetons. Au fur et à mesure de la partie, les joueurs jettent leurs jetons dans une corbeille.

Les joueurs qui, au cours des tours successifs, ont dû déposer tous leurs jetons dans la corbeille sont bientôt hors jeu et le gagnant est celui qui, en fin de compte, garde un seul jeton. Il s'empare de la totalité des jetons déposés dans la corbeille, ce qui peut représenter un gain considérable.

La partie

Comme dans la plupart des jeux, le sort désigne le premier donneur. Celui-ci distribue à chacun une carte couverte et lui-même s'adjuge trois cartes entre lesquelles il peut choisir celle qui lui conviendra le mieux. Il replace les deux autres sous le talon.

Au premier tour, le voisin de droite du donneur parlera le premier. « Contentez-moi », dit-il à son voisin de droite, ce qui veut dire : « Echangeons nos cartes. » Le voisin ne peut refu-

ser, à moins qu'il n'ait un Roi en mains, auquel cas il répond: « Coucou ! » Ce qui oblige le premier joueur à demander au troisième de le contenter, le second restant sur ses positions. Le joueur interpellé ne peut refuser l'échange, à moins d'avoir un Roi.

La partie se poursuit ainsi pour arriver, en dernier lieu, au donneur. Ce dernier dispose d'un grand avantage : il a le droit de prendre la carte supérieure du talon et de contenter le demandeur en échangeant soit la carte qu'il a en main, soit celle qu'il prend au talon ; il donne la plus basse des deux. Bien entendu, quand l'une des deux cartes est un Roi, il la garde pour lui en disant : « Coucou ! » au demandeur qui, cette fois, se voit obligé de garder sa carte.

Le tour étant terminé, chacun abat sa carte. Le joueur qui dépose la carte la plus basse met un jeton dans une corbeille déposée au centre du tapis.

Au tour suivant, le voisin de droite du premier donneur fait la donne et la partie se déroule comme précédemment jusqu'à la ruine de tous les joueurs sauf un.

Variante

Quand on décide de jouer le Her (abréviation de *pauvre hère*), le donneur n'a plus le privilège, à la fin du tour, de choisir entre sa carte et celle qui se trouve au-dessus du talon. A moins d'avoir un Roi, auquel cas il s'écrie : « Coucou ! », il est forcé d'échanger sa carte avec celle de son voisin de gauche, dernier joueur de la rangée.

Le Couillon S/+

Ce jeu fort simple est surtout pratiqué en Belgique, tant en Flandre qu'en Wallonie, depuis le XIXe siècle.

Les joueurs et les cartes

Le Couillon se joue à quatre, en deux équipes de deux ; on se sert de vingt-quatre cartes, soit d'un jeu de Piquet amputé des 7 et des 8. Restent donc les 9, les 10, les Valets, les Dames, les Rois et les As.

Pour le compte des points, les cartes numérales n'interviennent pas, seuls comptent :
les As pour 4 points chacun,
les Rois pour 3 points chacun,
les Dames pour 2 points chacune,
les Valets pour 1 point chacun.

Le total des points est donc de 40.

Le but de la partie

Il s'agit de faire des plis totalisant le plus grand nombre de points. La partie comprend plusieurs coups.

La marque

Pour indiquer la marche du jeu, on trace une ligne verticale coupée de cinq ou sept lignes horizontales.

1re équipe

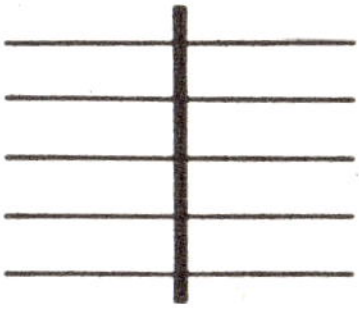

2e équipe

De chaque côté de la ligne verticale, les horizontales appartiennent à l'une des équipes. L'équipe qui gagne un coup, en réalisant le plus grand nombre de points, efface une ligne de son côté.

Gagne la partie l'équipe qui, la première, a effacé toutes ses lignes.

L'équipe dont l'un des joueurs a décidé de l'atout et qui fait moins de points que ses adversaires est obligée, alors que ses adversaires effacent une ligne, d'ajouter une boucle à l'une de ses propres lignes. Cette dernière vaut désormais deux lignes.

Si les deux équipes, en fin de compte, totalisent le même nombre de points, aucune ne marque et l'on trace un cercle, barré d'un trait, qu'on appelle *craie dans le trou.*

L'équipe qui gagne le coup suivant peut effacer deux lignes.

La partie

Chacun tire une carte du paquet. Les possesseurs des deux plus fortes cartes forment équipe contre les autres. Chaque joueur s'installe en face d'un de ses adversaires, les partenaires se trouvent donc placés en diagonale.

La plus forte des quatre cartes tirées a aussi désigné le donneur. Celui-ci bat, fait couper et distribue, en commençant par son voisin de gauche, quatre cartes, deux par deux, à chaque joueur, et retourne la dix-septième carte du paquet. Elle désignera la couleur de l'atout.

Le joueur assis à la gauche du donneur parle le premier et dit s'il joue ou s'il passe.

S'il passe, son voisin de gauche, partenaire du donneur, parle à son tour et ainsi de suite.

Si l'un des joueurs déclare jouer, le premier qui a dû parler joue en premier lieu.

Il faut, si c'est possible, suivre en couleur, en atout ou couper avec de l'atout.

Si les quatre joueurs passent, le donneur retourne la carte de dessous du talon qui fixe cette fois l'atout pour le coup que l'on joue.

On totalise les points par équipe et on efface les lignes comme il a été dit précédemment.

COUILLON FORCE

La règle générale est la même que celle de la partie ordinaire ; toutefois, la désignation de l'atout se fait d'une manière différente.

Le donneur distribue, deux par deux, quatre cartes à chacun. Le premier à parler et à jouer indique l'atout qu'il a choisi et montre la carte qui lui permet de désigner cet atout.

Ceci fait, le donneur distribue deux cartes supplémentaires à chaque joueur.

Si le premier à jouer ne peut désigner d'atout, le donneur lui remet deux cartes supplémentaires (muettes) ; le joueur en retourne une qui désigne l'atout forcé.

Ensuite, le donneur distribue deux cartes supplémentaires aux autres joueurs et la partie se poursuit, chacun ayant six cartes, comme dans la partie ordinaire.

Le Couillon peut se jouer à deux, mais la partie à quatre est plus attrayante.

La Crapette D/2

Certains estiment que la Crapette n'est pas à proprement parler un jeu de cartes mais une réussite. Sans doute, la Crapette, qui n'est pas très ancienne, présente-t-elle les caractéristiques d'une réussite. Toutefois, comme il est possible de la jouer à deux et qu'il y a un gagnant, elle mérite tout aussi bien, nous semble-t-il, de figurer parmi les jeux de cartes. Une partie de Crapette, parfois fort longue, peut

Fort longue parfois, mais toujours passionnante.

d'ailleurs être très passionnante. Si elle paraît être soumise aux caprices du hasard, il faut admettre que la science du joueur intervient souvent pour déjouer ses embûches.

C'est dire qu'une partie de Crapette exige de ceux qui l'entreprennent, non seulement la plus vive attention, mais encore une connaissance parfaite des possibilités de jeu que peuvent offrir les diverses cartes étalées sur le tapis.

Les joueurs et les cartes

La partie de Crapette est jouée avec deux jeux de cinquante-deux cartes. On choisit de préférence deux jeux dont les dos sont de couleur différente.

Le but du jeu

Le gagnant est celui qui réussit à se débarrasser le premier de toutes ses cartes.

Il n'intervient ni levées, ni combinaisons, ni atout ; il s'agit seulement de placer et de déplacer les cartes en tenant compte soit de leur famille (pique, cœur, carreau, trèfle), soit de leur couleur (rouge, noir), soit de leur ordre qui va, en croissant, de l'As au Roi.

La partie

Avant la partie, chaque joueur bat son jeu, le fait couper par son adversaire et prélève quatre cartes qu'il dispose en colonnes sur le tapis. Chacune de ces cartes représente la base d'une case où s'ajouteront les séries de cartes extérieures.

Il reste, entre les deux colonnes, un espace suffisant pour placer les huit piles de cartes correspondant aux huit familles des deux jeux qui seront formées en cours de partie.

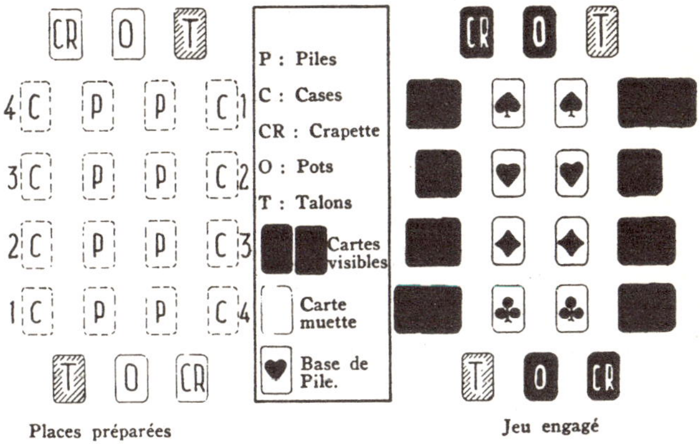

Chacun constitue ensuite la *crapette* en prélevant les onze cartes suivantes de son paquet, en disposant dix d'entre elles face au tapis et en plaçant la onzième, face visible, au-dessus des autres. On posé la crapette devant soi, à droite.

Le talon restant de trente-sept cartes est placé près de la crapette. On laisse, entre celle-ci et le talon, une place suffisante pour intercaler un troisième paquet, le *pot*, qui sera fait des cartes tirées du talon et que le joueur ne pourra pas placer.

Chaque joueur reste propriétaire exclusif de sa crapette, de son pot et de son talon, sans toutefois pouvoir refuser que l'adversaire n'augmente le nombre de cartes des deux premiers, s'il en a le droit, voire le devoir.

Toutes les cartes visibles (ou qui le deviendront en cours de partie) appartiendront en commun aux deux joueurs.

La règle de base

Une règle importante est à la base même du jeu de Crapette : il faut s'occuper en premier lieu des piles, ensuite de la crapette et du pot de l'adversaire, enfin des cartes extérieures aux cases. Cela en deux circonstances :

1) quand on joue soi-même, car c'est dans cet ordre que l'on cherchera une place, par le chemin le plus court et le plus rapide, pour les cartes que l'on tirera de sa propre crapette, de son pot, de son talon ou des cartes extérieures aux cases ;

2) quand l'adversaire joue, afin de le surprendre en faute, de l'arrêter en disant : « Crapette », de lui prouver qu'il a contrevenu à une règle et de prendre le tour de jouer.

Cette règle s'expliquera au fur et à mesure de la démonstration pratique qui va suivre.

Le mécanisme du jeu

Le jeu se joue en déplaçant les cartes vers les piles (premier objectif) ou vers la crapette et le pot de l'adversaire, ou vers les cartes extérieures (objectifs secondaires).

Pour former les piles, il faut constituer des séries d'une seule famille, à partir des huit As en jeu, au fur et à mesure de leur sortie et en respectant l'ordre ascendant des cartes, de l'As au Roi.

Pour charger la crapette ou le pot de l'adversaire, on ne peut utiliser qu'une carte immédiatement supérieure ou inférieure à la carte visible et appartenant, en outre, à la même famille. On ne le fait que si c'est utile, c'est-à-dire si cette opération permet de placer une carte qui n'aurait pas de place ailleurs ou de faire un déplacement favorable d'autres cartes du jeu.

Une fois qu'un joueur a déposé une carte sur la crapette ou le pot de l'adversaire, il ne peut plus l'en retirer, mais il peut la couvrir par une deuxième, une troisième, etc.

Pour former, sur les cases, les séries de cartes extérieures, on dépose à côté de chaque case, en tenant compte de la carte qui s'y trouve, des séries dites « extérieures » où l'on fait alterner les couleurs (rouge et noir), sans tenir compte de la famille, dans l'ordre décroissant des valeurs, entre le Roi et le 2 (les As vont directement constituer la base des piles).

Pour les trois opérations ci-dessus, le joueur tire des cartes, soit de sa crapette, soit de son pot, soit des cartes extérieures aux cases, qu'il peut déplacer à volonté, en essayant de libérer des cases (ce qui facilitera son jeu) et en respectant toujours l'ordre de priorité de la règle générale. S'il ne peut plus placer sa dernière carte tirée, il la dépose, visible, sur son talon et le tour passe à l'adversaire.

En général, le pot devient rapidement très important. Quand un joueur a épuisé sa crapette et son talon, il retourne son pot face au tapis et les cartes du pot forment un nouveau talon à utiliser. Si la partie dure longtemps, un deuxième, voire un troisième pot peuvent être retournés et utilisés.

Quand le joueur qui a mis au pot a cédé la main à son adversaire, celui-ci procède comme il a été dit précédemment pour le premier joueur. Au fur et à mesure que le jeu s'étend, les cartes visibles deviennent plus nombreuses et les diverses opérations se multiplient.

Voici les fautes généralement signalées par l'exclamation « crapette ! » :

1) le joueur distrait a pris la carte supérieure de son talon, alors que sa pile « crapette » lui permettait de suivre ;

2) il ne s'est pas aperçu qu'il pouvait compléter une pile ou une série de cartes extérieures ;

3) il a négligé de libérer une case de base, alors qu'il pouvait le faire ;

4) il a oublié de placer une carte, soit sur la crapette, soit sur le pot de son adversaire, alors qu'il avait la possibilité de le faire.

C'est en restant attentif qu'un bon joueur réussit à gagner. Il faudra plusieurs séances au joueur novice pour acquérir une connaissance parfaite de ce jeu assez compliqué et pour en saisir toutes les finesses.

Le choix du premier joueur

Joue le premier, le joueur qui a retourné la plus forte carte à la crapette (11ᵉ carte).

Certains joueurs admettent qu'ici, et ici seulement, la plus forte carte est désignée par référence à l'ordre ordinaire : A, R, D, V, etc... 2.

Si les deux cartes de retourne des crapettes ont la même valeur, on donne la préférence à la famille, dans l'ordre pique, cœur, carreau, trèfle.

Si les cartes de retourne sont identiques, on les glisse dans chaque crapette et on retourne la carte de ces crapettes la plus proche du tapis.

Exemple : une partie de Crapette étant très longue, nous ne donnerons qu'un exemple de mise en train.

Supposons deux joueurs, Louis et Pierre. Au départ, les jeux se présentent comme au tableau ci-dessous :

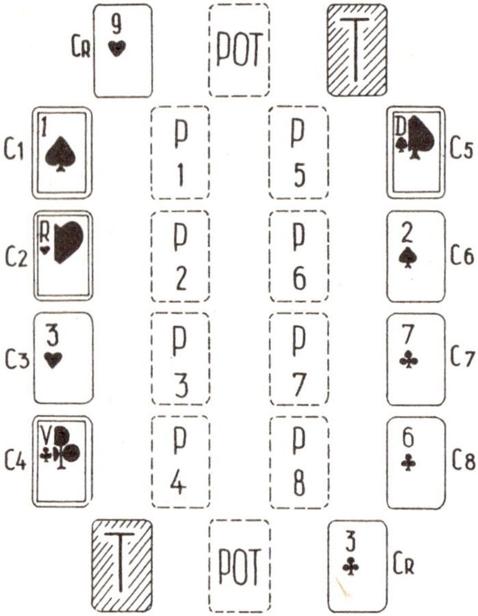

Louis a retourné la plus forte carte de crapette, c'est à lui de jouer ; il examine son jeu.

- Il a un As de pique ; il place cet As en P_1 pour en faire la base d'une première pile.
- Y a-t-il un 2 de pique visible parmi les cartes dont il peut disposer ? Oui ! Il le place sur l'As de pique.
- Y a-t-il un 3 de pique ? Non ! Louis examine les autres cartes. Il place la Dame de pique à côté du Roi de cœur, comme première carte d'une série extérieure.

A ce moment, trois cases se trouvent libérées ; c'est un gros avantage pour Louis qui va pouvoir tirer des cartes de sa crapette.

- Il place son 9 de cœur en C_1, retourne la deuxième carte de la crapette, c'est un Valet de cœur ; il le place en série extérieure 2, à côté de la Dame de pique.
- Troisième carte de sa crapette : une Dame de pique ; il la place en C_5.
- Quatrième carte de sa crapette : un 5 de pique ; il le dépose en C_6.

- Cinquième carte de sa crapette : un 7 de trèfle. Il n'y a plus de place ; cette carte reste découverte sur la crapette.
- Louis retourne maintenant la première carte de son talon : un 5 de cœur qu'il place comme carte extérieure, à côté du 6 de trèfle, en C_8.
- Nouvelle carte du talon : un 7 de cœur ; il n'y a plus de place. Louis dépose cette carte découverte comme première carte de son pot.

Si Louis avait, avant de placer le 2 de pique sur l'As, fait une autre manœuvre, et que Pierre s'en fût aperçu, ce dernier aurait pu dire : « Crapette ! » et prendre son tour. Mais Louis n'a pas fait de faute ; c'est à Pierre de jouer.

Pour Pierre, le jeu se présente comme suit :

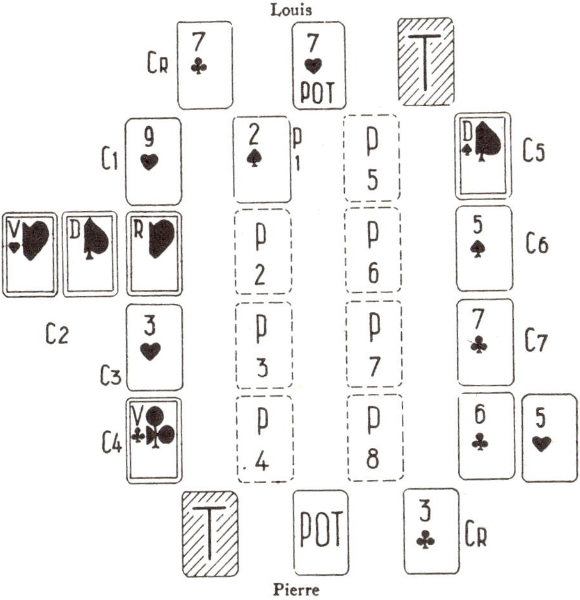

- Le 3 de trèfle de sa crapette ne peut pas servir à Pierre ; il restera en place.
- Pierre retourne la première carte de son talon : un As de pique. Celui-ci deviendra la base d'une nouvelle pile, en P_5.
- Deuxième carte du talon : un 10 de pique ; Pierre le place en C_2 à côté du Valet de cœur.
- Troisième carte du talon : un 2 de carreau qu'il n'est pas possible de placer et que Pierre doit déposer comme première carte de son pot.

Pierre vient de commettre une faute ; en effet, il aurait dû, avant de retourner la troisième carte de son talon, libérer la case C_1 en tirant le 9 de cœur et en plaçant celui-ci en C_2 à côté du 10 de pique.

Certains joueurs estiment que Louis, s'apercevant de cette faute, aurait pu dire « Crapette ! ». Nous estimons qu'il n'aurait trouvé aucun avantage en le faisant car, par son oubli, Pierre s'est lui-même arrêté. En outre, Louis va tirer immédiatement avantage de la situation en dégageant lui-même la case C_1, ce qui va lui permettre de continuer à vider sa crapette.

Pour Louis, le jeu se présente maintenant comme suit :

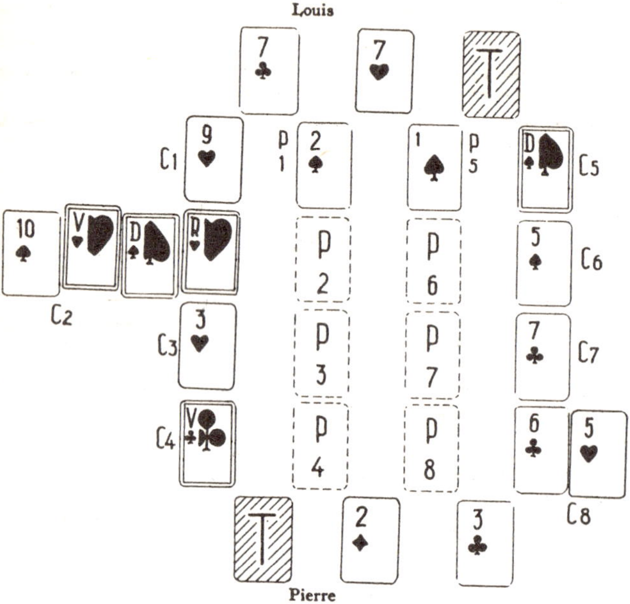

- Louis déplace le 9 de cœur de C_1 en C_2 (à côté du 10 de pique) ;
- place le 7 de trèfle de sa crapette en C_1 ;
- tire une carte de sa crapette, le 4 de pique ; il le dépose en C_8, à côté du 5 de cœur ;
- déplace le 3 de cœur de C_3 en C_8 ;
- tire de sa crapette le Roi de trèfle qui vient en C_3 ; puis un As de cœur qu'il place en P_2 comme base d'une file de cœurs ; ensuite, un 6 de cœur qu'il place en C_7 (à côté du 7 de trèfle) ; etc.

La partie se poursuit de cette manière jusqu'au moment où l'un des joueurs a réussi à se débarrasser de ses cartes.

Partie bloquée

Une partie de Crapette peut se terminer sans solution, la crapette et le talon de chacun des joueurs restant bloqués et ne permettant ni à l'un ni à l'autre de suivre. En ce cas, heureusement assez rare, il reste deux solutions :

1) on peut décider d'annuler la partie et l'enjeu de la partie suivante est doublé.

2) on compte les cartes que chaque joueur garde en main (talon, crapette, pot) au moment où le jeu est bloqué. Celui qui détient le moins de cartes gagne.

Les Dominos

S/+

Un nombre indéterminé de joueurs peut participer à ce jeu où l'on se sert de cinquante-deux cartes.

Les figures, dans ce jeu, valent 10 points, l'As 1 seul point et les autres cartes leur valeur nominale.

L'ordre décroissant de prédominance des cartes est le suivant : R, D, V, 10, 9, 8, 7, 6, 5, 4, 3, 2, A.

Le but de la partie

Le gagnant est celui qui, le premier, s'est débarrassé de toutes ses cartes.

La partie

Un donneur, désigné par le sort ou par entente, distribue des cartes une par une jusqu'à épuisement du paquet.

Il est admis qu'un ou deux joueurs aient une carte de moins que les autres.

Par exemple : quand on est trois, deux joueurs auront dix-sept cartes et le troisième dix-huit ; à quatre, chacun treize cartes ; à cinq, trois joueurs auront dix cartes, les deux derniers onze ; à six, quatre joueurs auront neuf cartes, les deux derniers huit.

Le voisin de gauche du donneur — qui deviendra le donneur du deuxième coup — dépose au centre du tapis une carte quelconque découverte (il ne peut, pour cette première fois, que déposer une carte). Son voisin de gauche doit placer, si possible :

1) à la droite de cette carte une autre de même couleur et de valeur immédiatement supérieure ; ou

2) à la gauche de cette carte une autre de même couleur et de valeur immédiatement inférieure ; ou

3) en dessous de cette carte, une autre de même valeur mais de couleur différente.

Il peut déposer ainsi trois de ses cartes en formant toujours des suites dans l'un ou l'autre sens.

S'il ne peut suivre, il passe.

Le jeu se poursuit de cette manière, chacun essayant de se défaire de ses cartes.

A la fin du jeu, les adversaires abattent leur jeu ; chacun compte le nombre de points des cartes dont il n'a pu se défaire et paie au gagnant la contrevaleur attribuée, au départ, à chacun de ces points.

L'Ecarté

D/2 3 4

Le jeu de l'Ecarté connut un grand succès, en France, sous l'Empire et la Restauration. Il réunissait d'innombrables fidèles non seulement dans les tavernes et autour des tables familiales, mais aussi dans les tripots qui pullulaient à l'époque à Paris. Les « maisons de bouillotte », vers 1825-1835, réunissaient, elles aussi, une foule d'amateurs de ce jeu.

L'Ecarté se pratiquait parfois dans des conditions assez particulières, ne permettant pas cependant les excès auxquels se livraient les passionnés des jeux de Brelan ou de Bouillotte.

De nos jours, l'Ecarté garde ses fidèles malgré la vogue de la Belote, du Poker ou du Bridge. C'est que, malgré son apparence assez simple, ce jeu exige une attention constante, de la perspicacité et une connaissance parfaite des règles qui le régissent et qui, en définitive, le rendent très distrayant.

Petit lexique

Les joueurs d'Ecarté utilisent un vocabulaire spécial.

Faire signifie : donner les cartes.

Faire la main : faire une levée.

La tournée désigne les cinq cartes que le joueur tient en main.

Jouer d'autorité signifie : jouer sans demander de cartes, donc sans écarter.

Faire la vole : opérer toutes les levées.

J'en demande : demander des cartes.

Je propose : demander des cartes.

Combien ? : demande que le donneur doit faire quand son adversaire désire des cartes.

Je refuse (ou « impossible ») : le donneur refuse de donner des cartes à son adversaire.

La retourne désigne la carte que l'on retourne et qui sera l'atout.

Les joueurs et les cartes

L'Ecarté se joue à deux et nécessite un jeu de trente-deux cartes.

L'ordre de valeur des cartes est la suivante : Roi, Dame, Valet, As, 10, 9, 8, 7.

Dans certaines régions, il est d'usage de se servir de deux jeux de cartes, aux dos de couleur différente de manière que chaque joueur, à son tour, ait le sien.

On peut jouer en 5 ou en 7 points ou encore à *la retourne*, c'est-à-dire au nombre de points qui figurent sur la première carte retournée. Dans ce cas, uniquement, la valeur des cartes devient la suivante : l'As : 11 points, les trois figures et le 10 : 10 points, les autres cartes ont leur valeur nominale.

Les 5 ou 7 points nécessaires pour gagner s'obtiennent par le nombre de levées qu'on peut faire. Celui qui fait trois levées peut inscrire 1 point, celui qui fait les cinq levées, donc la *vole* marquera 2 points.

La partie

La partie d'Ecarté peut être soit *sèche*, soit *liée*.

Dans le premier cas, le gagnant est celui qui, le premier, atteint le nombre de points fixé.

Dans le second cas, le gagnant doit, pour ramasser l'enjeu, gagner deux manches, c'est-à-dire que s'il gagne la première, il doit encore gagner la seconde ou si son adversaire a gagné cette dernière, il doit gagner la troisième.

Bien entendu, dans la partie dite liée, l'enjeu est généralement plus important que dans la partie sèche.

La donne. Dans la partie sèche, la donne change de main après chaque partie alors que dans la partie liée, la donne passe au perdant quand le donneur gagne.

C'est le sort qui désigne le premier donneur. On dépose le paquet de cartes sur la table, face au tapis et chaque joueur, à tour de rôle, retourne en bloc quelques cartes dont il montre l'inférieure. La plus haute des deux cartes ainsi découvertes désigne le donneur.

Il est évident qu'on ne peut choisir ni la carte du dessus du paquet ni la dernière en-dessous.

Le donneur désigné bat le jeu et le fait couper par son adversaire. Ensuite, il distribue cinq cartes à chaque joueur, par deux fois deux plus une.

C'est là une règle absolue à l'Ecarté, et qu'on ne peut modifier en donnant par exemple cinq cartes une à une ou, par deux fois deux plus une.

En outre, celui qui donne par deux et trois ou par trois et par deux doit suivre la même méthode pendant toute la durée de la partie et s'il désire modifier sa manière de donner, il doit en demander l'autorisation à son adversaire.

Quand les dix premières cartes sont distribuées, le donneur retourne la onzième qui désigne *la couleur d'atout.* La retourne ne peut jamais être prise.

Si cette dernière carte d'atout est le Roi, le donneur doit l'annoncer immédiatement et cette annonce lui vaut un point.

D'autre part, si l'adversaire possède le Roi d'atout, parmi ses cinq cartes, il est généralement tenu de l'annoncer immédiatement même s'il ne le joue pas comme première carte, sous peine de perdre le bénéfice d'un point attribué à la possession de ce Roi d'atout. Par immédiatement, on entend : avant que l'adversaire n'ait eu le temps de déposer une carte sur le tapis.

Ce point du Roi se marque non seulement dans la première tournée, mais aussi dans les suivantes. Là aussi, il doit être annoncé immédiatement, soit qu'on le dépose ou qu'on le garde en main.

La distribution terminée, le donneur dépose le talon à sa droite, à côté de la carte de retourne, laquelle restera découverte durant toute la partie.

Les écarts. Le joueur qui a reçu la première tournée doit l'étudier.

S'il estime son jeu sans intérêt, il peut écarter une ou plusieurs cartes en demandant au donneur des cartes de remplacement.

Il dit donc : « J'en demande », ou : « Je propose ».

Il ne doit cependant pas indiquer tout de suite le nombre de cartes désiré car il fournirait ainsi une indication à son adversaire, lequel doit également examiner son propre jeu.

Le donneur, suivant sa tournée, peut accepter ou refuser de donner des cartes.

S'il refuse il dit : « Je refuse » ; s'il accepte, il demande : « Combien ? ».

L'adversaire annonce le nombre de cartes qu'il désire. Il doit les recevoir en une seule fois et ne peut les lever qu'après avoir déposé les cartes écartées à gauche du donneur.

Ce dernier, à son tour, annonce s'il prend des cartes : « J'en prends », (une, deux, trois, quatre, cinq) et il dépose ses cartes d'écart à sa gauche éventuellement sur celles de son adversaire, avant de regarder celles qu'il vient de se donner.

Ces demandes peuvent se renouveler jusqu'à épuisement du talon et, même, suivant une convention à établir avant la partie. Quand le talon est épuisé, le donneur est autorisé à prendre encore des cartes dans le paquet d'écarts, au hasard et une seule fois.

Le jeu. Le Roi d'atout ayant été annoncé avant de jouer, le premier à jouer abat une carte et annonce la couleur (cœur, pique, trèfle, carreau), et c'est cette couleur qu'il faut suivre.

Si l'adversaire possède une carte de même couleur et de valeur supérieure, il l'abat et la levée lui revient.

Celui qui fait la levée joue une nouvelle carte. S'il ne peut suivre dans la couleur, il peut évidemment couper et faire la levée ; mais s'il ne peut suivre en couleur ni jouer atout, il annonce qu'il *renonce* et se défausse d'une carte Dès lors, la levée appartient à son adversaire.

Particularités et pénalités

Il est d'usage d'annoncer, à chaque levée, en jouant le premier, la couleur que l'on joue. On admet toutefois que cette annonce ne soit faite que lorsqu'on change de couleur.

Celui qui annonce une couleur et en joue une autre peut être obligé, si son adversaire l'exige, de jouer la couleur qu'il a annoncée (s'il l'a annoncée) ou une couleur que lui impose son adversaire.

Cependant si ce dernier juge que la mauvaise carte, jouée en premier lieu, lui est avantageuse, il peut admettre cette couleur, et celui qui l'a jetée par inadvertance ne peut la reprendre pour rétablir son annonce.

Lorsqu'un joueur a annoncé le Roi (alors qu'il n'a pas le Roi d'atout), l'adversaire, lorsque l'erreur est reconnue, marque lui-même le point du Roi, même s'il ne l'a pas dans son jeu. S'il le possédait, il ne pourrait toutefois pas le marquer une seconde fois.

Celui qui a annoncé le Roi d'atout sans l'avoir et qui s'aperçoit de son erreur, peut rectifier son annonce sans subir de pénalité. Cette rectification doit être faite avant que l'adversaire n'ait couvert la carte déjà jouée.

Le joueur qui par inadvertance ou malice, aurait renoncé alors qu'il pouvait suivre ou aurait joué une carte inférieure alors qu'il en possédait une plus forte, ou encore aurait négligé d'abattre son atout, serait pénalisé. Il ne marquerait pas de point s'il lui arrivait de faire trois levées, et un seul point, au lieu de deux, s'il faisait la *vole*.

Le joueur qui joue d'autorité, donc sans demander de cartes, ou le donneur qui refuse de donner des cartes, doit faire obligatoirement trois levées.

En cas d'échec, son adversaire marque un point supplémentaire dit point d'autorité dans le premier cas, ou point de refus dans le second.

Jouez du cœur !

Il est strictement défendu de regarder une levée de l'adversaire dès qu'elle n'est plus à découvert. On ne peut même pas demander à la voir. Si un joueur trompait la vigilance de son adversaire en lui demandant de voir une levée, il aurait l'obligation de continuer à jouer mais avec son propre jeu à découvert.

En cas de maldonne celui qui a reçu des cartes en compte irrégulier a le droit de prendre la main ou d'annuler le coup.

S'il a reçu trop de cartes, il peut ôter de son jeu le nombre de cartes reçu en trop.

Si le donneur s'est servi de trop ou de trop peu de cartes, il ne subit pas de pénalité en cas de manque et prend la carte supplémentaire ; en cas de surnombre, l'adversaire peut marquer un point de pénalité.

Il est interdit de garder son écart près de soi ; il doit être déposé sur le paquet des écarts à la gauche du donneur.

Dès qu'on a commencé à jouer un coup, il est interdit de regarder une seule carte d'écart. Celui qui enfreindrait ces interdictions perdrait les points qu'il pourrait marquer durant le coup, et l'adversaire marquerait un point supplémentaire s'il était le gagnant du coup.

L'ECARTE A TROIS JOUEURS

Il est possible de jouer l'Ecarté à trois personnes.

Les règles appliquées au jeu à deux restent valables ; toutefois la partie se joue toujours en 7 points.

Chaque joueur, à son tour, peut demander ou refuser des cartes mais un seul refus oblige à jouer d'autorité. Si le joueur d'autorité échoue, le joueur qui fait les levées (3 ou 5) marque le point des levées, mais le troisième joueur, en guise de compensation, a le droit de marquer le point de refus.

Lorsque deux joueurs font chacun deux levées et le troisième la cinquième levée, c'est celui qui a fait le premier les deux levées qui marque le point.

Le joueur qui termine le premier se retire du jeu et ses deux adversaires continuent à jouer pour terminer la partie qui ne peut laisser qu'un perdant.

L'ECARTE A QUATRE JOUEURS

L'Ecarté peut aussi se jouer à quatre joueurs. Le jeu se déroule alors entre deux équipes de deux joueurs et l'on applique les règles du jeu à deux mais la partie se joue èn 7 points.

La parole est donnée, à son tour, à chaque joueur pour demander des cartes ou les refuser. Quand on n'a pas la couleur demandée, il faut jouer atout même si un joueur précédent a joué un atout supérieur. Bien entendu, les deux joueurs d'un camp totalisent leurs points et sont solidaires de leurs erreurs éventuelles.

LES PARIS A L'ECARTE

L'Ecarté se joue généralement à deux, mais il peut arriver que d'autres personnes qui suivent la partie en spectateurs désirent s'y intéresser, tout en n'organisant pas une partie à trois ou à quatre.

Il est alors permis d'accepter des paris sur la main de l'un ou l'autre des deux joueurs. C'est là une formule amusante mais qui exige quelques règles préliminaires pour éviter toute discussion par la suite.

On peut parier sur l'un des joueurs à condition que le second joueur consente à tenir ce pari, en plus de son propre enjeu contre l'adversaire. Mais d'autres spectateurs peuvent aussi tenir le pari en misant la même somme sur le second joueur.

Celui qui parie est autorisé à voir le jeu de son *poulain* ; mais il lui est formellement interdit d'essayer de voir le jeu de l'autre joueur.

Celui qui parie est tenu de garder le silence. Toutefois si son joueur lui demande conseil, il peut lui répondre. Ses conseils ne peuvent d'ailleurs se donner qu'à voix basse.

Un joueur peut tenir, à lui seul, tous les paris placés sur son adversaire. On dit, en ce cas, qu'il fait *la chouette* mais aucun spectateur ne peut alors l'approcher, ni regarder son jeu.

A la fin de la partie, le gagnant commence par prélever sur la masse du perdant une somme égale à sa propre mise. Ensuite, il partage le solde de cette masse entre les parieurs au prorata des paris engagés par chacun.

Quand on parie à charge de revanche, la revanche n'est forcée que pour le gagnant ; le perdant n'est pas obligé de la prendre.

Les paris doivent être renouvelés à chaque partie.

Si, pour une raison quelconque, un joueur devait quitter la partie, l'un des spectateurs qui misait sur sa main peut le remplacer, avec l'autorisation de l'adversaire.

LA « POULE » A L'ECARTE

Quand quatre joueurs se trouvent réunis, ils peuvent décider de jouer une *poule*.

En ce cas, on convient d'une mise. Les deux premiers joueurs déposent leurs mises. Le perdant cède sa place à un rentrant qui met sa mise, le gagnant ne versant rien. A nouveau, le perdant cède sa place à un rentrant, et ainsi de suite jusqu'au moment où un joueur réussit à gagner trois manches consécutives : ce sera le gagnant qui aura droit à la totalité des mises déposées.

Une telle partie peut être parfois fort longue et la mise totale revenant au gagnant peut être d'un montant très élevé.

L'Enflé

S/4 +

L'Enflé est un de ces anciens jeux, aux règles simples mais qui peut être très attrayant.

Les joueurs et les cartes

L'Enflé peut réunir de quatre à dix joueurs.

Le nombre de cartes varie suivant le nombre de joueurs. Jusqu'à cinq participants, on utilise un jeu de cinquante-deux cartes. Quand les joueurs sont plus nombreux, on peut se servir soit de deux jeux de cinquante-deux cartes, soit diminuer leur nombre à chacun.

La valeur des cartes, si elle intervient pour désigner celui qui aura la main, n'a guère d'importance durant la partie.

Le but de la partie

Chaque joueur dépose une mise à convenir dans une corbeille déposée au centre du tapis.

Le gagnant est celui qui, le premier, s'est débarrassé de toutes ses cartes.

La partie

Comme le premier joueur bénéficie d'un certain avantage, on procède à sa désignation d'une manière fort originale.

Chacun tire une carte du paquet mais, au contraire de ce qui se passe d'ordinaire, celui qui tire la plus forte carte n'en est pas le bénéficiaire : c'est à son voisin de droite qu'elle profite...

Si, par exemple, le premier tireur obtient un huit, ce point est attribué à son voisin de droite et la Dame que celui-ci a tirée à son tour avantage son propre voisin de droite. Le plus haut point acquis désigne le premier à jouer et c'est celui qui lui a donné ce point (donc son voisin de gauche) qui devient le premier donneur.

Selon le nombre de joueurs, le donneur distribue de trois à dix cartes à chacun, mais de façon à laisser un talon d'au moins une dizaine de cartes.

Ainsi, si l'on joue à trois, on donne à chacun dix cartes ; si l'on est à quatre, neuf cartes ; à cinq, huit cartes, et ainsi de suite.

Ce sera toujours le joueur qui, par la suite, fait une levée qui, le premier, abattra une carte.

Le premier à jouer jette une carte que tout le monde doit suivre dans sa couleur.

Si tous les joueurs fournissent, celui qui a joué le premier doit faire la levée. Mais si un joueur ne peut pas suivre, il doit annoncer : « J'enfle » et prélever des cartes au talon jusqu'à ce qu'il arrive à la couleur demandée. Il peut alors suivre, et c'est le premier joueur qui fait la levée.

S'il n'y parvient pas, après avoir ramassé toutes les cartes du talon, il doit au surplus faire la levée.

Après cette levée, il peut, à son tour, abattre une carte que tous les autres doivent suivre.

Les cartes du talon étant épuisées, c'est toujours celui qui n'a pas pu fournir la couleur qui doit lever, mais il a l'avantage ensuite de pouvoir jouer le premier.

Jeune joueur, vieux mendiant (proverbe espagnol).

La Ferme S/+

Le jeu de la Ferme apparut en France vers le milieu du XVIIIe siècle. Ce jeu, assez simple, fut surtout pratiqué dans les familles.

On ne connaît guère son origine mais, aujourd'hui encore, il reste populaire dans certaines régions de France et du nord de l'Italie.

Les joueurs et les cartes

Le jeu de la Ferme réunit au minimum cinq joueurs et au maximum une dizaine.

On utilise un jeu de cinquante-deux cartes, mais comme le but final consiste à faire 16 points, on supprime du jeu les 8 (deux 8) donnant trop aisément les 16 points ainsi que les 6 de pique, de trèfle et de carreau, le 6 de cœur restant seul dans le jeu où il prend le nom de *brillant*.

La valeur des cartes est la suivante : les figures comptent pour 10 points, les autres cartes gardent leur valeur numérale, l'As ne valant cependant qu'1 point.

On se sert de jetons dont on détermine la valeur avant d'entreprendre la partie ; ils sont déposés dans une corbeille placée au centre de la table.

La ferme peut être prise aux enchères ou donnée à tour de rôle.

Dans le premier cas, au premier coup, on l'adjuge à celui qui offre le meilleur prix (trois ou dix jetons) et, ensuite, c'est celui qui a dépossédé le *fermier* de son bien qui lui succède ; à moins que l'on décide, qu'à chaque coup, la ferme ne soit adjugée.

Dans l'autre cas, le sort désigne le premier fermier et chaque joueur, à tour de rôle, devient fermier.

Dans tous les cas, le jeu se déroule d'une manière identique, c'est-à-dire que celui qui s'est adjugé la ferme ou celui que le sort a désigné comme étant le propriétaire, dépose dans la corbeille un certain nombre de jetons (ce nombre étant d'autant plus élevé que les joueurs sont nombreux). Ce sera là l'enjeu qui reviendra au gagnant de la partie. Toutefois, cet enjeu s'amplifiera encore car chaque joueur, avant de recevoir une carte, doit déposer un jeton dans la corbeille.

La partie

Cartes battues et coupées, le fermier, en commençant par

le joueur assis à sa droite, donne à chaque joueur une carte prise sur le dessus du paquet. Lui-même n'en prend pas.

La donne terminée, le premier à parler demande, en disant : « Carte », une carte que le fermier lui donne mais en la prenant, cette fois, sous le talon.

Si le joueur s'estime satisfait de ses deux cartes, il annonce qu'il « se tient ». Sinon, il peut encore demander une ou deux cartes supplémentaires.

Alors que la première carte, lors de la donne, a été remise cachée, les suivantes sont distribuées à découvert et restent déposées, visibles, devant chaque joueur.

Quand le premier joueur est servi, le fermier répète la même opération pour les autres.

Quand tout le monde est servi, chacun ajoute aux cartes déposées devant lui celle qu'il gardait en main, afin de montrer le point.

- *Ceux qui ont moins de 16 points* ne gagnent rien et perdent simplement leur mise d'un jeton déposée au départ (sauf exception ; voir plus loin).
- *Ceux qui ont plus de 16 points* paient au fermier, dont ce sera le seul bénéfice, un nombre de jetons égal au nombre de points dépassant seize qu'ils ont dans leur jeu (celui qui avait un Roi et qui a reçu comme seconde carte une Dame montre 20 points et paiera quatre jetons au fermier).
- *Celui qui montre exactement 16 points* a le droit de s'approprier la ferme, soit le montant de la corbeille.

Si plusieurs joueurs déposent 16 points, la réglementation suivante est appliquée :

- Celui qui a 16 au moyen d'une seule carte accompagnée du *brillant* (le 6 de cœur) bat tous les autres.
- Si aucun des aspirants gagnants ne possède cette carte unique accompagnée du brillant, celui qui a fait 16 avec deux cartes l'emporte sur celui à qui il a fallu trois cartes, lequel l'emporte sur celui à qui il en a fallu quatre.
- Un joueur qui dépose un 9 et un 7 l'emporte sur celui qui montre un Roi, un 2 et un 4, et ce dernier l'emporterait sur celui qui déposerait un 7, un 3, un 4 et un 2.

Il peut arriver aussi que personne n'ait 16. Le gagnant est alors celui dont le point se rapproche le plus de ce chiffre, à condition de lui être inférieur (15, 14).

Toutefois il ne peut prendre dans la corbeille que les jetons déposés comme mise initiale par les joueurs, la mise du fermier y restant intégralement. Cela donne une valeur accrue à une nouvelle partie qui s'engage et pour laquelle le nouveau fermier doit évidemment déposer sa mise d'adjudication.

Un joueur qui s'apercevrait qu'il a plus de 16 au moment de la deuxième distribution de cartes, ne serait pas autorisé à l'annoncer d'emblée, quoique se sachant perdu. Il doit, comme les autres, dire qu'il *se tient* et ce n'est que lorsque les cartes seront déposées qu'on s'apercevra qu'il est perdant.

Variante

On peut décider que l'adjudication de la ferme n'aura pas lieu. Le fermier désigné par le sort ne met qu'un jeton dans la corbeille, comme tous les autres joueurs. Comme ces derniers, il a droit à une carte et à des cartes supplémentaires.

Cette fois, ceux qui ont plus de 16 versent leurs jetons d'amende dans la corbeille, et le gagnant peut s'adjuger entièrement cette dernière.

Le quatre de cœur.

Le Florentin M/+

Comme son nom l'indique, il s'agit d'un jeu qui fut populaire autrefois à Florence et en Toscane. On le joua aussi en France au début du XVIIIe siècle.

Les joueurs et les cartes

Le Florentin oppose un banquier à un nombre illimité de pontes. On joue avec des jetons et on se sert d'un jeu de cinquante-deux cartes.

La partie

Le banquier garde devant lui le paquet de cartes dont il retourne la première.

Supposons qu'il retourne une Dame. Désormais, c'est à l'arrivée plus ou moins prompte d'une autre Dame qu'est suspendu le sort des pontes.

Le banquier retourne une deuxième carte.

Supposons : un 10. Chaque ponte peut déposer devant lui le nombre de jetons qu'il mise sur ce 10.

Le banquier retourne une troisième carte.

Supposons : un Roi. Chaque ponte peut à nouveau déposer, à la droite de ses premières mises, un enjeu qu'il destine à ce Roi.

Quant au banquier, il double chaque fois la mise qu'il a déposée sur sa Dame de départ.

Quatrième carte : même mécanisme. Le banquier ajoute chaque fois un jeton à sa mise, et les pontes misent d'un jeton sur les cartes qui sortent.

On se rend compte qu'il est prudent, au départ, de limiter les mises à un jeton, car leur multiplication forme bientôt un enjeu très important.

Si, parmi les cartes que le banquier retourne, il sort une carte de même valeur que celle retournée en premier lieu, les pontes se partagent toutes les mises que le banquier a déposées sur cette première carte.

En ce cas, la banque saute et le joueur assis à la droite du banquier le remplace.

S'il sort une carte de même valeur qu'une de celles retournées par après et sur laquelle les pontes ont misé, le banquier ramasse les mises placées sur ladite carte.

Cependant si, par hasard, le banquier retourne douze cartes différentes de sa première carte et que la treizième est semblable à celle-ci, il fait *opéra* et, cette fois, c'est lui qui ramasse les mises encore sur le tapis.

Il peut arriver que les deux premières cartes retournées soient de même valeur (dans le cas ci-dessus, deux Dames). Ces deux cartes sont pour le banquier, on dit qu'il fait *double,* mais, dans ce cas, avant que les pontes puissent jouer, il faut qu'il y ait également sur le tapis deux cartes semblables sur lesquelles ils déposeront leur première mise. Et le jeu peut alors se dérouler à égalité avec deux cartes pour le banquier et deux cartes pour les pontes.

Le sort des pontes est suspendu à l'arrivée d'une Dame.

Le Hoc S/23

Le Hoc est l'un des plus anciens jeux de cartes. Le succès qu'il connut à la cour de Versailles au milieu du XVIIe siècle (Louis XIV l'affectionnait particulièrement) incita les autres cours à l'adopter et, pendant une cinquantaine d'années, toute l'Europe joua au Hoc !

Certaines cartes privilégiées y assuraient les levées ; on devait dire, en les abattant : « Hoc ! » (du latin : ceci).

Il existait deux jeux de Hoc : le Hoc de Lyon et le Mazarin. Ce dernier, le plus joué, avait été ainsi baptisé car, selon Scarron, le célèbre cardinal en était l'inventeur. Il est certain que le confident d'Anne d'Autriche se plaisait infiniment au Hoc qui satisfaisait non seulement sa passion du jeu, mais aussi sa cupidité, car les enjeux étaient toujours très élevés. A la fin du XVIIIe siècle, la vogue du Hoc s'éteignit pourtant.

Les joueurs et les cartes

Le Hoc se joue à deux ou à trois. On utilise un jeu de trente-deux cartes. Les quatre Rois, la Dame de pique et le Valet de carreau sont les cartes privilégiées, qui assurent chacune un point à qui peut s'en emparer.

En outre, toutes les cartes au-dessus desquelles il ne s'en trouve plus une immédiatement supérieure valent également 1 point quand on peut les lever (par exemple, les 7 quand tous les 8 ont été joués). Le Roi lève la Dame, et ainsi de suite dans l'ordre ordinaire des cartes. L'As reste la carte la plus haute.

La partie

Le donneur distribue trois par trois quand on est deux, quinze cartes à chaque joueur, et deux par deux, dix cartes à chaque joueur quand on est trois.

Le gagnant est celui qui réussit à totaliser le plus de points.

L'Impériale M/2 4

L'Impériale est incontestablement l'un des plus anciens jeux de cartes. Quelques auteurs affirment qu'on la connaissait déjà sous Charles-Quint. Quoi qu'il en soit, dès le XVIe siècle, on la joua beaucoup et si, trois cents ans plus tard, elle perdit de sa vogue au profit d'autres jeux, et notamment du Piquet (auquel elle donna d'ailleurs naissance), on la pratique encore en de nombreuses régions, entre autres dans les provinces méridionales de la France.

Les joueurs et les cartes

L'Impériale oppose deux joueurs qui utilisent un jeu de trente-deux cartes. On peut cependant la jouer à trois ou à quatre.

On se sert de jetons et de fiches. Les premiers représentent des points. Les fiches valent chacune six jetons et représentent les *impériales* ; on les désigne d'ailleurs sous ce nom.

Chaque joueur dépose à sa gauche six jetons et six fiches. Quand il marque 1 point, il fait passer un de ces jetons à sa droite ; quand il marque une impériale, une fiche.

La valeur des cartes est en ordre décroissant : R, D, V, A, 10, 9, 8, 7.

Pour le calcul des points, la valeur des cartes devient la suivante : l'As, 11 points ; les figures, chacune 10 points ; les autres cartes, leur valeur nominale.

Les Rois, les Dames, les Valets, les As et les 7 sont les honneurs. Le joueur qui possède une de ces cartes marque 1 point. Celui qui retourne une de ces cartes en donnant marque également 1 point.

Si le donneur retourne un Roi ou un As, il peut l'échanger contre le 7 de la même couleur qu'il aurait dans son jeu.

Les impériales

Il y a plusieurs façons de faire une impériale :

- réunir en main R, D, V et 10 d'atout (*impériale d'atout,* qui compte double) ;
- réunir en main R, D, V et 10 d'une couleur autre que l'atout ;
- tenir en main quatre R, quatre D, quatre V, quatre As ou quatre 7 (*impériale d'honneur*) ;
- n'avoir que des cartes blanches (*impériale blanche,* généralement comptée double) ;

- posséder une impériale incomplète en atout et voir, comme première retourne, la carte de complément (*impériale de retourne*).
- trouver dans ses levées les cartes qui permettent de faire une impériale d'atout (*impériale tombée* ou *de rencontre*). Ces impériales ne sont pas toujours admises.
- additionner 6 points.

Il peut arriver qu'on ait dans son jeu deux impériales, par exemple une impériale blanche avec une impériale d'As ou de 7. Dans ce cas, la seconde impériale se marque également. Le joueur qui exhibe une impériale oblige son adversaire à démarquer les points qu'il posséderait déjà, à moins que l'adversaire ne possède également une impériale.

Cette dernière règle ne joue pas quand il s'agit du point de retourne, si c'est un point marquant.

Celui qui fait une impériale blanche ne peut faire démarquer les points que possède son adversaire.

La partie

On se met d'accord sur les impériales à compter ou non.

On fixe également le nombre d'impériales nécessaires pour gagner. En général, la partie se joue en cinq ou six impériales. Celui qui les réussit gagne. On fixe aussi, éventuellement, la valeur monnayée des fiches.

La donne. Chaque joueur tire une carte du jeu. La plus haute désigne le donneur.

On distribue douze cartes à chacun, par deux, par trois ou par quatre. On retourne la vingt-cinquième carte qui indique l'atout.

Le jeu. La donne terminée, chaque joueur rassemble les cartes de même couleur qu'il possède et additionne les points que ces cartes totalisent.

Le premier à parler annonce le point total qu'il possède ainsi. Cela s'appelle d'ailleurs *le point*. Si ce point est plus élevé que le sien, le donneur dit : « C'est bon ! » S'il est égal, il dit : « Egal. » S'il est inférieur, il dit : « Ne vaut pas. »

Celui qui a le point le plus élevé marque donc un point. Il prend un jeton de sa réserve qu'il dépose à sa droite. En cas d'égalité de points, c'est le premier à parler qui marquera ce point.

Chacun déclare alors sa ou ses impériales. On peut même les déclarer avant de faire le point, mais il est interdit de les déclarer et de les compter dès qu'une carte a été jetée.

On admet qu'un joueur peut avertir son adversaire s'il a négligé d'indiquer son impériale.

Le point et les impériales étant reconnus valables, le premier à jouer jette une carte sur le tapis. L'adversaire doit fournir la couleur demandée, forcer si cela lui est possible, couper s'il n'a pas la couleur et renoncer s'il n'a ni couleur ni atout.

Celui qui fait la levée joue ensuite.

Le jeu se poursuit de cette manière jusqu'à ce que chacun ait jeté ses douze cartes. Il faut bien tenir compte du fait que les honneurs marquent des points.

Le compte des points. On compte les levées qui ont été faites. Celui qui en fait le plus marque 1 point pour chaque levée au-dessus de six.

Si chacun fait six levées, les points de levées ne se marquent pas.

Si l'un des joueurs ne réussit aucune levée, il est *capot* et son adversaire marque deux impériales et oblige le joueur malheureux à démarquer les points qu'il a acquis, mais non ses impériales.

Pour la bonne règle, points et impériales se comptent dans l'ordre suivant : la retourne, les impériales de main, l'impériale blanche, les autres impériales, le point, les honneurs et, enfin, les points des levées.

Pénalités

On ne peut pas, au cours d'une partie, modifier la manière de faire la donne (par deux, par trois ou par quatre). Si le donneur contrevenait à cette obligation, son adversaire serait en droit de refuser cette donne et de prendre la place du donneur.

En cas de maldonne, la main passe à l'adversaire.

Il est défendu de retourner l'une des cartes restant au talon. La carte de retourne se dépose visible, sur le talon.

IMPERIALES A TROIS OU A QUATRE

On peut jouer l'Impériale à trois ou à quatre.

A trois, on ajoute les 6 au paquet de trente-deux cartes et ces 6 comptent parmi les honneurs.

Il n'y a pas de talon et le premier en cartes joue en atout pour commencer.

A quatre, chaque joueur reçoit huit cartes et la dernière indique l'atout.

Il faut annoncer ses impériales avant de jouer la première carte.

A bourse de joueur, il n'y a point de loquet.
(Proverbe français du XIVe siècle.)

Le Lansquenet M/+

Le nom de lansquenets (de l'allemand Landknecht) désignait, au XVe siècle, des soldats allemands qui louaient leurs services aux plus offrants. Ces mercenaires, courageux mais souvent indisciplinés et pillards, participèrent aux guerres d'Italie, puis aux guerres de Religion au cours desquelles ils se vendirent soit aux catholiques, soit aux huguenots. Ils apportèrent dans les régions où ils séjournèrent leur jeu favori, un jeu de cartes allemand qu'on appela Lansquenet et qui, avant tout soumis au hasard, permit aux fripons et aux tricheurs de faire bien des dupes. Les autorités tentèrent à maintes reprises de l'interdire et, de nos jours encore, dans plusieurs régions méridionales, il garde de nombreux fidèles.

Les joueurs et les cartes

Le Lansquenet se joue entre un banquier et un nombre indéterminé de pontes avec six jeux de cinquante-deux cartes.

La partie

Le sort ayant désigné le premier banquier, ce dernier mêle les six jeux, les bat et les fait couper.

Ensuite, il annonce l'enjeu (en général très élevé) qu'il propose.

Le joueur placé à la droite du banquier parle le premier.

Il peut passer s'il juge l'enjeu trop important. Sinon, il peut tenir l'enjeu du banquier et, en ce cas, le jeu se limite au banquier et à ce ponte.

Enfin, et c'est ce qui arrive le plus souvent, il peut déclarer ne tenir qu'une partie de l'enjeu.

Dès lors, le joueur qui lui succède peut, à son tour, opérer de même : passer, relancer en tenant l'enjeu entier ou ne tenir qu'une partie de l'enjeu.

Le jeu se poursuit ainsi jusqu'au moment où tout l'enjeu est couvert.

Toutefois, si aucun joueur ne tient l'enjeu entier, le premier à parler, s'il a passé, peut encore relancer et prendre à son compte l'enjeu entier.

Le jeu. L'enjeu étant entièrement couvert, le banquier retourne la carte supérieure de son paquet. Il la place, découverte, à sa gauche ; puis il retourne la seconde carte du paquet et la place à sa droite.

Si le hasard veut que le banquier retourne deux cartes de même valeur, ce qu'on appelle un *refait,* il a le droit de ramasser la mise ou les mises des pontes.

Si cela n'arrive pas, le banquier tire, une à une, toutes les cartes du paquet.

Dès qu'il retourne une carte semblable à la sienne ou semblable à celle des pontes, le jeu se termine.

Si elle est semblable à la sienne, il a droit aux mises des pontes.

Si elle est semblable à celle de droite, donc à celle des pontes, ces derniers ont le droit de s'adjuger l'enjeu du banquier au prorata des parties qu'ils ont tenues.

Aussi longtemps que le banquier gagne, il garde la main. S'il perd, il cède la banque à son voisin de droite. Toutefois, s'il estime son gain suffisant, il peut vendre sa banque à l'un des pontes.

Celui qui achète la banque la garde jusqu'au moment où il perd, mais alors la banque revient au voisin de droite du banquier qui était, en somme, celui à qui revenait la main.

La Loterie M/+

Ce jeu était très répandu autrefois, permettant aux familles de réunir autour d'une table, pour les distraire, de cinq à douze personnes. Comme c'est un jeu où le hasard est maître, on le pratiqua, bien sûr, dans les tripots où il donna lieu, assurent les mémorialistes, à quelques scandales.

C'est un jeu où le hasard est maître.

Les joueurs et les cartes

On se sert de deux jeux de cinquante-deux cartes. L'un représente les lots et l'autre les billets qui permettront de décrocher ces lots. S'il n'y a que cinq joueurs, on peut utiliser deux jeux de trente-deux cartes.

On utilise des jetons dont on détermine tout d'abord la valeur et on place, au milieu de la table, une corbeille dans laquelle chaque joueur dépose, avant d'ouvrir la partie, la mise en jetons dont on convient.

La partie

Comme il y a deux jeux de cartes, le sort désigne les donneurs. Chacun tire une carte d'un paquet, la plus forte désigne le donneur de lots, la moins forte le distributeur de billets.

La donne. Le premier donneur distribue une carte à chaque joueur, carte déposée muette devant celui-ci : ce sera le lot.

Quand tous les lots sont déposés, on réunit les enjeux de la corbeille et on les répartit au hasard sur les cartes muettes.

Il est conseillé de prendre au départ une convention sur la manière de distribuer tous les enjeux.

On décide, par exemple, de déposer un jeton sur la première carte, deux sur la seconde, trois sur la troisième et ainsi de suite, le solde étant déposé sur la dernière.

Quand le premier coup est terminé, on peut intervertir l'ordre pour le second, en commençant, par exemple, par la dernière carte pour un jeton, et ainsi de suite.

Quand le contenu de la corbeille est partagé entre tous les lots, le second donneur distribue, à son tour, une carte à chaque participant de la loterie.

Désormais, chaque joueur se trouve en possession de deux cartes, une muette provenant du jeu du premier donneur et une qu'il peut regarder provenant du jeu du second donneur.

Le jeu. On retourne les lots (cartes muettes) et chacun regarde si la carte qu'il a en main correspond à l'une des cartes-lots qu'on vient de retourner. Si c'est le cas, il empoche la mise déposée sur ladite carte-lot.

Quand tout le monde a confronté ses cartes avec celles du tapis, les jetons placés sur des lots qui ne sont pas gagnés retournent dans la corbeille et, avant de faire un nouveau tour, chacun verse son enjeu dans la corbeille.

Pour le second coup, dont le mécanisme est identique au premier, la valeur des lots deviendra plus importante puisque le contenu de la corbeille s'est enrichi.

Quand, après le deuxième coup, tous les lots n'ont pas été attribués, on entreprend un troisième coup, comme précédemment, mais cette fois, suivant le nombre de joueurs, on distribue deux, trois, voire quatre cartes-billets à chacun, ce qui étend la chance de tous les joueurs et permet de distribuer des lots très importants.

La partie est terminée quand tous les lots ont été distribués.

Variante

On procède comme précédemment : chacun verse sa quote-part dans la corbeille.

Le premier donneur dispose ses cinquante-deux cartes sur le tapis, en quatre rangées de treize cartes. Le joueur assis à sa gauche désigne parmi ces cartes muettes cinq cartes qui sont retirées et disposées en croix : une carte au centre et une carte à chaque angle de celle-ci.

La carte du centre est le gros lot et on y place la moitié du contenu de la corbeille, le solde étant réparti au hasard entre les quatre autres cartes.

Ensuite, le second donneur distribue à chacun, suivant le nombre de joueurs, quatre ou cinq cartes-billets. On retourne les cartes de la croix et les possesseurs des mêmes cartes que celles de la croix ramassent les enjeux qui recouvrent ces dernières.

Les lots non acquis retournent dans la corbeille, on ajoute les enjeux et on entreprend de nouveaux coups jusqu'à épuisement de la corbeille.

Le Macao M/+

Comment ce jeu de hasard prit-il le nom de cette lointaine colonie portugaise de la mer de Chine ? On l'ignore. Tout au plus, peut-on imaginer que les marins faisant escale dans le port de Macao se plurent à baptiser de ce nom cette variante du jeu de Vingt-et-Un, ce dernier étant, même de nos jours, l'une des distractions favorites des gens de mer.

Les joueurs et les cartes

Le Macao se joue entre un banquier et un nombre illimité de pontes.

On utilise un jeu de cinquante-deux cartes.

Les cartes de 1 à 9 comptent pour leur valeur numérale, l'As ne valant que 1 point. Les 10 et les figures sont sans valeur mais participent au jeu.

Pour gagner, il faut avoir 9 ou un point qui s'en rapproche le plus.

Les parties sont très courtes ; aussi est-ce avant tout un jeu d'argent et de gain facile où les mises sont parfois très élevées. Il est préférable de jouer avec des jetons.

La partie

Le banquier étant désigné par convention ou par le sort, on convient du taux de la mise initiale.

Le banquier distribue une carte à chaque ponte et s'en sert une.

Si, d'emblée, le banquier tire un 9, un 8 ou un 7, il peut déposer cette carte immédiatement et chaque ponte dont le point n'est pas égal ou supérieur à la carte du banquier, paie à ce dernier trois, deux ou une fois la mise.

Par contre, si l'un des pontes possède un 9, un 8 ou un 7, il peut aussi le déposer immédiatement et le banquier qui ne pourrait y répondre lui paierait trois fois la mise pour le 9, deux fois pour le 8 ou une fois pour le 7.

Toutefois, dans ce cas, le banquier n'est pas obligé de montrer sa carte ; il se contente de dire « Bon » et de payer. La partie se poursuit avec les pontes restant au jeu.

Le premier tour étant terminé, chacun peut parler à tour de rôle et dire s'il *se tient* ou s'il désire une carte supplémentaire.

L'éventuelle seconde donne terminée, chacun doit étaler ses cartes.

Le joueur qui possède plus de 9 points *crève* et sa mise revient au banquier.

Si ce dernier crève, il paie leur mise à tous les pontes et son voisin de droite devient banquier.

Le ou les gagnants sont ceux qui ont 9 ou le point s'en rapprochant le plus (7 ou 8).

En cas d'égalité de points entre le banquier et un ponte, ni l'un ni l'autre ne gagne.

Très pratiqué à bord.

La Manille S/2 4 +

D'abord jouée dans le midi de la France, et surtout dans le sud-ouest, la Manille est un jeu d'origine espagnole. Elle ne devint populaire dans le reste de la France qu'au début du xxe siècle.

Les variantes

De tous les jeux de cartes, la Manille est sans doute celui qui comprend le plus grand nombre de variantes. On en compte au moins une douzaine ; ce qui a conduit souvent les joueurs à adopter, un peu au gré de leur fantaisie, des règles variées qui, en définitive, compliquèrent sans raison ces jeux par ailleurs fort captivants.

Pour éviter les discussions que peuvent faire naître des règles mal définies, il est utile de s'en tenir tout d'abord aux jeux de Manille les plus communs. Ceux que l'on joue depuis longtemps et dont le règlement, à quelques modifications près, peut être considéré comme applicable à tous les jeux de ce nom.

La Manille parlée, à quatre joueurs, est sans doute la plus caractéristique à cet égard.

LA MANILLE PARLEE A QUATRE JOUEURS

On joue par équipes, deux joueurs contre deux, avec un jeu de trente-deux cartes.

La valeur des cartes s'établit de la manière suivante, aucune couleur n'étant supérieure à une autre :

le 10, appelé manille vaut	5	points
l'As, appelé manillon :	4	—
le Roi :	3	—
la Dame :	2	—
le Valet :	1	—

Les cartes numérales (sauf le 10) ne valent rien. Pour un coup, le total des points est donc de 60 (soit 20 des 10, 16 des As, 12 des Rois, 8 des Dames et 4 des Valets) auxquels s'ajoutent les points des levées (1 par levée) soit 8 points. Le total est donc de 68 points, et c'est l'équipe qui marque plus de la moitié de ces points (donc plus de 34) qui est gagnante. Toutefois, si chaque équipe a 34 points, personne ne marque et le coup est annulé.

La partie

On convient tout d'abord du nombre de points nécessaire pour gagner. Suivant les régions, ce nombre peut être variable : on joue pour 50, 100 ou 150 points. Mais la manière la plus commune consiste à jouer en deux coups de 4 points et, si chaque équipe gagne une manche, de faire une *belle*.

Formation des équipes. Chacun tire une carte du jeu. Les deux cartes les plus fortes désignent les deux partenaires qui s'opposeront à ceux qui auront les cartes les plus basses. Les équipes restent formées pour les deux manches et éventuellement pour la belle. Toutefois, si après une première partie, on convient d'en jouer une seconde, on peut à nouveau tirer au sort la formation des équipes à moins qu'il ne s'agisse d'une revanche auquel cas les équipes restent formées comme avant.

La donne. Les équipes étant formées, il s'agit de désigner le donneur. Chacun tire à nouveau une carte du jeu : la plus haute désigne le donneur.

On convient parfois que la plus haute désignera le premier à jouer et, en ce cas, la plus basse désignera le donneur qui s'installe à sa gauche.

Le donneur bat les cartes et les fait couper par son voisin de gauche. Cette coupe doit être faite avec le plus grand soin car le fait de laisser voir une carte du jeu entraîne obligatoirement une nouvelle donne (voir plus loin).

Le donneur, en commençant par son voisin de droite, distribue huit cartes à chaque joueur, deux par deux ou quatre par quatre. Cette manière de donner doit rester identique pour chaque coup. Elle peut être modifiée, suivant accord, pour une partie suivante. D'habitude, pour cette dernière, c'est le joueur installé à droite du premier donneur qui le remplace.

Nous disions : huit cartes à chaque joueur. Toutefois, le donneur, lui, ne s'en donne que sept, la huitième à laquelle il a droit devant être retournée pour indiquer la couleur de l'atout. Il peut d'ailleurs inscrire la valeur de cette carte (si elle en a une) à l'actif de son équipe, avant même de commencer la partie. Mais il ne peut la joindre à sa main que lorsque le premier à jouer a abattu une carte.

Le jeu. Le voisin de droite du donneur est le premier à jouer. Ensuite, c'est le tour de celui qui ramasse la levée.

Après avoir étudié ses cartes, le premier joueur peut renseigner son partenaire sur son jeu et l'interroger sur celui qu'il détient. On admet qu'il peut l'interroger sur sa manière de jouer et même, éventuellement, lui céder la parole.

Ces demandes doivent être aussi brèves que possible, tout en restant claires. Elles ne peuvent s'accompagner ni de gestes, ni de signes de convention (clins d'œil, etc.).

Celui qui interroge demande, par exemple : « Trèfle ? »

L'autre répond « Oui ». Ou encore : « Manille ? » Réponse : « Oui » ou « Ma part ». « Atout ? » « Six », etc.

Des demandes brèves et claires.

Ces demandes et réponses ne peuvent contenir de fausses déclarations destinées à tromper les adversaires. Si ceux-ci s'apercevaient de quelque supercherie, les coupables perdraient le coup et les adversaires marqueraient 34 points.

Tenus au silence, les adversaires écoutent attentivement les interrogations, sans faire la moindre réflexion. Sans doute peuvent-ils trouver dans ces dialogues des indications qui leur permettront de connaître en partie le jeu de leurs adversaires et de mieux jouer le leur.

Le partenaire interrogé peut conseiller l'abattage de l'une ou l'autre carte. S'il peut par exemple couper la couleur, il suggère au premier à jouer une forte carte de cette couleur qui lui permettra peut-être, quand son tour de jouer sera venu, de s'emparer d'une manille, d'un manillon ou d'une forte carte d'atout.

Car, s'il faut toujours suivre la couleur demandée et *monter* sur la carte de l'adversaire, on ne doit pas monter sur celle du partenaire.

Quand on ne peut suivre, on doit couper si l'adversaire est maître. Si l'adversaire a coupé, on doit surcouper, si c'est possible, mais il n'est pas obligatoire de couper d'un atout s'il est inférieur à celui de l'adversaire.

Si celui qui fait la levée appartient à l'équipe adverse, il ne peut prendre la parole, celle-ci restant acquise jusqu'à la fin du coup au premier à jouer. Le coup se poursuit de cette manière jusqu'à ce que les huit levées aient été faites.

Un des partenaires se charge de garder les levées de l'équipe. Elles sont disposées en croix de façon qu'on puisse les vérifier après chaque coup afin de se rendre compte des renonces, s'il y en a eu.

Il y a renonce :

- quand on a la couleur demandée et qu'on ne suit pas ;
- quand on néglige de forcer alors qu'on peut le faire ;
- quand, n'ayant pas de couleur, on néglige de couper avec de l'atout alors qu'on en possède.

L'équipe qui fait une renonce ne marque aucun point et l'équipe adverse en marque 34.

Pénalités. Certaines fautes sont pénalisées :

- jouer avant son tour ;
- jouer en laissant découverte la levée qui vient d'être faite ;
- regarder une levée qui vient d'être faite alors qu'une nouvelle carte vient déjà d'être jetée.

Ces fautes entraînent la même sanction que les renonces.

Autre manière de compter les points. Quand ils jouent pour 50, 100 ou 150 points, certains joueurs adoptent la manière suivante : ils ne marquent pas la totalité des points acquis au cours du coup mais tiennent compte uniquement des points qui dépassent les 34 points de base.

Exemple : l'équipe qui fait 42 points, donc 8 de plus que les 34 de base, marque 8 points à son actif, et ainsi de suite.

Si les deux équipes à la fin d'un coup marquaient chacune 34 points, le coup serait annulé et personne ne marquerait.

Généralités

Rappelons que les cartes levées ne doivent jamais être mêlées mais bien disposées en croix, une levée au-dessus de l'autre, à la gauche de celui qui est chargé de les tenir. Toute levée doit être immédiatement retournée.

Lorsqu'au cours d'une donne une carte se trouve retournée, on n'applique pas de pénalité mais la donne est annulée et le même donneur recommence.

Toute carte abattue ne peut être relevée. Toutefois si le joueur qui vient de la jeter s'aperçoit qu'il s'est trompé et qu'il fait donc une renonce, il peut la reprendre mais avant que la levée ne soit terminée.

En guise de sanction, les autres joueurs peuvent alors exiger que le joueur fautif indique combien de cartes de la renonce il lui reste en main.

Si les deux joueurs d'une équipe sont solidaires pour les bénéfices de l'équipe, ils le sont également pour les fautes commises.

LA MANILLE MUETTE A QUATRE

Cette variante diffère de la Manille parlée à quatre en ceci que le premier à jouer n'a pas le droit de renseigner son partenaire ni de l'interroger sur la manière de jouer ; tout au plus est-il autorisé à lancer une invite à son partenaire en lui conseillant de faire une levée alors que lui-même joue une carte faible.

Cette manière de jouer exige évidemment beaucoup plus d'attention car il s'agit de suivre la partie sans avoir d'autres indications que la couleur et la valeur de la carte de retourne (atout) qui appartient au donneur et les cartes levées qui viennent d'être jouées.

Le joueur doit se soucier non seulement de son propre jeu, mais il doit tenir compte aussi des cartes que son partenaire peut posséder. Il arrive trop souvent que certains joueurs se soucient peu de leur nature, se contentant d'opérer suivant leur seul intérêt. Il y a là non seulement un manque de « fair play », mais aussi une faute.

LA MANILLE COINCHEE (OU CONTREE)

Il s'agit d'une variante de la Manille muette à quatre.

Si le premier joueur, ou son partenaire, juge suivant les cartes de sa main, que son jeu est meilleur que celui du donneur et de son partenaire, il peut annoncer qu'il *coinche* ou qu'il *contre*.

Ceci signifie qu'il s'engage à faire plus de 34 points. S'il réussit, les points au-delà de 34 seront doublés.

Mais le donneur coinché peut se défendre en fixant un autre atout que celui de la retourne ou même en annonçant qu'on jouera sans atout.

En ce cas, le jeu se déroule comme à la Manille ordinaire mais sans atout. Les points acquis par l'équipe gagnante sont doublés.

On admet aussi que si le donneur ne peut annoncer un nouvel atout, il peut demander à son partenaire de le faire.

LA MANILLE AVEC UN MORT

C'est une variante de la Manille muette ordinaire mais qui peut, cette fois, se jouer à trois.

Le sort indique tout d'abord lequel des joueurs aura le *mort* comme partenaire. Chacun tire une carte du jeu. Celui qui a la plus forte fait équipe avec le mort contre les deux autres joueurs associés.

Celui qui *fait le mort* est donneur à son choix, soit pour lui-même, soit pour son mort. S'il donne pour lui-même, c'est son adversaire de gauche qui coupe le paquet qu'il vient de battre. S'il donne pour son mort, c'est son voisin de droite. Comme à la Manille muette, la donne est de huit cartes et se distribue uniquement par deux fois quatre.

Le jeu du mort est étalé à découvert sur le tapis.

On joue pour 44 points et, chaque joueur, à tour de rôle, au cours des parties suivantes, fait le mort.

Le mort, évidemment, ne fait ni fautes, ni renonces, puisque son jeu est visible pour chacun des joueurs.

L'usage veut que celui qui se trouve à gauche du mort doive jouer dans les cartes fortes de celui-ci, alors que celui qui est installé à sa droite joue les cartes faibles. Quant au partenaire du mort, sa connaissance des jeux lui permet d'orienter son propre jeu au mieux de ses intérêts.

LA MANILLE A DEUX

Il est possible de jouer une partie de Manille à deux (forcément muette) en adjoignant un mort à chaque joueur. Ce dernier est placé à la gauche du joueur.

Suivant convention, la donne peut s'opérer de deux façons.

1) Le donneur distribue quatre cartes au mort de son adversaire. Il les étale l'une à côté de l'autre, face au tapis. Ensuite quatre cartes, disposées de même, à son propre mort. Enfin quatre cartes à son adversaire et quatre à lui-même.

Les seize cartes suivantes sont données de la même façon,

sauf celles des morts qui sont déposées, découvertes cette fois, sur les cartes invisibles.

La dernière carte que le donneur se donne est retournée et désigne l'atout.

2) Le donneur distribue d'abord quatre cartes à l'adversaire, ensuite quatre pour lui-même, quatre enfin disposées comme ci-dessus à chaque mort, et ainsi de suite. La huitième carte du second mort désigne l'atout.

Chaque joueur joue donc en connaissant quatre cartes du mort de son adversaire et il peut, à son choix, jouer de sa main ou de son mort. Le joueur qui ramasse la levée rejoue, que ce soit sa main ou le mort qui ait gagné le pli. Les levées se font par deux cartes.

Dès qu'un joueur a joué une carte de son mort et que l'adversaire a jeté sa carte, à son tour il peut retourner la carte invisible du mort qui recouvrait celle qu'il a utilisée.

Les joueurs ont évidemment intérêt à jouer le plus rapidement possible les cartes des morts puisqu'ils pourront découvrir ainsi les cartes invisibles jusqu'alors.

La partie, cette fois, se joue en 76 points puisqu'il y a seize levées (60 des cartes plus 16 des levées).

Le gagnant est celui qui fait plus de 38 points.

Si les deux joueurs font chacun 38 points, le coup est annulé et personne ne marque.

LA MANILLE AUX ENCHERES

Créée bien longtemps après la Manille ordinaire, la Manille aux enchères est sans doute celle qui connaît le plus de faveur.

Les règles de base sont celles de la Manille muette ordinaire. Cette fois cependant, chacun joue pour son propre compte et, en outre, une Manille aux enchères peut réunir de trois à sept joueurs.

Sans doute joue-t-on de bien des manières la Manille aux enchères, suivant les régions ou la fantaisie des joueurs, qui se transmettent des règles par voie orale ou par tradition. Nous indiquerons ici les règles le plus communément adoptées.

La partie

Au lieu de distribuer toutes les cartes, on en laisse quelques-unes au talon qui serviront à l'adjudicataire de l'enchère pour faire ses écarts.

Première manière. On situe les places en tirant, chacun, à tour de rôle, une carte du jeu. Le premier qui tire une manille choisit sa place et sera le premier à jouer. Le bénéficiaire d'une deuxième manille s'installera à sa droite, et ainsi de suite. S'il y a plus de quatre joueurs, ce sont les possesseurs de manillons qui prennent les places suivantes. Le dernier à s'installer devient le donneur.

Suivant le nombre de joueurs, on distribue un certain nombre de cartes à chaque joueur de façon qu'il reste toujours un talon de deux ou trois cartes qui seront mises *aux enchères*.

Celui des joueurs qui n'est pas satisfait de son jeu peut acheter tout ou partie de ce talon, ces cartes lui servant à écarter celles de sa main.

L'enchère doit se faire avant qu'aucune carte ne soit jetée.

Celui qui écarte ne pourra avoir en main, après ses écarts, que le même nombre de cartes que ses adversaires. S'il gagne la partie, chacun de ses adversaires lui paie une mise convenue pour chaque carte écartée. Mais s'il la perd, c'est lui qui paie cette mise à chacun de ses adversaires.

Au surplus, la partie se joue comme une partie ordinaire et le nombre de points est fixé suivant le nombre de joueurs, donc de cartes distribuées. Le nombre de levées se modifie suivant le nombre de cartes.

Deuxième manière. Les places se désignent comme il est 'it ci-dessous.

On distribue à chaque joueur :

à trois :	10	cartes
à quatre :	8	—
à cinq :	6	—
à six :	5	—
à sept :	4	—

Si l'on distribue trente cartes (cas de 3, 5 ou 6 joueurs), on retire un 7 noir et un 7 rouge du paquet.

Si l'on distribue vingt-huit cartes (cas de 7 joueurs), on retire les quatre 7 du paquet.

Il n'y a donc pas de retourne.

Le premier à jouer examine son jeu et suivant le nombre de points qu'il croit pouvoir atteindre, annonce son point. Le joueur qui le suit peut, soit passer, soit annoncer un point supérieur, et ainsi de suite jusqu'à ce que tout le monde ait parlé.

On fixe cependant un point minimum à atteindre, suivant le nombre de joueurs. Quand ils sont trois ou quatre, ce point est 21, quand ils sont plus nombreux : 15. Si personne n'atteint ce minimum, on annule le coup et on redistribue. C'est alors au joueur assis à droite du premier donneur de distribuer.

Le joueur qui fait la plus forte enchère (qui désigne donc le plus haut point qu'il espère atteindre) peut indiquer un atout de son choix. Désormais, il joue seul contre tous les autres.

L'adjudicataire de l'enchère ne peut cependant pas être le premier à jouer, cet avantage restant à celui qui, normalement, était le premier. Evidemment, si c'est lui qui a la plus forte enchère, il joue le premier. Toutefois, si le metteur d'enchère en annonce une qui correspond au point maximum à atteindre, il peut jouer le premier, quelle que soit la place qu'il occupe. Ce point maximum varie suivant le nombre de participants, le nombre de levées variant suivant le nombre de joueurs.

L'enchère maximum est :

à trois : 70 (60 de cartes plus 10 de levées)
à quatre : 68 (60+8)
à cinq : 66 (60+6)
à six : 65 (60+5)
à sept : 64 (60+4).

Le joueur, maître de l'enchère, doit donc faire au moins le nombre de points qu'exige son enchère. S'il le fait, il marque ces points. S'il ne le fait pas, chacun de ses adversaires marque le nombre de points de l'enchère.

La partie se joue en plusieurs manches, suivant le nombre de joueurs et, en général, jusqu'à ce que chacun ait été au moins une fois donneur. Gagne la partie celui qui, à l'issue de ces manches, a totalisé le plus grand nombre de points.

Au surplus, la marche du jeu est la même que celle de la Manille muette.

Troisième manière, dite aux « surprises découvertes ». Les places et le donneur s'indiquent comme il est dit précédemment. On distribue à chaque joueur :

à trois : 9 cartes (trois fois trois)
à quatre : 7 cartes (deux plus trois plus deux)
à cinq : 6 cartes (trois fois deux)
à six : 5 cartes (deux et trois)
à sept : 4 cartes (deux fois deux).

Mieux vaut jouer contre un pipeux que contre un chanceux !
(Proverbe français du XVIIIe siècle.)

Il reste au talon :

à trois : 5 cartes (3 couvertes et 2 retournées)
à quatre : 4 cartes (2 couvertes, 2 retournées)
à cinq : 2 cartes (1 couverte, 1 retournée)
à six : 2 cartes (1 couverte, 1 retournée)
à sept : 4 cartes (2 couvertes, 2 retournées).

Dès que la donne est terminée, les enchères commencent. Le joueur qui ne fait pas d'enchère dit « Non ». Désormais, il ne peut plus prendre part à l'enchère.

La plus forte enchère désigne l'adjudicataire. Celui-ci a le droit d'écarter des cartes de son jeu pour les remplacer par des cartes prises au talon d'enchères. Toutefois, les écarts faits, il ne pourra avoir une main supérieure à celle des autres joueurs.

Un joueur peut demander la *générale* (ou le général). En ce cas, les enchères sont arrêtées. Celui qui demande la générale s'engage à faire toutes les levées. Il peut, lui aussi, écarter des cartes. C'est toujours le premier à jouer qui garde ce droit de priorité, l'adjudicataire ou le joueur de générale ne jouant qu'à leur tour.

L'adjudicataire qui fait le nombre de points exigé par son enchère ou qui le dépasse marque le nombre de points de son enchère. S'il ne fait pas ce nombre, chacun de ses adversaires le marque.

Celui qui réussit la générale marque la totalité des points

acquis ; s'il échoue, chacun de ses adversaires marque les points attribués au coup.

Dans certaines régions, on admet même que l'adjudicataire ou le demandeur de générale gagnant puisse doubler le nombre de points de son enchère.

Les pénalités

Les fautes se paient comme à la Manille ordinaire. Quand l'adjudicataire commet une faute, il doit doubler la mise qu'il payerait à chacun de ses adversaires s'il perdait le coup.

LA MANILLE FOLLE (ou MANILLE A L'ENVERS)

C'est une Manille des plus originales qui se joue à quatre, chacun jouant pour soi. On peut jouer cette Manille, également à trois ou à cinq. A trois, chacun reçoit dix cartes, et à cinq, six cartes. Dans les deux cas, un 7 noir et un 7 rouge sont enlevés du paquet.

Les places et le donneur étant désignés comme d'habitude, on distribue huit cartes à chacun (deux fois quatre). Il n'y a pas de retourne et c'est le premier à jouer qui fixe la couleur de l'atout.

Je n'ose vous le dire

La partie se joue, en général, en 100 ou 150 points. Le premier qui atteint ce nombre est, cette fois, le perdant.

On doit toujours forcer dans la couleur demandée.

En cas de faute ou de renonce, le coupable marque 68 points.

Il est évident que celui qui choisit l'atout indique ce dernier suivant la carte la moins forte qu'il possède. Il doit chercher à se débarrasser rapidement de ses atouts afin de pouvoir se défaire ensuite de ses cartes fortes quand les autres joueront de l'atout. S'il possède un manillon, il s'efforce de le faire lever par une manille de ses adversaires.

Toutefois, le joueur qui possède dans ses huit cartes des manilles, des manillons et des atouts, et qui devine qu'il sera obligé de faire plusieurs levées, peut se risquer à jouer une *générale* (ou un général), en s'engageant à faire toutes les levées. C'est évidemment une tentative très audacieuse car les trois autres joueurs feront l'impossible pour qu'il rate une levée. S'il réussit dans sa tentative, les trois autres joueurs marquent chacun 68 points ; mais s'il échoue, il perd le coup. Celui qui demande une générale, joue le premier, mais l'atout désigné par le premier joueur reste valable pour le coup.

En somme, dans cette Manille à l'envers, à moins de jouer la générale, il s'agit de se débarrasser le plus rapidement possible de ses cartes maîtresses et de les faire prendre par ses adversaires.

LE DIX-SEPT

C'est une des variantes les plus amusantes du jeu de Manille. Elle réunit quatre participants, chacun jouant pour soi. Les comptes se font après chaque coup. On place une corbeille au centre du tapis et on joue avec des jetons auxquels on attribue une certaine valeur. La donne change après chaque coup.

La partie

Les places et le donneur étant désignés comme dans les autres parties de Manille, chacun reçoit huit cartes (deux fois quatre) et le premier à jouer fixe l'atout. Il s'agit de faire le plus grand nombre possible de points et on s'efforce de faire des levées comprenant beaucoup de points.

En fait, comme la totalité des points est de 68, chaque joueur dispose, en principe, de 17 points dans ses huit cartes. Ce sont ces 17 points — au moins — qu'il s'agit de marquer.

Les joueurs qui, dans leurs levées, n'atteignent pas 17 points, versent dans la corbeille un nombre de jetons égal à celui des points qui leur manquent, et ceux qui dépassent ce nombre prennent dans la corbeille un nombre de jetons égal à celui des points qu'ils ont au-dessus de 17.

Exemple : à l'issue du coup, Jean marque 12 points, Pierre 13, Georges 24 et Louis 19, Jean dépose cinq jetons dans la corbeille, Pierre quatre, Louis peut en prendre deux et Georges sept.

Les fautes, à ce jeu, et les renonces sont fortement pénalisées puisque leur auteur paiera 17 points à chacun de ses adversaires.

LA MANILLE DECOUVERTE

Cette variante de la Manille se joue à deux avec un jeu de trente-deux cartes. Chacun reçoit, deux par deux, seize cartes qu'il dispose devant lui en quatre petits paquets de quatre cartes muettes.

La carte supérieure du quatrième paquet du donneur est retournée et désigne l'atout.

Les joueurs retournent, l'une après l'autre, la carte supérieure de l'un des paquets. Ils jouent cette carte, et quand les quatre cartes supérieures ont été retournées, on agit de même pour les cartes suivantes.

Chaque levée vaut 1 point à celui qui la fait. L'ensemble des levées vaut donc 16 points. On ajoute au point de la levée les points des cartes numérales qui se trouvent dans la levée (donc les 10, les 9, les 8 et les 7).

Les 38 premiers points acquis ne sont pas marqués et seuls les points obtenus au-dessus de 38 interviennent pour la marque. Il faut donc faire au moins 38 points supplémentaires pour gágner la partie.

Le Mariage

Appelé autrefois Brisque ou Briscan, ce jeu présente à peu de variantes près les mêmes règles que le jeu du Cinq-Cents. Il est d'origine espagnole ou italienne et date du XVIe siècle. Ses règles ont été reprises plus tard pour créer le Bésigue.

Les joueurs et les cartes

Deux joueurs utilisent un jeu de trente-deux cartes.

L'As compte pour 11 points ; le 10 pour 10 points, le Roi pour 4, la Dame pour 3, le Valet pour 2.

Les combinaisons donnent droit aux points suivants :

le Mariage (R et D de même couleur) : 20 points,

le Mariage d'atout (R et D d'atout) : 40 points,

la dernière levée vaut 10 points à celui qui la fait.

La partie

Quand le sort a désigné le donneur, ce dernier distribue, par deux puis par trois, cinq cartes à son adversaire et en prendra cinq également.

La onzième carte retournée deviendra l'atout.

Le joueur qui possède dans ses cinq cartes le 7 d'atout peut l'échanger contre la carte de retourne à condition de faire cet échange avant de jouer la dernière levée des cartes du talon.

Après chaque levée, chaque joueur, avant d'abattre une nouvelle carte, en prélèvera une du talon.

Tant qu'il reste des cartes au talon, on n'est pas obligé de fournir la couleur demandée. Quand le talon est épuisé, on doit obligatoirement fournir, forcer ou couper.

Quand les levées sont terminées, on compte les points, tant ceux rapportés par les combinaisons que par les cartes figurant dans les levées.

En général, la partie se joue en 100 ou 150 points.

Le joueur qui arrive le premier au point fixé peut arrêter le jeu, même s'il garde des cartes en main. Toutefois, il ne peut se tromper dans son calcul mental car, même s'il ne lui manque qu'un point pour arriver au point fixé, il perd la partie.

Le Marjolet

M/2

Le Marjolet présente quelques analogies avec le jeu du Briscan pratiqué autrefois en Espagne. Sans doute le Marjolet a-t-il, lui aussi, des origines espagnoles, car c'est surtout dans le sud-ouest de la France qu'il compte ses fervents.

Les joueurs et les cartes

Le Marjolet se joue à deux avec un jeu de trente-deux cartes.

La valeur des cartes s'établit de la manière suivante, par ordre décroissant : A, 10, R, D, V, 9, 8, 7. Les As et les 10 sont dites *brisques*. Chaque brisque vaut 10 points. Quant au Valet d'atout, on le nomme le *marjolet*.

Les combinaisons donnent droit aux points suivants :

quatre dames	40	points
quatre Rois	60	—
quatre 10	80	—
quatre As	100	—
mariages — R et D de même couleur	20	—
en atout	40	—
mariage du Marjolet avec une D	20	—
avec la D d'atout	40	—

Le mariage du Marjolet n'empêche pas la Dame de se marier ensuite avec un Roi ; de même, avant d'épouser le Marjolet, elle peut déjà avoir été mariée avec un Roi.

On ne peut pas refaire plusieurs fois les mêmes mariages ou les mêmes combinaisons d'As, de 10, de Rois et de Dames, mais on peut cependant annoncer plusieurs combinaisons à la fois.

La partie

Avant d'entreprendre une partie de Marjolet, on fixe le point à atteindre pour gagner ; en général, 500 ou 1 000.

Le sort désigne le donneur.

La donne. Le donneur distribue, deux par deux ou trois par trois, six cartes à chacun.

Il retourne la treizième carte, qui devient l'atout, et dépose le talon au centre de la table.

Le jeu. L'adversaire joue le premier. Celui des deux joueurs qui fait la levée prend une carte au talon et son adversaire agit de même car il faut toujours avoir six cartes en main. Aussi longtemps que le talon n'est pas épuisé, on n'est pas obligé de fournir la couleur demandée ; mais, dès qu'il l'est, on est obligé de fournir ou de couper avec un atout. Si l'on ne peut le faire, il faut se défausser.

Les points. On marque des points non seulement par les brisques (As et 10), mais aussi par toute une série de combinaisons qui doivent être annoncées et montrées après avoir fait une levée.

Il faut retenir qu'aucune combinaison ne peut plus être annoncée quand le talon est épuisé et que la carte de retourne a été prise.

Si le donneur retourne un 7, il a droit à 10 points.

Celui qui a un 7 dans son jeu peut l'échanger contre la carte de retourne et se marquer 10 points. Mais il ne peut exécuter cette opération qu'après avoir fait une levée.

Le joueur qui fait la dernière levée a droit à 10 points.

Le joueur qui fait tous les plis qui succèdent à l'épuisement du talon peut marquer 50 points mais il ne peut pas, dans ce cas, marquer les 10 points de la dernière levée.

Celui qui n'a pas fait la dernière levée à l'épuisement du talon doit ramasser la carte de retourne et peut, de ce fait, marquer 10 points.

La partie terminée, on doit ajouter aux points fournis par les combinaisons ceux que rapportent les brisques qui se trouvent dans les levées, soit 10 points pour chaque As et pour chaque 10.

Pénalités

Le joueur qui oublie d'annoncer un mariage ou une combinaison et qui prend sa carte au talon, doit faire un nou-

Il n'est pas permis de consulter les levées de l'adversaire.

veau pli avant d'annoncer ce mariage ou cette combinaison.

Le joueur qui oublie de prendre sa carte au talon, dérègle le jeu et, le coup étant annulé de ce fait, on doit recommencer la partie, à moins que l'adversaire, s'il a un beau jeu en main, ne préfère pardonner la faute et autoriser celui qui l'a commise à prendre deux cartes du talon.

De même, lorsqu'un joueur a joué avec une carte de trop, le coup est annulé, à moins que son adversaire, pour la même raison que ci-dessus, ne l'autorise à jouer deux fois sans prendre de carte au talon.

En aucun cas, il n'est permis de consulter les levées de l'adversaire, ni même ses propres levées.

La Marmite S/+

(ou Le Menteur)

On jouait à la Marmite dès le XVIIe siècle, c'est dire qu'il s'agit d'un des plus anciens jeux qu'on connaisse.

Les joueurs et les cartes

Ce jeu ne présente réellement d'intérêt que lorsqu'il peut réunir de nombreux participants.

On se sert soit d'un jeu de trente-deux cartes, soit d'un jeu de cinquante-deux cartes, voire même de deux jeux de trente-deux cartes si les joueurs sont très nombreux.

La partie

La donne. Le sort désigne le donneur. Celui-ci distribue les cartes, deux par deux, dans le sens contraire des aiguilles d'une montre, jusqu'à épuisement du paquet. Chaque joueur reçoit le même nombre de cartes, le solde éventuel forme un talon qu'on n'utilise pas.

Le jeu. Le joueur à droite du donneur parle le premier. Il dépose une carte muette sur le tapis et annonce clairement la hauteur et la couleur, vraies ou fausses, de cette carte.

Le joueur qui lui succède peut alors dire : « T'as menti ! » (ou : « Ce n'est pas vrai ! ») ou ne pas se soucier de son devancier et déposer à son tour une carte muette, en disant la vérité ou en mentant, et cela jusqu'au moment où n'importe quel joueur de la table s'écrie : « T'as menti ! ».

Celui qui vient de déposer sa carte doit alors la retourner et la montrer.

Un jeu de gastronome.

S'il a menti, il doit reprendre sa carte plus, éventuellement, les cartes qu'elle recouvre déjà.

S'il a dit la vérité, c'est celui qui l'a traité de menteur qui doit prendre la carte et les cartes qu'elle recouvre.

Le gagnant de la partie est celui qui, le premier, n'a plus de cartes.

« T'AS MINTI »

Un jeu local très populaire en Picardie et dans la Flandre française répond à des règles à peu près identiques à celles du Menteur. On l'appelle « T'as minti », ce qui signifie, en patois : « Tu as menti ! »

Les joueurs et les cartes

Ce jeu peut réunir quatre ou cinq joueurs. On utilise un jeu de trente-deux cartes et chaque joueur dépose une mise à convenir.

La partie

La donne. Chacun tire une carte. La plus forte désigne le donneur, lequel distribue, par deux cartes à la fois, huit cartes à chaque joueur quand ils sont quatre ($4 \times 8 = 32$), ou six cartes à chaque joueur quand ils sont cinq, laissant, cette fois, deux cartes au centre de la table.

Quand les joueurs sont quatre, le donneur retourne la dernière carte qu'il s'attribue. Elle désigne l'atout.

Quand ils sont cinq, c'est la carte supérieure des deux cartes non utilisées qui indiquera l'atout.

Le jeu. Le joueur assis à la gauche du donneur joue en premier lieu et dépose l'une de ses cartes face au tapis en annonçant la couleur de l'atout.

Les suivants agissent de même et les tours se succèdent jusqu'au moment où l'un des joueurs estime que la carte que vient de jeter son prédécesseur n'est pas de l'atout. Aussitôt, il s'écrie : « T'as minti ! ».

Le joueur qui vient de jeter sa carte doit la retourner. Si effectivement il a menti, donc s'il ne vient pas de jouer de l'atout, il est forcé de ramasser toutes les cartes déposées sous celle qu'il vient de jeter. Mais si, par contre, c'est bien de l'atout qu'il a joué, c'est son accusateur qui est obligé de ramasser toutes ces cartes.

Le gagnant est celui qui, le premier, s'est débarrassé de toutes ses cartes. En ce cas, il ramasse les mises de ses adversaires.

On convient parfois que le premier à s'être débarrassé de ses cartes reste hors jeu, ses adversaires continuant à jouer. Les suivants à se débarrasser de leurs cartes peuvent garder leur mise et c'est celui qui reste avec des cartes quand tout le monde a fini qui perd. Il paie une double ou une triple mise au premier gagnant.

Il est évident qu'il s'agit de garder le plus longtemps possible ses cartes d'atout de façon à pouvoir déposer celles-ci dès que l'accumulation des cartes devient importante et que le risque de devoir lever un gros paquet de cartes devient plus grand.

Le « May I ? » D/3 4 5

Sans doute le « May I ? » (en français : « Puis-je ? ») est-il le plus récent des jeux de cartes à grand succès. Né dans le sud des Etats-Unis, il obtint rapidement une très grande vogue et, passant de l'Arkansas au Mississipi, il fit fureur, il y a trois ou quatre ans, sur les plages de Floride. Des Etats-Unis il gagna l'Europe où il apparut tout d'abord dans les stations balnéaires anglaises et italiennes, avant de gagner Saint-Tropez et Biarritz, puis Londres et Paris. C'est un jeu fort divertissant qui rappelle parfois le Sans-Cœur mais qui reste cependant d'une extrême originalité.

Les joueurs et les cartes

On peut jouer à trois, à quatre ou à cinq. On se sert de deux jeux de cinquante-deux cartes et le sens de rotation du jeu est celui des aiguilles d'une montre.

Les As valent 15 points, les figures 10 et les autres cartes leur valeur numérale. Dans les combinaisons, l'As, au gré du joueur, peut être la carte la plus haute, donc au-dessus du Roi, ou la plus basse, donc en-dessous du 2.

Le but du jeu

Il s'agit de réaliser diverses combinaisons (figures) de cartes. Celles-ci varient à chaque manche. Pour les réaliser, chaque joueur dispose, au départ, de dix cartes.

Une partie se divise en cinq manches. Une donne doit se faire après chaque manche et, chaque fois, on change de donneur.

On tire des cartes du paquet et la plus haute indique le premier donneur. Pour la seconde manche, le voisin de gauche du donneur lui succède et ainsi de suite.

Chaque joueur peut marquer ses points. Toutefois, comme ce compte est parfois assez difficile pour ceux dont l'attention est absorbée par le jeu, il est préférable de désigner un marqueur qui ne participe pas directement au jeu et se charge de tenir le tableau des marques.

La partie

Le premier donneur distribue dix cartes, deux par deux, à chacun et dépose le talon au centre du tapis.

Quand la donne est terminée, le joueur assis à gauche du

donneur tire la carte supérieure du talon. Cette carte remplace l'une des cartes qu'il a en main et qu'il écarte pour la déposer, découverte, à côté du talon. Il a donc toujours en main dix cartes.

Au centre du tapis, il y a deux paquets : le talon (cartes muettes) et les écarts (cartes visibles).

Le joueur suivant peut remplacer la carte qu'il écarte soit par une autre prise au talon, soit par celle d'écart qui se trouve visible sur le tapis.

Toutefois si l'un des joueurs, estimant cette carte intéressante, désire s'en emparer, il peut demander la permission de la prendre à celui ou ceux qui, normalement, devraient jouer avant lui, même s'il ne suit pas immédiatement celui qui l'a déposée.

Il demande donc : « May I ? » Si les joueurs sont d'accord, il peut prendre la carte d'écart mais sans écarter de carte de son jeu et, en guise de paiement pour la faveur qu'on lui accorde, il est obligé de prélever également une carte du talon.

Il se trouve en possession, dès lors, de douze cartes. Ce nombre de cartes supplémentaires peut devenir très important si un joueur renouvelle plusieurs fois cette opération.

Si le joueur sollicité par celui qui dit : « May I ? » refuse d'accorder cette faveur, il paie son refus en prenant lui-même cette carte d'écart, sans pouvoir écarter de carte de sa main. Il a donc onze cartes.

Si un troisième joueur se trouve placé entre les deux qui viennent de discuter le « May I ? », le solliciteur doit demander son avis. Si celui-ci refuse la tractation, il doit prendre non seulement la carte d'écart refusée, mais encore une carte supplémentaire du talon. Il a donc douze cartes.

Quand le paquet des écarts comprend déjà plusieurs cartes, l'un des joueurs peut demander d'en prélever trois, quatre ou plus. En cas d'accord de ceux dont c'était le tour de jouer, il doit prendre, pour toute carte enlevée du paquet d'écarts, une carte supplémentaire au talon et il se trouve ainsi en possession de plusieurs cartes.

Exemple : Jean vient d'écarter une Dame de cœur. Pierre désire cette carte. Mais il doit demander à Jacques et à Louis qui se trouvent entre lui et Jean l'autorisation de la prendre.

Si Jacques, premier à parler, n'est pas d'accord, il doit prendre lui-même cette carte, sans pouvoir écarter de carte de sa main. Il tiendra donc onze cartes.

Si Jacques est d'accord, il perd simplement son tour de jouer et Pierre interroge Louis.

Si Louis est d'accord, il perd son tour de jouer mais Pierre peut prendre la carte convoitée sans pouvoir écarter et en prenant une carte supplémentaire du talon. Il a donc douze cartes.

Si Louis refuse, c'est lui qui doit prendre la carte d'écart plus une carte du talon. Et c'est à Pierre de jouer.

Si Pierre désire plusieurs cartes, et que cette faveur lui est acccordée, il doit prendre autant de cartes supplémentaires que de cartes d'écart enlevées.

Pour Jacques et Louis, le refus dans ce cas ne comporte que la même « punition » pour une carte refusée.

Si, à un moment quelconque du jeu, le talon se trouve épuisé, on retourne le paquet des écarts, on le bat et il remplace le talon.

Le jeu

Première manche : les joueurs doivent tenter de composer, avec leurs cartes, deux brelans donc deux combinaisons de trois cartes de valeur égale : trois Dames, trois 9, etc.

Deuxième manche (nouveau donneur) : il faut arriver à composer un brelan et une suite de quatre cartes (par exemple : trois Rois plus 3, 4, 5 et 6 de pique ou 10, Valet, Dame et Roi de cœur).

« Il n'est pas difficile de jouer, mais de s'arrêter de jouer ! »
(Proverbe polonais.)

Troisième manche (nouveau donneur) : il faut composer deux suites (par exemple : 3, 4, 5 et 6 de trèfle plus Valet, Dame, Roi et As de cœur).

Quatrième manche (nouveau donneur) : il faut déposer trois brelans (par exemple : trois Rois, trois 6 et trois Valets).

Cinquième manche (nouveau donneur) : il faut déposer deux brelans et une suite (par exemple : trois 9 plus trois Valets, plus 8, 9, 10 et Valet de pique).

En résumé : il faut faire des figures avec, au minimum :

pour la première manche : six cartes
pour la deuxième manche : sept cartes
pour la troisième manche : huit cartes
pour la quatrième manche : neuf cartes
pour la cinquième manche : dix cartes.

Nous disons au minimum car il est loisible à tout joueur de déposer des séries plus fortes.

Si le joueur en a la possibilité, ces brelans peuvent être transformés en carrés (quatre cartes de même hauteur) ou en *pokers* (cinq cartes de même hauteur). Par exemple, dans la première manche, un joueur peut déposer un brelan et, en même temps, un carré au lieu des deux brelans exigés.

Les suites peuvent, de même, comporter plus de quatre cartes.

Si les combinaisons demandées sont des minima, elles sont aussi, en un certain sens, des maxima. En effet, quand il faut présenter deux brelans, on peut présenter un brelan et un carré ou même deux carrés, mais il est absolument défendu d'abattre trois brelans.

En outre, les brelans doivent être de hauteurs différentes. On ne peut pas, par exemple, présenter deux brelans de Valets.

De même, les suites doivent être de familles différentes, par exemple : une suite en cœur et une suite en pique.

Exemple : dans la première manche, quand on dépose un brelan de 4 et un de Rois, le jeu est valable. Si on dépose un brelan de 4 et un carré de Rois, le jeu est valable. Mais il ne le serait plus si on présentait un brelan de 4, un de 6 et un de Rois.

Le détenteur d'une ou de plusieurs combinaisons doit les abattre. Elles restent étalées devant lui. Il garde en main les cartes qui n'entrent pas dans ces combinaisons. A son tour de jouer, il peut se débarrasser de celles-ci soit en les plaçant dans des figures déjà déposées par ses adversaires, soit dans les siennes si le tirage d'une nouvelle carte lui permet de le faire.

Exemple : après avoir déposé, au cours de la première manche, un brelan de Rois et un brelan de 9, un joueur, quand son tour de jouer arrive et que le sort lui donne un Roi ou un 9, peut l'ajouter aux cartes qu'il vient de déposer. S'il possède un 8 et qu'un de ses adversaires a déposé un brelan de 8, il peut également ajouter son 8 à ce brelan.

De même, d'ailleurs, quand il s'agit de suites. A une suite commençant par un 2, il peut ajouter un As.

Gagne la manche, le joueur qui s'est débarrassé le premier de toutes ses cartes, sauf une qu'il peut rejeter sur la pile des écarts.

Il peut faire marquer moins 20 points dans sa colonne de marques.

A la cinquième manche, il n'est plus permis de jeter sa dernière carte sur la pile des écarts. Il faut, cette fois, s'être réellement débarrassé de toutes ses cartes.

Les perdants doivent dresser le compte des points qui leur restent en main, même s'ils tiennent encore des combinaisons qui n'ont pu être déposées. Les As comptent pour 15 points. Ce compte se fait suivant le nombre de points que représentent les cartes qu'ils possèdent encore. Les points sont marqués dans la colonne de chaque joueur.

Quand les cinq manches sont terminées, on additionne les points de chacun. Des totaux, ceux qui ont gagné une manche peuvent défalquer les 20 points par manche gagnée

Gagne la partie complète, celui qui a totalisé le plus petit nombre de points.

Variante

Certains joueurs pratiquent le « May I ? » en six manches.

Dans ce cas, on distribue, au début des manches, onze cartes au lieu de dix, par quatre fois deux et une fois trois. Pour jouer la sixième manche, il faut déposer deux suites et un brelan (par exemple : 4, 5, 6 et 7 de pique plus Valet, Dame, Roi et As de cœur, et trois 9). Soit au total : onze cartes.

Les enjeux

On peut jouer le « May I ? » avec des jetons auxquels on attribue une valeur monétaire.

Avant chaque partie, chacun dépose dans une corbeille quelques jetons, suivant convention. Par exemple, quand on joue à quatre, chacun cinq jetons. La corbeille contient donc vingt jetons.

Le gagnant de chaque manche retire de la corbeille trois jetons et, quand la partie se termine, le gagnant de la partie s'adjuge le solde de la corbeille soit, dans le cas présent, cinq jetons.

Le « May I ? » est un jeu très récréatif. Il demande évidemment beaucoup d'attention, mais dès qu'on s'est bien pénétré de la manière de jouer, il devient réellement passionnant.

Le Motz S/3 4 +

C'est un jeu très ancien, qu'on joua surtout dans les provinces françaises au XVIIIe siècle. On ignore son origine.

Les joueurs et les cartes

Le Motz se joue entre trois, quatre, cinq ou six joueurs qui utilisent des jetons et se servent d'un jeu de trente-deux cartes.

La valeur des cartes s'établit de la manière suivante :

la plus forte carte est le Valet d'atout ;

la seconde carte forte : le Valet d'une couleur correspondant à celle du valet d'atout (c'est-à-dire que si ce dernier est un Valet de pique, le second Valet à retenir sera de trèfle, si c'est un Valet de cœur, un Valet de carreau).

Après ces deux Valets, les valeurs s'établissent de la manière suivante, en ordre décroissant :

As, Roi, Dame dans la couleur de l'atout ;

As, Roi, Dame dans la couleur correspondante.

La partie

Avant la donne, chaque joueur dépose la mise convenue dans la corbeille placée au milieu de la table. Le total de ces mises s'appelle *la bête*.

Ensuite, le donneur distribue trois cartes à chacun et dépose en plus, sur la table, un jeu de trois cartes muettes. Il retourne la carte supérieure du talon qui désignera l'atout.

Le premier à jouer peut soit annoncer qu'il joue ou qu'il passe, soit échanger son jeu contre le jeu muet déposé sur la table. Mais celui qui prend le jeu est désormais obligé de jouer. Si le premier joueur ne fait pas cet échange, l'un des suivants peut le faire.

Si tous les joueurs, même moins un, passent, le coup est annulé mais les mises restent dans la corbeille. Pour le coup suivant, chacun dépose à nouveau sa mise.

On doit suivre dans la couleur, jeter de l'atout ou se défausser d'une carte quelconque.

Le ou les joueurs qui ne font pas de levées sont mis à l'amende et versent dans la corbeille le montant qui s'y trouve déjà : si l'on joue à quatre, la corbeille contiendra quatre jetons — ou huit ou douze si aux coups précédents on a passé — et le joueur à l'amende devra déposer quatre, huit ou douze jetons dans la corbeille.

Le joueur qui fait les trois levées peut s'emparer de la bête.

Celui qui fait deux levées a droit au contenu de la corbeille, moins la mise que le joueur de la troisième levée y a déposée et qui lui revient.

Si trois joueurs font chacun une levée, ceux qui ont fait la première et la deuxième levée se partagent, à parts égales, le contenu de la corbeille moins la mise de celui qui a fait la troisième levée, mise qui lui revient. On change de donneur après chaque coup, de manière que le premier à jouer soit un autre joueur.

La Mouche M/3 +

Ce jeu date du début du XVIIIe siècle et sans doute est-il d'origine espagnole et dérivé du Hombre. Appelé parfois Mistigri, Pamphile, Bête ou Lanturlu, on ignore l'origine de son nom actuel.

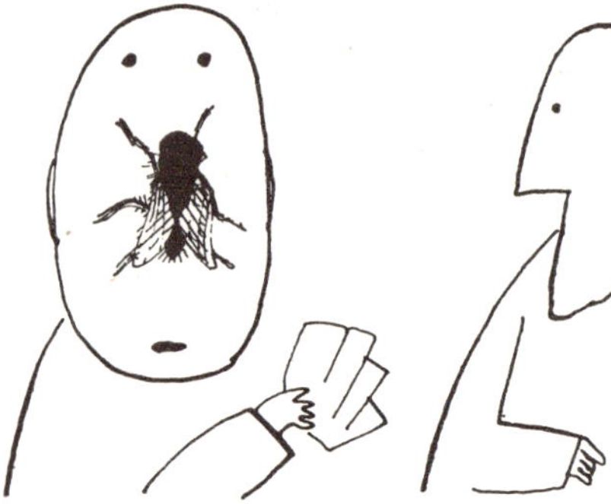

Ne prenez pas la mouche.

Les joueurs et les cartes

Le nombre de joueurs varie de trois à six. A trois, on utilise un jeu de trente-deux cartes auquel on peut enlever les 7.

Quand les joueurs sont plus nombreux, on ajoute une ou plusieurs séries de quatre cartes, tirées d'un jeu de cinquante-deux : les 6, les 5, puis les 4.

Chaque joueur devant recevoir cinq cartes, il faut, en outre, qu'il reste suffisamment de cartes au talon, après la donne et la retourne, pour permettre le remplacement des écarts.

La valeur des cartes s'établit en ordre décroissant : R, D, V et A valent 10 points ; 10, 9, 8 et 7 etc., ont leur valeur nominale.

On désigne sous le nom de *mouche* un groupe de cinq cartes de même couleur.

Le joueur qui a la mouche prend la totalité des enjeux contenus dans la corbeille.

Un joueur *fait la mouche* (ou *est mouche*) qui verse à la corbeille autant de jetons qu'il y a de joueurs.

Lorsqu'il y a plusieurs mouches (*mouche piquante*), celle

d'atout l'emporte. Sinon, celle qui a le plus de points.

En cas d'égalité de points, le donneur l'emporte s'il participe à cette égalité, sinon c'est la levée qui comporte le plus d'atout.

L'atout (ou *triomphe*) l'emporte toujours sur les autres couleurs.

La partie

La donne et les écarts. On tire la main. Le joueur désigné par le sort distribue, par deux et par trois, cinq cartes à chaque joueur et en prend également cinq. Il retourne la carte supérieure du talon : elle désigne l'atout et reste sur le tapis, visible, sans pouvoir être donnée à un joueur qui écarte.

Le donneur dépose dans une corbeille placée au milieu du tapis un nombre de jetons égal au nombre des joueurs.

Le jeu. S'il n'est pas satisfait de son jeu, tout joueur peut écarter des cartes et en demander jusqu'à cinq (cartes entières). Le donneur les lui remet, une par une, prises sur le talon.

Le joueur qui a écarté doit toujours jouer, même si les nouvelles cartes reçues sont plus mauvaises que les premières.

Celui qui n'a pas écarté, peut annoncer qu'il *s'y tient*, ce qui fait présager qu'il a un beau jeu et, en ce cas, il ne peut plus renoncer.

Celui qui n'écarte pas ou qui ne s'y tient pas, peut abattre le jeu (passer). En ce cas, il doit, sans mot dire, glisser ses cinq cartes sous le talon et déposer dans la corbeille un nombre de jetons égal au nombre des joueurs.

Le joueur qui possède cinq cartes de la même couleur (Mouche) qui ne doivent pas forcément se suivre, n'est pas obligé de le déclarer immédiatement. Il peut *sauver la mouche*, c'est-à-dire ceux qui le suivent, avec l'intention de prendre ensuite, non seulement la mise initiale du donneur et éventuellement celle de ceux qui ont passé, mais aussi les jetons que l'un ou l'autre aurait déposés dans la corbeille par après.

Toutefois, cinq cartes de même couleur d'une valeur supérieure à la sienne, jouées par un joueur suivant battent sa série et, de toute manière, cinq cartes de la couleur de l'atout l'emportent sur toutes les autres séries.

S'il n'y a pas de séries de cinq de la même couleur, le jeu

se poursuit aux points. On joue par levées.

Il est obligatoire de *fournir,* si possible, de *forcer* ou de *couper,* sinon on se défausse. Celui qui ne force pas ou qui ne coupe pas, alors qu'il peut le faire, doit mettre dans la corbeille un nombre de jetons égal à celui des joueurs.

Celui qui opère une levée peut prendre dans la corbeille un, deux ou trois jetons, selon que la mouche y est simple, double ou triple. Mais celui qui ne fait pas de levée ajoute à la mouche un, deux ou trois jetons selon la même règle.

Le compte. Quand la partie est terminée, alors que les cinq levées sont faites, chacun additionne les points de ses levées et le gagnant est celui qui totalise le plus grand nombre de points. Il a droit au contenu de la corbeille.

Le Nain jaune (ou Lindor)

M/3 à 8

Jeu de famille des plus distrayants, le Nain jaune connut sa plus grande vogue au XIXᵉ siècle. On ignore quelles sont ses origines, tout au plus peut-on lui attribuer des sources espagnoles, le nom de Lindor donné parfois au Nain jaune étant celui d'un personnage de la comédie espagnole.

Les joueurs, les cartes, le tableau

Le nombre de joueurs peut être de trois au moins et de huit au plus. On se sert d'un jeu de cinquante-deux cartes et de jetons ou de fiches dont on détermine la valeur avant de commencer la partie.

La valeur des cartes s'établit de manière décroissante, le Roi étant la plus forte et l'As la moindre.

Le jeu exige aussi l'utilisation d'un tableau qu'on déposera au milieu de la table.

Carré ou rectangulaire, ce tableau comprend, au centre, le *nain jaune* ou Lindor, petit bonhomme qui tient en main un 7 de carreau. A défaut de cette figure, on peut utiliser tout simplement un 7 de carreau pris d'un jeu quelconque.

Autour du nain jaune, quatre cases accueillent : en haut à gauche, le Roi de cœur ; à droite, la Dame de pique ; en dessous : le 10 de carreau à gauche ; le Valet de trèfle à droite.

La partie

Chacun tire une carte du jeu et la plus haute désigne le donneur. Après chaque partie, on change de donneur. C'est le joueur assis à sa droite qui le remplace.

La donne. Le nombre de cartes à distribuer varie suivant le nombre de joueurs.

Nombre de joueurs	Nombre de cartes à chacun	Talon
3	15	7
4	12	4
5	9	7
6	8	4
7	7	3
8	6	4

Les cartes se distribuent par trois et par deux. Quant au talon, suivant le nombre de cartes distribuées, il comprendra donc de trois à sept cartes.

Les enjeux

Avant toute distribution, chaque joueur dépose un jeton sur le 10 de carreau du tableau, deux jetons sur le Valet de trèfle, trois jetons sur la Dame de pique, quatre sur le Roi de cœur et cinq, enfin, sur le nain jaune ou 7 de carreau.

Le jeu. La distribution terminée, le premier en cartes ouvre le jeu en jetant sur le tapis une carte dont il croit avoir intérêt à se défaire et en essayant surtout de se débarrasser du plus grand nombre de cartes possible en réalisant une série croissante et ininterrompue, sans tenir compte de la couleur.

Exemple : en déposant un As de carreau, on peut suivre avec un 2 de pique, un 3 de cœur, un 4 de trèfle, un 5 de pique, etc., ou, si l'on dépose au départ un 7 de cœur, on peut suivre avec un 8 de pique, un 9 de carreau, etc.

Il est obligatoire d'annoncer les cartes que l'on dépose. Comme il s'agit de se défaire du plus grand nombre possible de cartes, il est évidemment recommandé de se débarrasser d'abord des cartes les plus basses.

Dès que le joueur, dans la constitution de sa série, arrive

à un Roi, il peut reprendre dans ses cartes une carte quelconque qui pourrait lui permettre de composer une nouvelle série. Toutefois, dès que l'absence d'une carte l'oblige à interrompre une série commencée, celle-ci est reprise, au même rythme par le joueur suivant, s'il peut le faire, sinon par le troisième joueur, et ainsi de suite.

Si aucun des joueurs ne peut suivre, le dernier joueur, donc celui qui a dû interrompre sa série, a le droit de tenter la création d'une nouvelle série.

Pendant que se déroulent ces opérations, le joueur qui abat une *belle* carte (correspondant à l'une de celles du tableau) a le droit de s'approprier la mise déposée, au tableau, sur la dite carte.

La partie se termine quand l'un des joueurs a réussi à épuiser toutes ses cartes. Aussitôt, ses adversaires étalent celles qui leur restent et chacun paie au gagnant, suivant une convention établie avant de jouer, soit un jeton par carte qui leur reste, soit un jeton par point que représentent chacune de ces cartes. Si, à la fin de la partie, des mises restent sur les cartes du tableau, on les laisse en place pour la partie suivante.

Il peut arriver qu'un joueur réussisse à se défaire de toutes ses cartes sans que l'un des suivants ait pu en abattre une seule. On dit, en ce cas, qu'il fait *grand opéra* ou *main pleine*, et il a le droit de ramasser toutes les mises du tableau.

Le nain jaune.

Le Nigaud S/+

C'est un jeu assez ancien qui fut pratiqué surtout dans les campagnes en France. On ignore l'origine de ce Nigaud que certains appellent aussi la Longue Patience.

On le fait parfois sans le vouloir.

Les joueurs et les cartes

Le Nigaud se joue avec un ou deux jeux de cinquante-deux cartes, selon le nombre de joueurs.

On utilise des jetons.

La valeur des cartes s'établit comme suit : R, D, V, 10, 9 jusqu'à l'As qui est la carte la moins forte.

La partie

Le sort ayant désigné le donneur, celui-ci rassemble tout d'abord tous les enjeux, c'est-à-dire les deux, trois ou quatre jetons que chaque joueur, suivant convention, doit déposer comme mise.

Avec la masse de ces enjeux, le donneur forme trois lots : un petit, un moyen, qui en général est double du petit, et un grand qui sera, pour le moins, triple du petit.

Si le donneur dispose de cinquante jetons, il pourra faire sa répartition de la manière suivante : huit, seize et vingt-six.

La donne. Le donneur distribue toutes les cartes aux joueurs et à lui-même, une par une.

Au fur et à mesure qu'il les reçoit, chaque joueur dépose ses cartes à découvert, les unes sur les autres, devant lui.

Le jeu. La distribution terminée, le premier en cartes, assis à droite du donneur, examine le paquet de son voisin de droite afin de voir s'il peut couvrir la carte supérieure de ce paquet par la carte supérieure de son propre paquet.

Il ne peut le faire qu'en ordre ascendant, c'est-à-dire que pour se débarrasser, par exemple, d'une Dame, il faut que la carte supérieure de son voisin soit un Valet.

Si ce n'est pas le cas, il peut examiner l'un après l'autre tous les paquets des suivants jusqu'au moment où il trouve où placer sa carte.

S'il réussit à la placer, il continue le jeu de la même manière avec sa carte suivante, et cela jusqu'au moment où l'opération devient impossible.

Dès lors, c'est son voisin de droite qui entreprend les mêmes recherches chez ses voisins de droite. Le jeu se poursuit jusqu'au moment où l'un des joueurs réussit à se défaire de toutes ses cartes. Il est le premier gagnant et a droit au gros lot.

La partie continue sans lui. Le deuxième gagnant a droit au lot moyen et le troisième au petit lot.

Il peut arriver qu'un joueur reste bloqué tout un temps sans pouvoir placer de cartes. On dit alors qu'il fait le *nigaud* ou la *longue patience.* Mais cela ne veut pas dire qu'il soit perdant car dès qu'il pourra rejouer, donc quand sa carte supérieure pourra se placer, il réussira peut-être à se débarrasser d'une très importante série de cartes. En ce cas, il réussira ce que l'on appelle, dans ce jeu, une *débâcle.*

Le Papillon

S/3 4

Ce jeu français très ancien est aussi très récréatif.

On le joue à trois ou à quatre, avec un jeu de cinquante-deux cartes.

La valeur des cartes

R, D, V : valent 10 points ; 10, 9, 8, etc. leur valeur nominale, l'As vaut 1 point.

Une corbeille disposée au milieu du tapis reçoit les mises des joueurs et, éventuellement, les amendes.

Avant la distribution, chacun dépose un ou deux jetons (suivant conventions) dans la corbeille.

La partie

La donne. Comme le donneur est légèrement désavantagé, chacun tire une carte du jeu et la plus basse le désigne. Il distribue, une à une, trois cartes à chaque joueur.

Lorsque ceux-ci sont trois, il étend sept cartes découvertes sur le tapis ; lorsqu'il sont quatre, il n'étend que quatre cartes.

Le jeu. Le premier à jouer regarde si l'une de ses trois cartes lui permet de prendre une carte découverte de même valeur.

Toutefois, on ne peut prendre qu'une seule carte de même valeur même s'il s'en trouve deux ou trois sur le tapis.

Par exemple : si deux 7 se trouvent découverts, on peut n'en prendre qu'un avec son 7, mais il est permis de réaliser des combinaisons, c'est-à-dire que l'on peut, par exemple, enlever un 5, un 4 et un As avec un 10 qu'on aurait en main.

Celui dont c'est le tour de jouer et qui ne peut lever aucune carte, est obligé d'étendre les cartes qu'il a en main et de déposer dans la corbeille un jeton, par carte qui lui reste. Toutefois si parmi ces dernières se trouve un As, chacun des autres joueurs lui paie un jeton par As. Les cartes étendues sont retirées du jeu.

Quand chaque joueur a utilisé ses premières cartes, le donneur en distribue à nouveau.

Quand on joue à trois, il donne trois cartes à chacun et n'en retourne que trois cette fois (donc, au premier tour, distribution de seize cartes ; aux trois tours suivants : douze cartes).

Quand on joue à quatre, il donne, au deuxième tour, trois cartes à chacun et en retourne quatre ; au troisième tour, quatre cartes à chacun et en retourne quatre (16 + 16 + 20).

Le joueur qui, à la fin de la partie, a ramassé le plus de cartes gagne et a droit au contenu de la corbeille.

On dit qu'un joueur fait *petit papillon* quand il fait ses trois cartes avant l'issue de la partie.

Faire petit papillon.

Les Petits Paquets M/+

Jeu de pur hasard.

Le banquier et les pontes en nombre illimité se servent, jusqu'à cinq joueurs, d'un jeu de trente-deux cartes et s'ils sont plus nombreux d'un jeu de cinquante-deux cartes.

Cartes mêlées et coupées, le banquier dépose devant chaque ponte un petit paquet de cinq (ou six) cartes muettes et garde un paquet pour lui.

Quand tout le monde est servi, toutes les cartes étant distribuées, chacun dépose son enjeu sur son paquet. Le banquier retourne son paquet et montre donc la carte inférieure, celle dont la face se trouvait sur le tapis. Chacun, à tour de rôle, agit de même.

Si le banquier a la chance de retourner un As, il peut s'approprier tous les enjeux, même si l'un des pontes retourne un As.

Sinon, il paie leur mise à ceux qui ont une carte plus forte que la sienne et reçoit celle des joueurs qui ont une carte moins forte.

Le Pharaon M/+

Pur jeu de hasard, le Pharaon fut joué à partir du XVIIIe siècle et on assure qu'il fit fureur à la cour de Louis XVI, encore que ce dernier détestât les jeux. La reine Marie-Antoinette et ses familiers lui consacraient de nombreuses soirées. Durant la Révolution, le Pharaon, qui était d'origine italienne, fit la fortune de maints tenanciers de tripots, véritables nids d'escrocs. Aussi la police du Directoire s'efforça-t-elle de l'interdire, sans succès d'ailleurs.

Puis la vogue du Pharaon s'éteignit et, dès le milieu du XIXe siècle, on n'y joua plus guère.

Les joueurs et les cartes

Pour jouer au Pharaon, un banquier et un nombre illimité de pontes se servent d'un jeu de trente-deux cartes.

L'ordre des cartes de valeur décroissante est le suivant : A, R, D, V, 10, 9, 8, 7, 6, 5, 4, 3, 2.

La partie

Comme dans presque tous les jeux de cartes, le banquier est désigné par le sort ou par une convention particulière. Il occupe le milieu de la table et les pontes se placent, autant que possible en nombre égal, à sa droite et à sa gauche.

Il installe devant lui un grand tableau divisé en deux grandes cases verticales, partagées elles-mêmes en plusieurs cases horizontales.

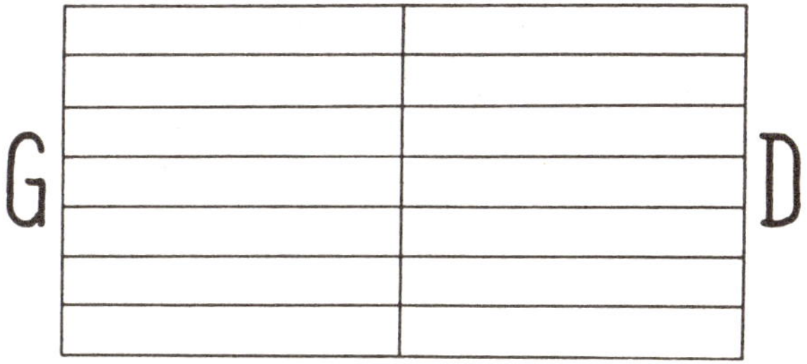

Les enjeux et le jeu. Les pontes déposent leurs mises, soit en argent, soit de préférence en jetons, dans les petites cases, ou de droite ou de gauche.

Quand tous les enjeux sont déposés, le banquier annonce que le temps de dépôt des mises est terminé (c'est, en somme, le « rien ne va plus » qu'on retrouvera plus tard dans les jeux des casinos).

Il fait couper le paquet par le ponte assis à sa droite et tire ensuite deux cartes de ce paquet. Il dépose chacune de ces cartes devant une des colonnes verticales et les retourne l'une après l'autre.

La carte la plus forte désigne les pontes gagnants, donc tous ceux qui se trouvent dans les petites cases horizontales au-dessus de cette carte. Le banquier paie à chacun une somme égale à leur enjeu, mais, par contre, il ramasse toutes les mises déposées dans les cases qui se trouvent au-dessus de la carte la moins forte.

Il reste cependant un très grand avantage au banquier : au cas où il aurait la chance de tirer deux cartes de même valeur (deux As, deux 10, etc) toutes les mises déposées dans toutes les cases du tableau lui reviendraient.

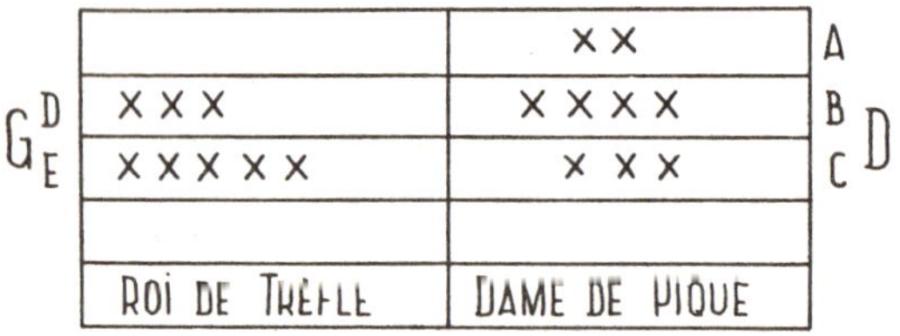

La carte la plus forte étant le Roi de trèfle, le banquier paie à D trois jetons et à E cinq jetons ; par contre, il ramasse les mises de A, de B et de C, soit au total neuf jetons.

Si le hasard avait accordé au banquier une Dame de pique et une Dame de cœur, il aurait ramassé toutes les mises, soit dix-sept jetons.

Le Piquet

Le Piquet peut figurer parmi les plus anciens jeux de cartes français ; ses origines sont très obscures. Sans doute peut-on le rapprocher de l'Impériale qu'on jouait déjà sous Charles-Quint, mais quelques chercheurs affirment que les archers de Charles VII se plaisaient déjà à ce jeu que Rabelais cite d'ailleurs sous le nom de *Cent*. D'autres supposent qu'une partie des règles primitives furent codifiées, à cette époque, par un nommé Claude Piquet qui lui donna son nom.

Quoi qu'il en soit, depuis plusieurs siècles, le Piquet jouit d'une grande faveur et, au cours d'un congrès sur les cartes à jouer, réuni à Vienne en 1892, les participants décrétèrent que le Piquet était le plus « classique » des jeux de cartes. Depuis cette époque, maints jeux plus compliqués contribuèrent à affaiblir un peu sa brillante renommée.

LE PIQUET ORDINAIRE M/2

Le Piquet ordinaire se joue à deux avec un jeu de trente-deux cartes dit, d'ailleurs, jeu « de piquet ».

L'ordre des cartes s'établit en valeur décroissante : A, R, D, V, 10, 9, 8 et 7.

L'As vaut 11 points, les trois figures chacune 10 points, les autres cartes leur valeur nominale.

Il n'y a pas d'atout pour les levées ; la carte jouée l'emporte sur l'inférieure de même couleur. Autrement dit, ce sont les meilleures cartes de la couleur jouée qui font les levées.

Exemple : un joueur dépose le Roi de carreau ; si son adversaire peut mettre l'As de carreau, il fait la levée mais s'il abat un As de pique, la levée appartient au premier.

Variante

Dans certaines régions, on admet que la carte jouée l'emporte sur toutes les cartes inférieures de sa couleur, mais aussi sur toutes les autres couleurs dans certaines circonstances.

Exemple : un Valet de pique, joué quand l'As, le Roi et la Dame de pique ont déjà été pris dans les levées précédentes, fait la levée non seulement sur les piques inférieurs mais aussi sur toutes les cartes des autres couleurs, quelle que soit leur valeur (même les As, les Rois ou les Dames), que l'adversaire peut abattre sur cette levée s'il n'a plus de pique dans son jeu.

Il s'agit donc de bien s'entendre avant de commencer la partie.

Les points. Les joueurs doivent également s'entendre sur le montant de l'enjeu, sur le nombre de points qu'il faudra atteindre pour gagner, et enfin si la partie sera *sèche* ou *liée*.

La coutume veut que la partie ordinaire se joue en 100 ou 150 points et que, dans la partie liée, la *belle* se joue en 221 points.

La partie est dite sèche quand le gagnant est celui qui, le premier, a atteint le nombre fixé pour gagner.

La partie est dite liée, si chacun a gagné une manche de 100 ou 150 points. Gagne la partie celui qui fait la troisième manche, la belle, qui vaut 221 points.

Le point fixé pour gagner est toujours laissé à l'appréciation des joueurs qui, suivant l'importance de l'enjeu ou suivant le temps dont ils disposent, peuvent convenir de jouer jusqu'à un point quelconque, par exemple 140 ou 200 points.

Les combinaisons. Il existe, au jeu de Piquet, plusieurs combinaisons.

Le dix de blanc (ou *dix de cartes blanches*), lorsqu'il n'y a aucune figure parmi les douze cartes qu'un joueur tient en main. Il vaut 10 points.

Si l'adversaire du donneur, premier à jouer, possède cette combinaison il devra l'annoncer avant tout écart en disant : « Ecarté sur dix de blanc ». Il ne devra la montrer qu'une fois les écarts faits (voir plus loin : les annonces), quitte à indiquer, si cela est alors nécessaire, les cartes de ce dix de blanc écartées, sans être obligé toutefois de montrer les cartes prises en échange.

Si le donneur second à jouer possède douze cartes blanches, il ne dit rien avant que son adversaire n'ait terminé ses écarts, mais annonce avant de faire ses propres écarts.

La séquence. On donne ce nom à des séries de cartes qui se suivent, sans interruption, dans la même couleur. Il y a six séquences.

● *Les tierces.* Il y a six sortes de tierces :

- la tierce « majeure », composée d'un As, d'un Roi et d'une Dame ;
- la tierce « au Roi », composée d'un Roi, d'une Dame et d'un Valet ;
- la tierce « à la Dame » comprenant une Dame, un Valet et un 10 ;
- la tierce « au Valet » : un Valet, un 10 et un 9 ;
- la tierce « au 10 » : un 10, un 9 et un 8 ;
- la tierce « basse » (ou « fine ») composée d'un 9, d'un 8 et d'un 7.

● *Les quatrièmes.* Il y a cinq sortes de quatrièmes :
- la quatrième majeure qui réunit un As, un Roi, une Dame et un Valet ;
- la quatrième « au Roi » : un Roi, une Dame, un Valet et un 10 ;
- la quatrième « à la Dame » : une Dame, un Valet, un 10 et un 9, et ainsi de suite jusqu'à :
- la quatrième « basse » qui se compose d'un 10, d'un 9, d'un 8 et d'un 7.

● *Les cinquièmes ou quintes.* Il y en a quatre :
- quinte majeure : As, Roi, Dame, Valet et 10 ;
- quinte « au Roi » ;
- quinte « à la Dame » ;
- quinte « au Valet » enfin, dite quinte basse et comprenant le Valet, le 10, le 9, le 8 et le 7.

● *Les sixièmes ou seizièmes.* Majeure : As, Roi, Dame, Valet, 10 et 9 ; « au Roi », composée de Roi, Dame, Valet, 10, 9 et 8 et « à la Dame » allant de la Dame au 7.

● *Les septièmes ou dix-septièmes.* Majeure allant de l'As au 8, et mineure du Roi au 7.

● *Les huitièmes ou dix-huitièmes* enfin sont composées des huit cartes d'une même couleur.

Valeur relative. Les séquences supérieures battent toujours celles de valeur moindre : les huitièmes battent les septièmes, et ainsi de suite.

En outre, dans chaque groupe de séquences, la plus forte bat la moins forte.

La tierce majeure bat la tierce à la Dame, etc.

Deux séquences pareilles dans deux jeux s'annulent sauf lorsqu'un des deux jeux contient une autre séquence plus forte. En ce cas, la séquence se compte en même temps que les autres.

Le quatorze est représenté par quatre cartes de même valeur (combinaison appelée « carré » dans d'autres jeux) ; toutefois, pour le quatorze ne comptent que les As, les Rois, les Dames, les Valets et les 10, les autres nominales ne pouvant être prises en considération.

Les quatorze valent 14 points à marquer.

Le brelan est la réunion de trois cartes de même valeur mais, cette fois encore, seuls les As, les figures et les 10 peuvent être considérés. Les brelans marquent 3 points.

Le quatorze bat le brelan et un quatorze ou un brelan de valeur supérieure bat celui de valeur inférieure.

Exemple : un 14 de Valet bat un 14 de 10, mais un 14 de 10 bat un brelan d'As, qui bat lui-même un brelan de Rois, etc

Le point s'annonce quand les écarts sont terminés et il vaut un certain nombre de points à celui qui détient cette combinaison. Le joueur annonce le nombre de points d'une même couleur, (trèfle, cœur, pique ou carreau) qu'il a dans la main. Il l'emporte si ce nombre de points donne un total supérieur à celui que son adversaire peut posséder pour une même combinaison (le point de 5, par exemple, bat celui de 4).

Selon les régions, on admet deux méthodes. Dans la première, le point est représenté par le nombre de cartes d'une

Il faut un peu de pratique pour bien battre les cartes.

même couleur qu'un joueur possède et, si son adversaire a moins de cartes d'une même couleur, celui qui a le point a droit à un certain nombre de points égal au nombre de cartes annoncées (3, 4, 5, etc.).

Si son adversaire a plus de cartes d'une même couleur, il l'annonce et c'est lui qui marque.

Si les deux joueurs ont le même nombre de cartes, c'est celui qui totalise dans ses cartes le plus grand nombre de points qui marque.

D'autres joueurs ne tiennent pas compte, tout d'abord, du nombre de cartes mais bien de la totalisation des points que les cartes d'une même couleur représentent. C'est celui qui totalise le nombre le plus élevé qui marque le point et c'est alors le nombre de cartes qu'il avait qui indique la marque à faire.

A nombre égal de points, on dit que le point *est payé,* et personne ne marque.

Exemple : premier cas : un joueur relève dans sa main un As, une Dame, un valet, un 10 et un 7 de carreau ; il annonce un point de cinq cartes.

Si son adversaire n'a, par exemple, que quatre cartes de cœur, il dit : « Bon », et s'incline devant la supériorité du premier qui marque 5 points.

Mais si le second a, par exemple, six cœurs, c'est lui qui marque 6 points, en l'annonçant, bien entendu.

Si le second a également cinq cartes : As, Roi, Dame, 9, 7, par exemple, chacun additionne les points que valent ses cartes et celui qui totalise le nombre le plus élevé marque.

Dans le cas ci-dessus, le premier totalise 48, tandis que le second ne possède que 47.

Le premier marque donc le point avec cinq cartes.

Dans le second cas, bien plus simple, le premier annonce immédiatement 48 points, le second s'incline et le premier marque.

S'ils ont chacun 48 points, le point est payé et ne compte pas.

On peut faire intervenir une même carte dans des combinaisons différentes.

Si un joueur possède une tierce au Roi et, en outre, deux Valets, il peut déclarer : tierce et brelan.

La carte : à la fin d'un coup, quand les joueurs comptent leurs levées, celui qui a fait au moins sept levées marque 10 points.

Le coup comprenant douze levées, si chaque joueur en fait six, la carte est dite égale, et personne ne marque les 10 points.

Chaque levée faite au cours d'un coup marque 1 point et l'abattage de la carte qui suit la levée marque également 1 point. La dernière levée marque 2 points.

Hasards : le *pic,* qu'on appelle aussi le *soixante,* ne peut être fait que par le premier à jouer. Il permet d'ajouter 30 points avant que son adversaire n'ait pu en marquer un seul. En ce cas, il annonce et marque 60.

On peut faire 60 en incluant le point de la carte. Quand, au cours du coup, un joueur fait 60, il ajoute ensuite à ce chiffre les points gagnés ultérieurement.

Le *repic* ou *quatre-vingt-dix* est fait par celui des deux joueurs qui arrive à 30 points avec les cartes de son jeu avant qu'une première carte n'ait été jetée et avant que son adversaire n'ait compté 1 point. Dans ce cas, il dit repic, et marque 90 au lieu de 30 ; il peut ajouter les points faits par la suite.

Le *capot* est le joueur qui ne peut pas faire une seule levée au cours d'un coup. Son adversaire bénéficie de 40 points dits de *capote*. Toutefois, dans ce cas, il ne peut inscrire les 10 points de la carte.

Le nombre de points que les joueurs de Piquet peuvent gagner s'établit de la manière suivante :

— le dix de blanc		10 points
— le point (variable suivant le nombre de cartes de même couleur se suivant ou non)	2 à 8	—
— les séquences :		
tierce	3	—
quarte	4	—
quinte	15	—
seizième	16	—
dix-septième	17	—
dix-huitième	18	—
— le quatorze	14	—
— le brelan	3	—
— la carte	10	—
— le pic	60	—
— le repic	90	—
— la capote	40	—
— le point de levée	1	—
— le point d'abattage	1	—
— la dernière levée	2	—

La partie

La donne. Chaque joueur tire une carte du jeu. La plus basse désigne le donneur, car la donne est un désavantage. On peut convenir que le même donneur distribuera pendant toute la partie ou que chaque joueur deviendra, à son tour, le donneur.

Le donneur bat le jeu et le présente à son adversaire. Ce dernier peut se contenter de couper ou peut mêler une nouvelle fois les cartes. Dans ce cas, le donneur doit rebattre les cartes puis les faire couper.

Il est interdit de couper en se contentant de ne déplacer qu'une carte.

Le donneur distribue douze cartes à chacun, par deux ou trois cartes à la fois.

Cette manière de faire reste obligatoire pendant toute la partie, à moins que le donneur ne demande à son adversaire l'autorisation de modifier la donne, par exemple de distribuer par trois aux coups suivants. S'il néglige de demander cette autorisation, le second joueur peut exiger une nouvelle donne suivant la façon adoptée en premier lieu.

Quand les douze cartes ont été distribuées, le donneur partage en deux parties le talon restant de huit cartes, en formant un petit paquet de cinq cartes et un de trois. Les trois cartes sont recouvertes, en croix, par les cinq cartes.

Les écarts. Les huit cartes du talon pourront remplacer les cartes que les joueurs écarteront. Le paquet de cinq cartes est réservé à l'adversaire du donneur et celui de trois cartes à ce dernier.

Toutefois, l'adversaire du donneur, qui est le premier à parler, a le droit de prendre sur ces cinq cartes deux, trois, quatre ou cinq cartes à son gré mais, de toute manière, il est obligé d'en prendre une.

Il est autorisé, au surplus, à regarder les cartes qu'il ne prend pas. Il dépose ces dernières sur le paquet de trois cartes réservé au donneur pour ses écarts.

Quand cette opération est terminée, le donneur, à son tour, peut entreprendre ses écarts. Comme son adversaire, il doit écarter au moins une carte de son jeu.

Si son adversaire a écarté les cinq cartes, le donneur utilise les trois cartes qui restent. Sinon, il doit commencer par choisir ses écarts dans les cartes laissées par l'adversaire, mais, de toute façon, il doit prendre au moins une carte de son paquet. Il a aussi le droit de regarder les cartes qu'il n'utilise pas.

Chaque joueur, avant de prendre ses cartes d'écart, doit déposer à part les cartes qu'il écarte de sa main.

Les annonces. Toutes les opérations préliminaires étant terminées l'adversaire du donneur, premier à jouer, annonce dans l'ordre les combinaisons qu'il a en main :

- il répète le dix de blanc s'il l'a,
- le point,
- les séquences,
- le quatorze et les brelans.

Le donneur répond immédiatement aux annonces de son adversaire en disant :

- « Bon » s'il a des annonces inférieures à celles qui viennent d'être déclarées,
- « Mieux » ou : « ne veut pas », si ses annonces sont supérieures,
- « Egal », si ses annonces sont égales.

En ce cas, il ajoutera : « Hauteur ? » afin de connaître la hauteur de la ou des combinaisons annoncées. Quand il la connaîtra, il devra dire à nouveau : « Bon », ou : « Mieux », ou : « Egal ».

Les deux joueurs étalent ensuite les combinaisons valables qu'ils possèdent et chacun totalise les points acquis.

On admet, généralement, que le quatorze et les brelans ne doivent pas être montrés mais il est évident que le joueur qui les aurait annoncés sans les avoir perdrait la partie.

Le jeu. Le premier à parler ajoute à son total le point de sa première carte abattue et annonce le total ainsi acquis, ceci avant que le donneur n'ait jeté de carte.

Si l'adversaire n'a pu rien compter et que le total des points du premier à jouer atteint 30, il peut annoncer repic et 90 points.

Le donneur jette une carte de la couleur demandée et cherche ainsi à prendre le pli.

Celui des deux qui fait la levée peut ajouter un point aux points déjà acquis et annoncer son total.

On est obligé, sous peine de perdre la partie, de fournir la couleur demandée, si on l'a, mais il n'est pas obligatoire de forcer. A défaut de pouvoir suivre la couleur, on se défausse de n'importe quelle carte.

Tout joueur qui doit renoncer ne marque ni point de levée ni point d'abattage (dit *de main*).

La partie se poursuit de cette manière, jusqu'à la fin des douze levées qui permettent de compter les cartes et éventuellement le point de capote.

Règles particulières

- Le donneur n'a pas le droit de *détacher* les cartes qu'il distribue. Il doit les donner par deux ou par trois. Si les cartes étaient détachées, l'adversaire pourrait annuler la donne.
- Le donneur qui fait maldonne peut garder la donne mais doit recommencer sa distribution.
- Quand l'un des joueurs a une ou deux cartes en trop ou trop peu, on recommence la donne.
- Quand, pendant la donne, une carte est retournée par la faute du donneur ou de son adversaire, on recommence la donne.
- Le donneur peut refuser toutes les coupes irrégulières.
- Celui qui coupe ne peut partager le paquet qu'en deux parties.
- Si celui qui annonce un dix de blanc a touché au talon d'écarts, même sans avoir regardé une carte, son dix de blanc est annulé.
- Pendant la partie, chaque joueur est autorisé à regarder les cartes de ses levées et même celles des écarts qu'il a faits ; mais il lui est absolument interdit de regarder les écarts ou les levées de son adversaire et même d'interroger ce dernier à ce sujet.

LE RUBICON

Il existe une complication du Piquet à deux, appelée Rubicon. Les joueurs qui ont acquis une bonne expérience du jeu ordinaire la pratiquent volontiers car elle réserve maintes surprises.

Au lieu de fixer un certain nombre de points à atteindre, la partie se joue en quatre coups et les joueurs doublent les points acquis au premier et au dernier coups, les deuxième et troisième se comptant comme dans la partie ordinaire.

En outre, à la fin de la partie, si le total des points de chaque joueur ne reproduit pas la même centaine, le perdant — celui qui n'a pas la centaine — est *rubicon* et donne ses points à son adversaire. Certains joueurs admettent même qu'on ajoute à ces points une centaine de points dite *de queue*.

Cette manière de jouer est passionnante car elle permet d'augmenter assez fortement la valeur de l'enjeu représenté, en général, par une valeur d'argent attribuée à chaque point.

Exemple : si au premier coup, Jean fait 10 points, il en marque 20 et Louis, qui a fait 20 points, en marque 40.

Au deuxième coup (valeur normale), Jean fait 15 points et Louis en marque 8.

Au troisième coup (valeur normale), Jean fait 24 points et Louis 12.

Au quatrième coup (points doublés), Jean fait 36 points et en marque 72 ; Louis fait 16 et marque 32.

La partie terminée, Jean totalise 131 points et Louis 92.

Louis perd, ayant moins que la centaine marquée par Jean, et ce dernier peut totaliser : 131 points marqués plus les 92 points acquis par Louis plus, éventuellement, les 100 points de queue si l'on a convenu d'en tenir compte.

Toutefois si Jean avait totalisé 131 points et Louis 102, Jean n'aurait pu ajouter à ses 131 points que la différence entre les deux totaux soit 29.

Il aurait donc eu : 131 + 29 = 160 points.

LE PIQUET NORMAND M/3

On peut jouer au Piquet à trois ; le jeu prend alors le nom Piquet normand. On adopte les règles admises pour le Piquet à deux mais la marche du jeu et la manière de compter les hasards diffèrent.

Chaque participant tire une carte du jeu. Celui qui tire la plus haute choisit sa place. Celui qui tire la plus basse s'installe à gauche du premier et le troisième joueur à sa droite.

Le premier a la faculté de devenir le donneur (ce qui, cette fois, présente un certain avantage) ou de passer la donne à son voisin de gauche, ce qui lui permettra d'être le premier à jouer au premier coup et de devenir le donneur au deuxième coup, la donne changeant de main à chaque coup.

Le jeu

Le donneur bat les cartes, les fait couper par son voisin de gauche et distribue dix cartes à chacun, soit deux fois deux et deux fois trois, ou deux, trois, deux, trois.

Les deux dernières cartes sont déposées, couvertes, à droite du donneur ; elles lui serviront, éventuellement, à opérer des écarts ; c'est l'avantage qu'il a.

Comme au Piquet ordinaire, les donnes suivantes sont effectuées de la même manière que la première, à moins que le donneur ne demande à ses adversaires de pouvoir modifier l'ordre de distribution.

Si le premier à jouer, en comptant ses cartes, atteint le nombre 20 sans avoir jeté de carte sur le tapis et avant que les autres joueurs n'aient rien compté, il marque 90, mais s'il n'atteint ce nombre qu'après avoir jeté une ou plusieurs cartes, il ne marque que 60.

Le premier à jouer annonce ses combinaisons (en général on n'annonce pas les brelans). Il joue et annonce : « Un ».

Le deuxième fait de même mais en n'annonçant que les combinaisons supérieures à celles du premier.

Le troisième (le donneur) agit de même.

Toutefois le dix de blanc doit s'annoncer avant que le donneur n'ait joué, sous peine de nullité.

Chacun étale ses combinaisons valables et compte leur valeur.

Ensuite, celui qui fait la première levée la place, couverte, à sa droite et joue une nouvelle carte.

La partie continue comme au Piquet à deux.

Celui qui fait le plus grand nombre de levées marque 10 points. Mais si deux joueurs font chacun cinq levées, il n'y aura pas de carte à marquer.

Le capot est assez commun à ce jeu, mais les 40 points de la capote sont partagés, à parts égales, entre les deux autres joueurs.

La valeur n'attend pas...

Le joueur qui fait les deux autres capots marque 40 points.

Le pic, comme dans la partie à deux, ne peut être fait que par le premier à jouer, mais il ne doit compter que jusqu'à 20 et marque 40.

Le premier joueur qui atteint le point fixé pour gagner (on joue généralement en 150 points) se retire de la partie et laisse les deux autres continuer jusqu'au moment où l'un d'eux perd.

Suivant une convention à établir avant de jouer, on peut décider que le premier à faire le point sera seul gagnant et recevra l'enjeu fixé du perdant. Mais on peut décider aussi que le premier gagnant recevra du perdant les deux tiers de l'enjeu fixé, le second gagnant recevant le troisième tiers.

LE PIQUET VOLEUR M/4

On joue le Piquet Voleur à quatre personnes, avec un jeu de trente-deux cartes qui suivent le même ordre et ont la même valeur qu'au Piquet à deux.

Les joueurs jouent par équipes de deux et les membres d'une équipe s'installent en vis-à-vis.

Pour désigner les places, l'un des joueurs distribue une à une, et découvertes, les cartes du paquet. Les deux premiers joueurs qui reçoivent un Roi deviennent partenaires et s'opposent aux deux autres.

Cette manière d'indiquer les places est facultative et les joueurs peuvent toujours convenir d'un autre mode.

Les places étant désignées, le sort indique le donneur de la même façon qu'au Piquet à deux, par tirage de la carte la plus basse. On peut décider aussi si le même donneur fera la distribution pendant toute la partie ou si, après chaque coup, on changera de donneur. En ce dernier cas, c'est le joueur assis à droite du donneur qui le remplacera et ainsi de suite après chaque coup.

Le jeu

Le donneur distribue, deux par deux, huit cartes à chaque joueur. Il ne reste donc pas de talon.

Le voisin de droite du donneur joue le premier. Comme au Piquet à deux, il annonce, avant tout, s'il a le dix de blanc. Ensuite, il accuse son jeu (point, séquences, etc). Ces annonces faites, il abat une carte en annonçant : « Un » et en citant également la couleur de cette carte.

S'il ne possède rien de valable comme combinaison, il se contente de jeter sa carte.

Les annonces doivent toujours être faites avant que le joueur ne jette sa carte.

Le deuxième à jouer (partenaire du donneur) annonce à son tour les combinaisons qu'il possède, plus fortes que celles annoncées par le premier, et si celui-ci n'a rien annoncé, ses propres combinaisons. S'il n'a rien à annoncer, il jette également une carte. S'il réussit, avec celle-ci, à forcer celle qui a été déposée, c'est-à-dire si elle est de même couleur et plus forte, il peut également compter « Un », sinon, il ne marque rien.

Le troisième joueur, partenaire du premier, peut annoncer des combinaisons plus hautes que les précédentes. Il jette aussi une carte et, s'il réussit à forcer, il peut compter : « Deux », soit son point plus celui que son partenaire a fait.

Le quatrième joueur (donneur) procède comme ses devanciers. S'il réussit à forcer avec sa carte, il ajoute un point à celui de son partenaire et a le droit de faire la levée. Il est alors le premier à jouer la deuxième levée.

La première levée terminée, on fait le compte des combinaisons reconnues valables. On montre aussi celles qui n'ont pas été annoncées parce qu'elles étaient plus faibles que celles déclarées précédemment. Ceci est important car des points peuvent être gagnés.

Exemple : au départ, Jean, premier joueur, a annoncé trois Dames. Jacques, deuxième joueur, n'a pu annoncer ses trois Valets, inférieurs à la première annonce ; mais le quatrième joueur possède un brelan de trois Rois qui bat celui des Dames ; dès lors, Jacques peut ajouter son brelan de Valets au brelan de son partenaire.

Les annonces valables étant comptées, le jeu de la carte se poursuit comme au Piquet ordinaire.

Quand un joueur peut compter 20 — en tenant compte des points de son partenaire — si les adversaires n'ont pas compté un seul point, donc s'ils n'ont même pas pu forcer, le 20 vaut 60, ce que son possesseur annonce.

Quand deux partenaires ont chacun 20 en main, ils peuvent compter 90, points auxquels ils ajoutent ceux, valables, qu'ils détiennent.

Quand deux partenaires ont, chacun, un dix de blanc, ils peuvent également compter 90.

Quand deux partenaires obtiennent la capote, elle leur vaut 40 points.

Il est absolument interdit de faire connaître son jeu à son partenaire, soit par signes, soit par paroles, de montrer ses levées à son partenaire, à moins qu'il n'en fasse la demande.

Il est défendu de toucher aux levées des adversaires ou d'annoncer un point de valeur égale à celui annoncé par son partenaire.

Il est permis cependant de faire des appels à son partenaire par des renonces fournies régulièrement sur des cartes maîtresses qu'il n'a pas ou qu'il possède.

Le partenaire qui renonce à la couleur et qui jette un cœur demande que l'autre lui envoie du pique, ou réciproquement. Les conventions préliminaires à la partie sont d'usage courant. Il arrive même que l'on puisse tromper ses adversaires en convenant que pique veut dire carreau et cœur trèfle, au premier coup, quitte à modifier au cours des coups suivants. Bien entendu, ces conventions, entre partenaires, sont ignorées des adversaires.

Remarque : Le Piquet a écrire, autre variante, se joue à cinq, six, voire sept joueurs.

Un instant, que je passe à la banque...

Le Poker M/3 +

Venu des Etats-Unis et joué tout d'abord en Angleterre avant de passer sur le continent, le Poker connut, dès son apparition, une vogue extraordinaire. C'est que, pratiqué surtout comme un jeu d'argent permettant des enjeux très importants, il réserve aux joueurs acharnés de multiples combinaisons et surtout une manière d'agir : *le bluff*, qui permet au joueur audacieux de donner le change à ses adversaires sur la valeur de son jeu ou sur la manière dont il compte jouer. Ce terme de bluff, né du Poker, a d'ailleurs été adopté dans le langage courant.

Les joueurs et les cartes

On pourrait rapprocher le Poker de deux vieux jeux français : l'Ambigu et la Bouillotte, mais les règles qu'on applique à ce jeu, tant en Amérique qu'en Europe, restent souvent assez variables.

Non seulement, on peut le jouer de trois à sept joueurs mais, aux Etats-Unis, le Poker *à découvert* peut grouper dix joueurs.

On utilise un jeu de cinquante-deux cartes mais, s'il n'y a que trois ou quatre participants, on se sert d'un simple jeu de trente-deux cartes.

Ceci réduisant le nombre des combinaisons, on s'avisa d'y ajouter les 6, donc de jouer avec trente-six cartes, puis les 5, pour arriver à quarante cartes, puis les 4, donnant quarante-quatre cartes.

Au jeu de cinquante-deux cartes, on ajoute parfois le *joker* (c'est-à-dire le bouffon, qui complète maints jeux de cartes, du mot anglais qui signifie : farceur), auquel son possesseur peut attribuer la valeur qu'il désire. Le jeu de cinquante-trois cartes s'appela désormais *jeu de Poker*.

La valeur des cartes peut aussi subir des modifications. Normalement, elle est la suivante, en ordre décroissant : As, Roi, Dame, Valet, 10, cartes numérales. Dans certaines combinaisons, on admet que l'As soit la valeur la plus forte, donc au-dessus du Roi, mais aussi la plus faible, donc en dessous du 2.

Nous examinerons les règles essentielles, celles qui sont le plus couramment admises.

Les combinaisons

- *La paire,* composée de deux cartes de même valeur (deux Rois, deux 7, etc.)
- *La double paire* ou deux paires. Par exemple : deux Rois et deux Valets, dans la même main.
- *Le brelan :* trois cartes de même valeur : trois Rois, trois Valets, trois 7, etc.
- *Le straight (ou séquence) :* cinq cartes qui se suivent sans interruption tout en n'étant pas de même couleur. Par exemple : un 7 de carreau, un 8 de trèfle, un 9 de cœur, un 10 de carreau, un Valet de pique. C'est ici que peut intervenir la tolérance mentionnée plus haut, l'As pouvant rester la carte la plus forte ou devenir la carte la moins forte.
- *Le flush (ou floche) :* cinq cartes de même couleur mais qui ne doivent pas forcément se suivre sans interruption, soit par exemple : un 6, un 9, un 10, un Valet et un As de cœur.
- *Le full (ou plein),* autrement dit « main pleine » : un brelan plus une paire ; par exemple : un brelan de Rois et une paire de 7.
- *Le brelan carré (*ou *poker),* dit plus simplement « carré » : quatre cartes de même valeur, soit quatre As, quatre 10, etc.
- *Le straight flush (ou quinte royale).* Composé de cinq cartes de même couleur qui se suivent ; par exemple : un 10, un Valet, une Dame, un Roi et un As de cœur.

Dans toutes ces combinaisons, les plus faibles sont battues par celles qui leur sont immédiatement supérieures ; le brelan bat la double paire, le carré bat le full, etc.

Quand deux combinaisons de même ordre se trouvent en présence, c'est la plus forte qui bat la moins forte.

Exemple : un brelan d'As bat un brelan de Dames, un flush à l'As bat un flush à la Dame, etc.

Quand deux combinaisons sont de même hauteur, c'est la hauteur des cartes qui les accompagnent qui indique la plus forte.

Exemple : un joueur possède une paire de Dames accompagnée d'un Roi, d'un 6, d'un 5, un second joueur possède également une paire de Dames mais accompagnée d'un Valet, d'un 10 et d'un 6, la paire du premier bat celle du second puisqu'elle contient un Roi alors que l'autre ne contient qu'un Valet comme plus haute carte.

Un full composé, par exemple, de trois 7 et deux Rois est battu par un full composé de trois 8 et deux Rois ; toutefois, à valeur égale, la quinte royale de cœur peut battre les trois autres quintes royales.

Outre les huit combinaisons mentionnées ci-dessus, il en existe deux autres qu'admettent certains joueurs, surtout en Amérique, mais que d'autres refusent :
- *le blaze* se compose de cinq figures, sans As, dans une main, c'est-à-dire, par exemple, deux Rois, deux Valets et une Dame. Le blaze bat la double paire mais est battu par le brelan ;
- *le joker*. On décide, avant de commencer une partie, si l'on admet le joker.

Il intervient donc dans un jeu de cinquante-trois cartes et il peut prendre, au gré de celui qui le détient ou qui l'obtient par ses écarts, la valeur d'une carte qui lui manque pour faire une combinaison brillante.

Exemple : si un joueur possède un As, trois 8 et un joker, il peut faire intervenir ce joker comme quatrième 8 pour former un *carré* au lieu de n'avoir qu'un brelan de 8.

Toutefois, cette combinaison forcée prête lieu, assez souvent, à des discussions car on admet que le carré ou tout autre combinaison formée avec l'aide du joker est battue par une combinaison de hauteur égale où le joker n'intervient pas.

Exemple : le carré de 8 ci-dessus (avec joker) serait battu par un carré de 3 formé sans joker. Un brelan de deux Rois et d'un joker sera battu par un brelan de trois 2.

On le voit, il y a là une combinaison, amusante certes, mais qui contribue à compliquer le jeu.

Méthodes de départ

Le Blind. Le joueur qui est le premier à parler peut acheter le droit de parler le dernier. Il dépose immédiatement sa mise dans la corbeille (fixée avant de jouer) et déclare : « Je suis blind ». Dans ce cas, il parlera le dernier.

Le joueur suivant peut, à son tour, désirer jouer le dernier. En ce cas, il peut surenchérir en disant : « Overblind ». Il déposera le double de la mise du premier.

Le joueur suivant le second peut également déclarer : « Overblind », mais il déposera alors le double de la mise du second, et ainsi de suite.

Un joueur ne peut cependant pas déclarer « Overblind » si le joueur qui le précède immédiatement n'est pas blind. En outre, on arrête les overblind dès que le montant de celui à faire dépasse la moitié du total des mises de la corbeille.

Exemple : six joueurs ont versé chacun cinq francs dans la corbeille. Celle-ci contiendra donc trente francs. Le premier à se déclarer blind versera cinq francs, le second dix francs, soit au total quinze francs, moitié de la corbeille ; il ne pourra y avoir un troisième blind.

Quand le blind est fait, le premier à jouer sera le joueur qui suivait immédiatement le preneur de blind, s'il n'y a pas d'overblind, ou avant le dernier des overblind s'il y en a. Le dernier à jouer sera évidemment celui qui a fait le plus fort overblind.

Bien entendu, l'ordre de parole durant toute la partie sera celui fixé par le blind ou overblind.

On admet parfois que le blind puisse s'annoncer quand la donne a été faite, mais il est obligatoire qu'il se fasse toujours avant que les joueurs n'aient regardé leurs cartes.

Très pratiqué à Chicago.

Le pot. Avant la donne, pour prendre part au pot, chaque joueur dépose dans la corbeille l'unité de mise fixée avant la partie. Cette unité ne peut être modifiée qu'avec l'adhésion unanime des joueurs.

Tout joueur peut décider de ne pas participer au pot, mais s'il s'abstient, il ne recevra pas de cartes du donneur et ne participera donc pas à la partie.

Le pot (en anglais : Jack-Pot) correspond en somme à la *poule* française et il ne se fait, au départ, que si aucun des joueurs n'a réclamé le blind ou si, d'avance, on a décidé de ne pas inclure le blind dans la partie.

Il est évident qu'une corbeille n'est pas absolument nécessaire pour faire office de pot ; on peut fort bien déposer les mises sur le tapis, ce qui rend d'ailleurs le contrôle plus aisé.

La partie

Les opérations préliminaires. On convient des mises initiales qui seront autorisées et qui serviront donc au blind ou au pot.

On convient du temps à consacrer à une partie, donc à jouer en *durée limitée* ou *sans durée*. Dans le premier cas, on dépose une montre sur la table et toutes les quinze ou trente minutes, les joueurs changent de place, le premier prenant, par exemple, la place du troisième et le second celle du quatrième ; ou encore, après ce laps de temps, on procède à un nouveau tirage.

Dans le second cas (sans durée), chacun, à tour de rôle, devient donneur, en suivant l'ordre normal des places de la gauche vers la droite.

On désigne les places. L'un des joueurs tire du paquet, sans les découvrir, un nombre de cartes égal au nombre des participants. Il étale ces cartes, muettes, sur le tapis et chacun en choisit une ; celui qui a tiré prend la dernière.

Celui qui retourne la carte la plus forte sera le premier à jouer ; les autres, suivant la valeur décroissante des cartes, s'installeront à sa droite, le dernier (la carte la moins forte) venant donc s'asseoir à la gauche du premier.

Au Poker, on donne de gauche à droite. Toutefois, en France, et parfois en Belgique et en Suisse, la donne se fait de droite à gauche. Dans ce cas, la désignation des places se fait dans l'ordre inverse de celui indiqué ci-dessus.

Celui qui a la carte la moins forte devient le premier donneur. Il a également pour mission de vérifier l'exactitude des mises et leur placement en temps voulu. S'il négligeait cette mission, il serait éventuellement obligé de placer lui-même une mise manquante.

La donne. Les blinds éventuels étant déclarés et les mises initiales étant déposées au pot, le donneur bat les cartes et les fait couper par son voisin de gauche, avant de commencer la distribution par son voisin de droite.

Au Poker, la coupe n'est pas obligatoire et celui qui doit couper peut simplement toucher du doigt le paquet de cartes pour marquer son accord sur la manière dont elles viennent d'être battues ; il est obligatoire qu'il touche le paquet.

Le donneur distribue, une par une, à chacun des joueurs, cinq cartes couvertes. Ils ne peuvent regarder ces cartes que lorsqu'ils possèdent leur série complète.

Le jeu : règle générale. Chaque joueur, à tour de rôle, déclare s'il joue ou non. Le premier à parler, qui ouvre le jeu, dépose son enjeu. Tous ceux, parmi les suivants, qui participent au coup, doivent déposer le même enjeu. Il est toutefois permis à l'un d'eux de *relancer*, c'est-à-dire d'augmenter cet enjeu d'un enjeu supérieur. En ce cas, il dit : « Je tiens plus... », suivi du chiffre de son enjeu supérieur.

Tous ceux qui veulent rester dans le coup doivent augmenter immédiatement leur enjeu pour l'égaliser à l'enjeu le plus élevé. Ils peuvent aussi, s'ils le désirent, augmenter encore. Ceux qui ne suivent plus perdent leur mise.

Les enjeux étant égalisés, le donneur demande à chaque joueur qui reste dans le coup le nombre de cartes qu'il désire pour ses écarts.

Il dit : « Combien ? ». L'interpellé répond : « C'est bon », ou « Non », s'il ne désire pas de cartes (ce qui fait présager qu'il a un beau jeu), ou il cite le nombre de cartes désiré.

Dans ce cas, il dépose sur le tapis les cartes qu'il écarte et le donneur lui remet, une à une, et muettes, les cartes demandées.

Le donneur est le dernier à faire ses écarts.

Au cas où le nombre de cartes demandées par les premiers

joueurs épuisait le talon, le donneur prend les cartes qui ont été écartées, les bat, les fait couper et continue la distribution avec celles-ci.

Quand tout le monde est servi, on peut recommencer le jeu des relances. Celui qui a ouvert le jeu parle le premier, et la même opération se déroule comme précédemment. Quand tous les joueurs ont parlé, l'un d'eux, qui fait la relance la plus haute, peut dire : « Je ferme ».

En ce cas, le temps des relances est terminé et celui qui a fermé annonce son jeu ; il dit, par exemple : « Un carré », ou « Un brelan », etc.

Ceux qui ont un point moins élevé jettent leurs cartes sur table et perdent leurs enjeux.

Celui qui aurait un point plus élevé le déclare et, en ce cas, abat son jeu pour vérification ; il devient le gagnant.

Celui qui aurait un point égal demande à son adversaire qui reste dans le jeu quelle est la valeur de son point. Si la valeur de ce point est supérieure à celle de son propre point, le demandeur n'insiste pas et se contente de vérifier ce qui doit lui être montré. Dans le cas contraire, c'est lui qui abat son jeu pour montrer qu'il est supérieur et qu'il gagne.

Le bluff. Comment *bluffer* ? Tout simplement en spéculant sur la timidité des adversaires. En effet, un joueur peut fort bien donner l'impression qu'il possède un jeu brillant : il n'a pas demandé de cartes pour les écarts, il ne recule devant aucune relance, il ne craint même pas de faire des relances de plus en plus élevées. En faut-il plus pour que les joueurs qui n'ont qu'une main modeste se décident à perdre leur mise plutôt que de s'engager dans des relances très fortes ?

Il suffit de bluffer un peu.

Et si le dernier adversaire du bluffeur, malgré un jeu valable, craint de ne pouvoir s'engager plus avant, ne renoncera-t-il pas aussi à aller voir le jeu du bluffeur ? En ce cas, le bluffeur sans devoir montrer son jeu, (puisque tout le monde a renoncé à suivre), sera le gagnant alors qu'il ne possédait peut-être qu'une modeste quinte ou une double paire.

Evidemment, les joueurs chevronnés ne s'en laissent pas toujours imposer par l'audace du bluffeur. Ils peuvent bluffer à leur tour et inquiéter l'audacieux au point que ce soit lui qui abandonne la partie ou, s'ils ont vraiment un jeu valable, ils peuvent pousser le bluffeur jusque dans ses derniers retranchements et, en payant toutes les relances, exiger de voir son jeu. En ce cas, le bluffeur sera bien souvent pris à son propre piège.

Les règles dans le détail

Les joueurs possèdent leur main de cinq cartes.

S'il y a eu blind ou overblind, le joueur qui suit le dernier blind sera le premier à parler. S'il n'y a pas eu de blind, ce sera le joueur de droite du donneur qui sera le premier à parler.

Celui qui parle peut dire : « Je passe », ou « Parole ». En ce cas, il peut attendre que chacun ait parlé. Si chacun passe, donc si personne n'a ouvert le jeu, chaque mise initiale reste au pot, le joueur suivant le premier donneur fait une nouvelle donne et chacun replace une nouvelle mise au pot.

S'il n'y a pas eu de blind, le pot est tout simplement formé par les mises initiales des joueurs.

Quand il y a un pot, celui qui ouvre le jeu doit avoir au moins une paire de Valets. Le donneur le rappellera d'ailleurs. Quand le premier coup ne se fait pas, chacun ayant passé, l'ouvreur du second coup devra avoir au moins une paire de Dames ; l'ouvreur du troisième coup, une paire de Rois ; et ainsi de suite.

L'ouvreur n'est pas obligé de montrer immédiatement les cartes qui autorisent son ouverture. Toutefois, à la fin de la partie, il doit éventuellement les montrer. S'il se débarrassait de sa paire d'ouverture au cours de ses écarts, il devrait déposer ces cartes à part afin de pouvoir les montrer par après.

Le joueur qui parle dépose devant lui un enjeu. S'il y a eu blind, cet enjeu doit être au moins équivalent au dernier blind.

Les joueurs qui désirent rester dans le coup doivent déposer un enjeu égal à celui qui vient d'être mis. Ils peuvent aussi relancer ; la relance doit être suivie par tous les autres. Si les joueurs refusent de suivre la relance du premier, celui-ci ramasse les mises sans devoir montrer son jeu (excepté, éventuellement, les cartes exigées pour l'ouverture).

Si le relanceur ne trouve pas d'adversaire après un blind, il ramasse les mises, et les mises initiales du blind restent au pot.

Quand tout le monde a parlé une première fois et que les premiers enjeux sont égalisés, tout joueur, à son tour de parler, peut demander des cartes en remplacement de celles qu'il écarte. C'est évidemment le donneur qui s'adresse à tour de rôle à chaque joueur pour lui demander combien de cartes il désire.

Le joueur qui n'a rien d'intéressant dans sa première main, et qui estime les enjeux déjà trop élevés, peut se retirer avant la distribution des cartes d'écart. Il dépose alors ses cinq cartes sur le paquet des écarts et perd ce qu'il avait déjà misé.

De même, ceux qui continuent à avoir un jeu peu valable après les écarts peuvent renoncer en sacrifiant leur mise précédente et en déposant leurs cinq cartes sur le paquet d'écart.

Ensuite recommence le jeu des relances. Le premier à parler peut soit passer, en disant « Parole » (ce qui ne l'empêchera pas de rentrer dans le coup au deuxième tour à parler), soit mettre devant lui une enchère de son choix, ne dépassant pas cependant le maximum fixé avant d'entamer la partie.

Ceux qui suivent doivent, s'ils désirent rester dans le jeu, déposer au moins la même enchère, ou relancer en mettant une enchère supérieure.

Evidemment, pendant que se déroulent toutes ces opérations, tout joueur estimant que les relances sont trop élevées ou que son jeu ne lui permet plus de les suivre (à moins de vouloir bluffer) peut, à son nouveau tour de parler, se retirer du jeu. En ce cas, il renonce à sa mise et au montant des enchères qu'il aurait déjà déposées et qui deviendront la propriété du gagnant de la partie.

Quand plus personne ne relance, celui qui l'a fait en dernier lieu, et qui a été suivi par tous ceux restés dans le jeu, annonce son jeu et le montre (par exemple : un carré, un brelan, etc.)

Si l'un de ses adversaires annonce la même combinaison (un carré, un brelan, etc.), celui qui détient la combinaison la plus forte gagne la partie.

Si l'un de ses adversaires annonce une combinaison plus forte que celle annoncée par le premier déclarant, il la montre et gagne la partie. En ce cas, le premier déclarant n'est pas obligé de montrer son jeu.

Exemple : celui qui a relancé en dernier lieu annonce : « Carré ». Un adversaire qui possède également un carré demande la hauteur du premier. Celui-ci déclare, par exemple : carré de 10. L'autre dépose tout simplement le carré de Valets qu'il possède et gagne la partie.

Si le premier déclarant annonce un brelan, celui de ses adversaires qui possède un carré l'annonce et le montre.

Le Poker est un jeu passionnant. Un de ses théoriciens les plus avertis, aux Etats-Unis, en a dit que « ce n'est pas uniquement dans le choix des combinaisons que réside la science du jeu de Poker, mais bien dans le sang-froid dont tout bon joueur et tout bon bluffeur doit faire preuve ».

Au surplus, on se rappellera que le montant des relances peut devenir très élevé et qu'en s'obstinant, on risque d'être la victime de joueurs plus avertis ou plus audacieux...

Quelques variantes

Aux Etats-Unis, les joueurs de Poker témoignent d'« initiatives » qui peuvent nous paraître assez étranges, mais qui semblent faire la joie de ceux qui les pratiquent.

Signalons aussi le Whisky-Poker.

Signalons, entre autres, le Whisky-Poker, où les enjeux sont représentés par des petites bouteilles de whisky. Ou encore le Poker aux cigarettes, où les mises et les relances sont représentées par des cigarettes, etc.

LE POKER MENTEUR

Cette variante peut être fort amusante et rappelle quelques jeux français d'autrefois, par exemple le Coucou.

Le Poker menteur peut réunir quatre à huit joueurs ; chacun d'eux dispose d'un même nombre de jetons, à fixer d'avance.

Le sort désigne le premier à jouer. Il reçoit cinq cartes. Il lui est permis d'écarter de une à quatre cartes de sa main. Il passe ensuite son jeu à son voisin de droite en annonçant une combinaison qui s'y trouve, ou qui ne s'y trouve pas. Il annonce, par exemple : paire d'As, qu'il ait ou pas cette paire.

Celui qui reçoit les cinq cartes peut accepter la déclaration. En ce cas, il regarde le jeu qu'il vient de recevoir. Il peut soit ne pas y toucher, soit écarter à son tour de une à quatre cartes et passer sa main à son voisin de droite en annonçant une combinaison qui doit cependant être plus forte que celle annoncée par le premier déclarant. Si ce dernier a annoncé, par exemple, une paire d'As, le second joueur doit annoncer au moins deux paires. Tout ceci, s'il a accepté la déclaration. Mais il peut aussi refuser la déclaration en accusant celui qui lui donnait les cartes « d'être un menteur ».

S'il a raison et que les cartes ne présentent pas la combinaison annoncée, celui qui les a remises dépose un jeton au pot.

Mais si la déclaration est exacte, c'est celui qui a traité son voisin de menteur qui dépose le jeton.

Après une annonce de menteur, les cinq cartes qui y ont donné lieu sont mises de côté et on reprend cinq nouvelles cartes du talon pour continuer le jeu avec le suivant à jouer. La partie se poursuit de cette manière, très agréable quand il y a plusieurs participants au jeu.

Le joueur qui a dû déposer tous ses jetons au pot est mis hors jeu et doit donc payer la contrevaleur de ses jetons au futur gagnant. Ce dernier est le joueur qui reste le dernier à posséder un ou plusieurs jetons. Il ramasse la totalité du pot.

Le Poker menteur se joue avec un jeu de cinquante-deux cartes. Les cartes qu'on écarte et les cinq cartes qui sortent du jeu après un menteur sont mises à part pour former un nouveau talon qu'on bat quand le premier est épuisé, et qui sert alors à poursuivre la partie.

Le Polignac M/3 +

Comment le très ancien Jeu des Valets devint-il le Polignac ? Tout simplement parce qu'en 1830, les Parisiens s'avisèrent d'attribuer au Valet de pique — le plus méprisable des Valets ! — le nom du prince de Polignac, l'impopulaire ministre de Charles X, dont les fameuses ordonnances devaient être à l'origine de la Révolution de juillet.

Les joueurs et les cartes

Le Polignac peut réunir de trois à sept joueurs, voire même huit joueurs. On se sert d'un jeu de trente-deux cartes.

La valeur des cartes est la suivante, en ordre décroissant : R, D, V, A, 10, 9, 8, 7.

Le but du jeu

Celui qui marque le plus de points perd. Aussi s'agit-il d'obliger les adversaires à marquer dans leurs levées, le plus de points possible.

La partie se joue en 10, 15 ou 20 points, en plusieurs coups. On marque 1 point quand on ramasse un Valet autre que celui de pique qui, lui, fait marquer 2 points.

La partie

La donne. On utilise une manière assez originale pour désigner le donneur et les places qu'occuperont chacun des joueurs.

Le jeu est étalé, face au tapis, sur la table. Chaque joueur tire une carte. La plus forte désigne le donneur ; la suivante, celui qui s'installera à la droite du donneur, et ainsi de suite. Quand deux ou plusieurs joueurs tirent des cartes de valeur égale, chacun doit tirer une nouvelle carte pour se départager.

Cartes battues, le donneur, après avoir fait couper par son voisin de gauche, distribue les cartes deux par deux.

Le jeu doit être complètement épuisé après la donne. La distribution diffère selon le nombre de participants. S'il y a trois joueurs, on donne, deux par deux, dix cartes à chacun. S'il y en a quatre, on ne donne que huit cartes ; cinq : six cartes ; six joueurs : cinq cartes, et sept ou huit joueurs : quatre cartes.

Quand il y a trois, cinq ou six joueurs, on n'utilise donc que trente cartes et, pour arriver à ce chiffre, on enlève au paquet de trente-deux, un 7 noir et un 7 rouge.

Quand il y a sept joueurs, on n'utilise que vingt-huit cartes et on sort du paquet les quatre 7.

Le jeu. Le premier à jouer dépose une carte. Les suivants doivent suivre la couleur, sans être obligés cependant de forcer.

Celui qui ne peut suivre en couleur, doit déposer un Valet, s'il en a un et, en premier lieu, s'il le possède, le Valet de pique. Aussi longtemps qu'on a des Valets en main, on ne peut déposer ni un Roi, ni une Dame.

Tout joueur qui ramasse un Valet dans sa levée, doit laisser ce Valet, visible, devant lui. Dès que les quatre Valets sont sortis, le premier coup se termine.

Cependant, si un joueur a fait toutes les levées, il peut demander à jouer une *générale* (quelques auteurs disent : *un* général). Il s'engage alors, le premier coup se poursuivant, à effectuer toutes les levées qui restent à faire.

S'il réussit dans sa tentative, chacun de ses adversaires doit inscrire 5 points à son passif et lui-même est exempt d'inscrire les 5 points des Valets qu'il a forcément ramassés dans ses levées.

S'il échoue, il doit marquer les 5 points de ses Valets. Certains joueurs estiment qu'en ce dernier cas, il paiera en outre une légère pénalité à chacun de ses adversaires.

Dès que l'un des joueurs atteint le point fixé pour perdre, soit donc (suivant les dispositions prises) 10, 15 ou 20 points, la partie est arrêtée, même si celui qui a atteint le point ne devait plus prendre d'autres Valets et si un joueur suivant, obligé à le faire, dépassait le point obtenu par celui qui vient d'être désigné comme perdant.

Les pénalités

Celui qui, possédant le Valet de pique, se débarrasse tout d'abord d'un autre Valet, perd le coup.

Le joueur qui ne suit pas la couleur demandée alors qu'il peut le faire marque les 5 points du coup, même si l'un de ses adversaires a déjà levé des Valets (lesquels sont annulés).

Enfin, celui qui, ne pouvant suivre la couleur, jette une autre couleur alors qu'il possède un Valet, perd également le coup.

Le Poque **M/4 +**

Le Poque ressemble un peu au Nain jaune. Il connut une grande vogue au XIXe siècle.

Les joueurs et les cartes

Pour une partie de Poque, qui peut réunir de quatre à sept joueurs, on se sert d'un jeu de trente-six cartes, soit un jeu de Piquet auquel s'ajoutent les quatre 6 d'un Reversi. La valeur des cartes s'établit en ordre décroissant de l'As, la plus forte, au 6.

Les poques : ce nom désigne les combinaisons que les joueurs peuvent faire : paires, doubles paires, brelans, quartes. Les brelans battent les paires et les doubles paires, les quartes battent les brelans et dans les combinaisons de même rang (par exemple deux brelans), c'est la plus haute des deux qui bat l'autre (un brelan de Rois bat un brelan de Dames).

On appelle également poques les six petites corbeilles destinées à recevoir des enjeux et sur lesquelles on inscrit ce qu'elles représentent, soit la première à gauche : l'As, les suivantes : le Roi, la Dame, le Valet, les 10 et 9 réunis, et, enfin, la dernière : le poque.

Le but de la partie

Gagne la partie le joueur qui réussit à s'emparer du contenu du poque et ceci, soit après s'être débarrassé le premier de toutes ses cartes, soit en ayant fait des relances que ses adversaires se sont refusés à suivre.

Pour faciliter les choses, chaque participant disposera de fiches dont, par convention, on fixe le nombre et la valeur.

La partie

Pour désigner les places, chaque joueur tire une carte du paquet. La plus forte désigne le donneur et l'ordre décroissant des cartes suivantes indique les places des autres joueurs à droite du donneur. La carte la plus basse amène celui qui la possède à s'asseoir à gauche du donneur.

Avant que ce dernier batte les cartes et les fasse couper par son voisin de gauche, chaque joueur dépose dans chacune des six corbeilles la mise convenue au départ (une ou plusieurs fiches).

Au jeu, faites toujours bon visage !

Ceci fait, le donneur distribue, par deux et trois, cinq cartes à chaque joueur, en commençant par son voisin de droite. Il retourne la carte supérieure du talon qui indique l'atout.

Si cette carte de retourne correspond à l'une de celles indiquées sur les corbeilles — donc un As, un Roi, une Dame, un Valet, un 10 ou un 9, le donneur a droit aux jetons réunis dans la corbeille correspondante.

Ensuite, les joueurs examinent leur jeu pour voir si celui-ci contient des poques (paires, doubles paires, brelans ou quartes) correspondant à l'une des corbeilles. Si le joueur assis à droite du donneur, parlant le premier, possède une combinaison, il peut annoncer : « Je poque pour X... fiches ».

Il dépose devant lui un certain nombre de fiches correspondant à la valeur relative qu'il attribue à sa combinaison.

Ceux qui suivent peuvent, à tour de rôle :

- soit accepter l'enjeu proposé et déposer devant eux la même mise que le premier,
- soit passer et perdre leur mise initiale au poque,
- soit, enfin, s'ils estiment posséder un jeu brillant, relancer, donc mettre une enchère plus élevée que celle du premier, auquel cas, tous ceux qui veulent participer au coup doivent déposer le même enjeu.

Quand tout le monde a parlé et que les relances sont terminées, chacun annonce la hauteur de son poque. Celui qui a le poque le plus élevé l'abat et gagne la corbeille du poque plus, évidemment, toutes les relances faites par ses adversaires.

Il s'agit d'attribuer les mises déposées dans les autres corbeilles.

Le joueur qui possède la carte d'atout qui correspond à

l'une des corbeilles (As, Roi, Dame, Valet, 9 et 10) s'approprie le contenu de ladite corbeille.

Les poques qui ne seraient pas levés resteraient dans les corbeilles et seraient distribués au cours du coup suivant.

Si, en début de partie, tous les joueurs passent une première fois, aucun d'eux n'annonçant un poque, soit qu'il n'y en ait pas, soit qu'il y en ait un trop faible pour risquer une enchère (par exemple une simple paire), on joue le contenu des corbeilles à la carte.

Le premier à jouer jette n'importe quelle carte en annonçant la valeur et la couleur, par exemple : « 8 de cœur ».

Il s'agit, comme au Nain jaune, de former des séries ascendantes de même couleur.

Si le joueur qui abat le 8 de cœur a également le 9, il annonce : « 8 et 9 de cœur ». C'est ensuite à un autre à suivre avec un 10 de cœur, etc.

S'il n'a pas de 9, il annonce son 8, et celui qui possède le 9 suit.

Si personne ne peut suivre, le premier à jouer jette une nouvelle carte en annonçant à nouveau la valeur et la couleur. Et ainsi de suite.

Quand on arrive ainsi à une série complète se terminant à l'As, celui qui suit le joueur qui a jeté l'As peut entreprendre une nouvelle série.

Ainsi le joueur qui réussit, au cours d'un coup, à abattre une carte d'atout correspondant à l'une des cartes de la corbeille gagne le contenu de cette corbeille.

La partie se poursuit jusqu'au moment où l'un des joueurs s'est débarrassé de toutes ses cartes. Il a droit au contenu de la corbeille des poques. Si personne n'y réussit, les mises non relevées restent valables pour le coup suivant. Avant d'entreprendre celui-ci, tout le monde remet ses enjeux.

Certains joueurs admettent aussi que celui qui n'a en main que des cartes blanches l'annonce, ce qui lui vaut une ou plusieurs fiches de chacun de ses adversaires.

Le Quit **M/4 5**

Le Quit fit fureur en Angleterre au début de ce siècle.

Les joueurs et les cartes

Ce jeu peut distraire quatre ou cinq joueurs et ne se joue pas avec les cartes habituelles, mais avec un jeu spécial, que l'on ne trouve plus sans doute dans le commerce, mais que l'on peut se fabriquer très aisément.

Le jeu comprend cinquante-six cartes de même format que les cartes ordinaires.

Trois cartes portent uniquement le mot : *Quit.*

La face des cinquante-trois autres cartes est divisée en deux rectangles. Dans le rectangle supérieur, une lettre, de A à E inclus, indique la série. Dans le rectangle inférieur, un nombre, de 1 à 11 inclus, indique le numéro de la carte dans la série. A noter que la série A ne comporte que neuf cartes, les chiffres 4 et 9 sont supprimés.

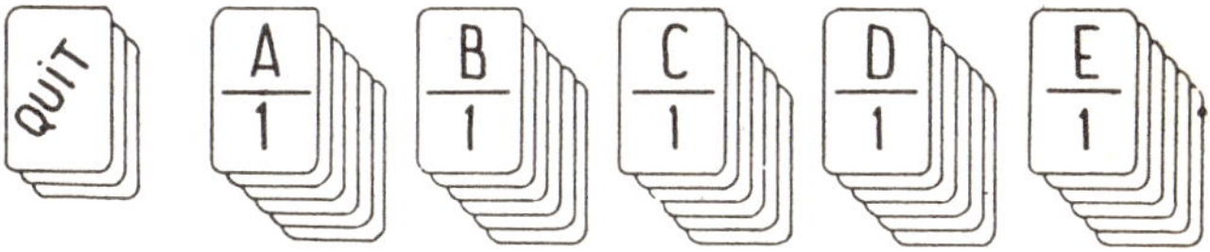

3 cartes 9 cartes 11 cartes 11 cartes 11 cartes 11 cartes

A quatre, on utilise le jeu entier, à cinq, on supprime un quit.

La partie

Le premier donneur, désigné d'un commun accord, bat les cartes, les fait couper par son voisin de droite et, commençant par son voisin de gauche, les distribue une à une. Quatorze cartes à chacun si l'on est quatre et onze cartes si l'on est cinq.

Le voisin de gauche du donneur abat une carte, C1, par exemple. S'il a en main un C2 et un C3, il les dépose à la suite et continue ainsi jusqu'au moment où il ne peut plus suivre, supposons après C3. Le joueur qui possède le C4 continue la série jusqu'au moment où il ne peut plus suivre. Dès qu'un joueur arrive à C11, la série étant terminée, il peut commencer une nouvelle série.

Atout cœur.

Bien entendu, rien n'oblige un joueur à commencer le jeu avec des cartes n° 1. Si l'un d'eux possède par exemple un B6, un B7, un B8, il peut commencer une série par le B6. Au surplus, celui qui possède un quit peut toujours jeter celui-ci, à son tour de joueur, en disant : « L'ordre est rompu... Je continue ». Il commence alors une série qui lui convient.

Il est évident que la venue d'un quit peut modifier tout le jeu.

Après un A3 ou un A8, comme il n'y a ni A4, ni A9, le joueur qui jette A3 ou A8 peut entreprendre une autre série, quitte à l'un des suivants, s'il en a le pouvoir, de commencer une série avec A5 ou A10.

Ceux qui ont la chance de posséder ces dernières cartes ont droit à 5 (A5) ou à 10 (A10) points.

La partie se poursuit ainsi jusqu'au moment où l'un des joueurs, le gagnant, réussit à se débarrasser de toutes ses cartes.

Ses adversaires comptent le nombre de cartes qui leur reste : ce nombre indique les points gagnés par le vainqueur.

Si les possesseurs de A5 ou A10 n'ont pas réussi à se débarrasser de ces cartes, leurs points s'ajoutent à ceux du gagnant. Sinon, ils sont marqués au bénéfice du joueur qui s'en est débarrassé.

Le joueur assis à gauche du donneur succède à ce dernier. La partie se joue généralement en 100 points. Celui qui les marque en premier lieu touche l'enjeu fixé pour la partie.

Le Rami M/2 4 +

Le Rami peut réunir de deux à cinq joueurs ; toutefois, c'est à quatre que le jeu est le plus amusant.

On utilise un jeu de cinquante-deux cartes auquel on adjoint le Joker.

La carte la plus basse est l'As ; viennent ensuite en valeur ascendante le 2, le 3, le 4, etc., jusqu'au Roi qui est la carte la plus forte.

Les combinaisons sont les mêmes que celles qu'on retrouve dans la plupart des autres jeux :

- *brelan :* trois cartes de même valeur (trois Rois, trois As, etc) ;
- *carré :* quatre cartes de même valeur ;
- *séquence :* au moins trois cartes de même couleur qui se suivent.

La plus forte de ces cartes donne son nom à la séquence.

Exemple : un 5, un 4 et un 3 de pique forment une séquence de 5, autrement dit une tierce au 5 de pique.

Une Dame, un Valet, un 10, un 9 et un 8 de cœur forment une séquence à la Dame de cœur, autrement dit une quinte à la Dame de cœur.

Cependant, contrairement à ce qui se passe dans plusieurs jeux, une même carte ne peut être utilisée que dans une seule combinaison.

Par exemple: le joueur qui possède un 10 de trèfle, peut l'utiliser dans un brelan de 10, mais alors il lui est défendu de l'utiliser aussi dans une séquence.

Le but du jeu

Il s'agit de *faire rami*, c'est-à-dire de se débarrasser le plus rapidement possible de toutes ses cartes en réalisant diverses combinaisons.

La partie à quatre joueurs

La donne. Chaque joueur tire une carte du paquet. La donne étant désavantageuse, celui qui tire la carte la plus basse devient le donneur. Celui des trois autres qui tire la plus basse, s'installe à gauche du donneur ; il sera le premier à jouer. Celui des deux autres qui tire la carte la plus basse prend place à gauche du deuxième, le dernier se trouvant dès lors à droite du donneur. Il sera chargé de couper le jeu battu par le donneur.

Ce dernier distribue, une par une, en commençant par son voisin de gauche et en suivant vers la gauche, sept cartes à chacun des quatre joueurs. (Signalons que dans certaines régions de Belgique et du Nord de la France, les prises de place et les donnes se font en sens inverse, c'est-à-dire, en commençant par la droite du donneur. Il dépose le talon sur le tapis, en retourne la carte supérieure qu'il dépose, découverte, à côté du talon. C'est *la retourne*.

Le jeu. Le premier à jouer, à gauche du donneur, choisit et écarte une des sept cartes de sa main. Pour remplacer cet écart il peut :

1) s'emparer de la carte de retourne. En ce cas, il dépose son écart à la place ;

2) prendre la carte supérieure du talon de cartes muettes. En ce cas, il pose son écart, à découvert, sur la carte de retourne.

Les joueurs suivants agissent de même.

Il s'agit maintenant de faire rami en déposant devant soi et découvertes, quand le tour de jouer vient, les cartes que l'on a en main pour former une combinaison. On peut la faire en une fois, pourvu qu'elle comporte au moins trois cartes (un brelan ou séquence de trois cartes), ou bien en plusieurs dépôts successifs, mais à raison d'un seul dépôt par tour.

Il est entendu que le joueur qui dépose ne peut le faire, après le premier tour, qu'avant d'avoir écarté à nouveau une carte de son jeu. Donc, au second tour, il doit déposer avant d'avoir pris la carte de retourne ou la carte du talon. La carte ainsi prise ne peut servir qu'au tour suivant.

L'obligation de déposer trois cartes au moins ne vaut que pour le premier dépôt. Dès que celui-ci est fait et que le joueur en arrive à son tour, il peut, s'il n'a pas une combinaison de trois cartes, compléter les combinaisons qui se trouvent déjà étalées, soit la sienne, déposée en premier lieu, soit l'une ou l'autre de ses adversaires.

Exemple : si le joueur a en main un 10 de trèfle, il peut l'ajouter à un brelan de trèfle se trouvant sur le tapis ou à une séquence (tierce, quarte, etc.) de trèfle déjà déposée (à 9, 8 et 7, il ajoute 10).

Toutefois si, dans le cas ci-dessus, il possédait outre son 10 de trèfle un Valet de trèfle, il pourrait le déposer en même temps que son 10 pour compléter une combinaison. Si par contre, outre son 10 de trèfle, il possédait un 6 de trèfle, il ne pourrait déposer que son 6 ou son 10. Il faut donc que les cartes qu'il dépose se suivent.

Les cartes qui se suivent en ordre ascendant ou descendant sont considérées, comme un complément de dépôt unique.

Le cas du Joker. Le *fou aux grelots* permet à celui qui le possède de remplacer n'importe quelle carte, de l'As au Roi.

Exemple : le joueur qui a en main deux Rois et un Joker, peut déposer un brelan de Rois en abattant ces trois cartes.

Il existe cependant une limitation dans le cas du Joker : dès que ce dernier fait partie d'une combinaison, il ne peut plus être remplacé ni déplacé. En outre, s'il remplace une carte dans un brelan, la troisième carte qui pourrait s'ajouter à ce brelan pour former un carré peut être placée. Mais la quatrième carte de même valeur devra servir dans une séquence.

Ici, le Fou peut remplacer le Roi.

Exemple : un joueur dépose deux Dames et un Joker, formant un brelan de Dames. Par la suite, on pourra ajouter une troisième Dame à ce brelan pour former un carré. Mais la quatrième Dame qui reste dans le jeu ne pourra éventuellement servir que dans une séquence.

Une partie de Rami se joue en autant de coups qu'il est nécessaire, jusqu'au moment où l'un des joueurs fait rami.

Si personne ne fait rami avant que le talon de cartes couvertes ne soit épuisé, on considère le jeu comme fermé et le donneur, après avoir battu les cartes, fait une nouvelle distribution.

Dans l'un comme dans l'autre cas, soit qu'un joueur fasse rami, soit que le jeu soit fermé, on additionne les points des cartes que chaque joueur garde encore en main.

La valeur des cartes s'établit comme suit :

- le Joker : 20 points,
- les figures, chacune : 10 points,

Si vous dépassez cent points, vous sautez.

- les autres cartes : leur valeur nominale (l'As ne comptant que pour 1 point).

Le total des points, additionnés ainsi, représente les points perdus par chaque joueur. On le marque. Toutefois, dans cette addition, on ne peut ni atteindre, ni dépasser 100 points, auquel cas on *saute*.

Le joueur qui saute peut se *racheter*. A cet effet, au coup suivant, il partira avec, comme nombre de points de base, celui que marque le joueur le suivant immédiatement en points.

Exemple : le premier joueur totalise 10 points, le deuxième 42 points, le troisième 60 points, le quatrième 107 points.

Ce dernier se rachètera en partant pour le coup suivant avec une marque de 60 points, le chiffre le plus élevé des trois adversaires.

Dans ce cas, on repartira donc avec une marque de 10 points pour le premier, de 42 pour le deuxième, de 60 pour le troisième et le quatrième.

Tout joueur peut se racheter trois fois, mais s'il saute une quatrième fois, donc après trois rachats, il est définitivement éliminé de la partie.

C'est surtout ce jeu des sauts et des rachats qui rend le Rami passionnant, tout en exigeant du marqueur la plus vive attention.

Gagne la partie celui qui n'a pas atteint ou dépassé 100 points, soit au cours de toute la partie, soit même s'il a dû se racheter en cours de partie mais que, pour le dernier coup, il reste seul à n'avoir pas atteint ce chiffre de 100.

A titre d'exemple, nous indiquons ci-dessous les marques d'une partie de Rami menée par quatre joueurs.

	Jean	Louis	Jules	Pierre
Première donne :	12	9	40	0 (Rami)
Deuxième donne :	21	33	0 (Rami)	62
Troisième donne :	10	59	30	22 (Jeu fermé)
	43	101	70	84

Louis saute. Il se rachète en prenant les points de Pierre.

Départ :	43	84	70	84
Quatrième donne :	0 (Rami)	23	34	12
	43	107	104	96

Louis saute pour la deuxième fois, Jules pour la première.

Départ :	43	96	96	96
Cinquième donne :	54	0 (Rami)	22	17
	97	96	118	113

Jules saute pour la deuxième fois, Pierre pour la première fois.

Départ :	97	96	97	97
Sixième donne :	22	31	0 (Rami)	18
	119	127	97	115

Louis saute pour la troisième fois, Pierre pour la deuxième fois, Jean pour la première fois.

Départ :	97	97	97	97
Septième donne :	0 (Rami)	11	22	12
	97	108	119	109

Louis saute pour la quatrième fois et est éliminé. Jules et Pierre chacun pour la troisième fois.

Départ :	97	—	97	97
Huitième donne :	0 (Rami)	—	2	28
	97	—	99	125

Pierre saute pour la quatrième fois et est éliminé.

Départ :	97	—	99	—
Neuvième donne :	0 (Rami)	—	33	—
	97	—	132	—

Jules saute pour la quatrième fois et est éliminé. Jean gagne.

Les mises et les enjeux

Avant d'entamer une partie, les joueurs conviennent des mises et des enjeux.

Il n'existe aucune règle fixe à ce sujet, et le total des mises, ainsi d'ailleurs que les bénéfices que peuvent réserver les diverses phases du jeu, restent variables et soumis aux conventions établies.

En général, on convient de former un pot qui groupera les mises et dont le contenu récompensera le gagnant de la partie.

On décide, par exemple, qu'avant chaque donne, chaque joueur déposera une mise fixe au pot. En outre, après un jeu fermé, cette mise sera doublée. Enfin, celui qui devra se racheter mettra une mise supplémentaire (double ou triple suivant convention). On voit immédiatement que le contenu du pot peut devenir très important.

Bien entendu, le joueur éliminé ne dépose plus de mise, mais il perd toutes celles qu'il aurait déjà placées.

On décide parfois que chaque joueur, en sus des mises, verse un enjeu convenu, après chaque coup, à celui qui vient de faire rami. Il s'agit là d'une mesure qu'il convient d'approuver. Ainsi, en plus du grand gagnant qui ramasse le contenu du pot, quelques petits gagnants peuvent, eux aussi, recevoir une modeste récompense pour la manière dont ils ont mené leur jeu.

Quelques variantes

Le Rami sans mises déposées au pot. Les joueurs conviennent de faire une partie de Rami simplifiée à l'extrême, en ne versant pas de mises au pot mais en payant au gagnant, après chaque coup, la contrevaleur des points que les perdants gardent en main.

La donne, la valeur des cartes et les combinaisons possibles sont les mêmes qu'au Rami ordinaire. Toutefois, pour la facilité des paiements, on utilise des jetons dont on détermine la valeur.

Le joueur qui, le premier, réussit à faire rami, donc à se débarrasser de toutes ses cartes, termine le coup. On additionne pour chacun des autres joueurs les points qui leur restent en main et chacun paie en jetons au gagnant la contrevaleur de ces points.

Si le talon est épuisé avant que l'un des joueurs n'ait fait rami, les points perdus au coup suivant seront doublés.

Exemple :

Jean	Pierre	Louis	Jacques
0 (Rami)	22	13	14

Pierre, Louis et Jacques paient respectivement à Jean, 22, 13 et 14 jetons.

Modifications à l'emploi du Joker. Pour rendre une partie plus attrayante, on peut aussi modifier les possibilités d'emploi du Joker. Lorsque ce dernier se trouve dans une combinaison déposée sur le tapis, le joueur qui détient une carte correspondant à la valeur qui a été attribuée à ce Joker peut s'en emparer et le remplacer par la carte de même valeur. Ensuite, il lui est permis d'utiliser ce Joker auquel il attribue une autre valeur dans n'importe quelle combinaison.

La totalisation des points se fait comme dans la partie ordinaire, soit :

- le Joker : 20 points,
- les figures : 10 points,
- les cartes numérales : leur valeur marquée (l'As pour 1 point).

Exemple : Jean a abattu un brelan comprenant deux Rois et un Joker. Un des joueurs suivants, Louis, détient un Roi, il peut enlever le Joker compris dans le brelan, le remplacer par son Roi, et, s'il possède par exemple deux Valets, déposer un brelan de Valets comprenant les deux Valets et le Joker.

Jacques, à son tour de jouer, détient un Valet. Il s'empare du Joker du brelan qu'il remplace par son Valet et utilise le Joker au cours d'une autre combinaison.

Le Rams M/3 4 +

Le Rams ou Rems se joue surtout dans les provinces du nord-ouest de la France et en Belgique. Son nom provient de *ramser* terme de patois signifiant ramasser.

Les joueurs et les cartes

Une partie de Rams peut réunir trois, quatre, cinq et jusqu'à huit joueurs.

On se sert d'un jeu de trente-deux cartes.

On joue de préférence avec des jetons, chacun en prenant habituellement cinq.

On place, au centre de la table, une corbeille où, avant de jouer, chacun déposera la mise convenue (un ou deux jetons).

Il n'existe pas, à proprement parler, de règle bien établie pour le Rams. C'est un de ces jeux dont les soi-disant « règles » se transmettent surtout par tradition orale. Au surplus, la manière de le jouer diffère selon les régions. Ainsi, par exemple, ce qu'on appelle la *fille* dans l'Ouest de la France devient la *demoiselle* dans le Nord et le *mort* en Flandre.

La valeur des cartes varie aussi suivant les régions. Pour certains, elle s'établit par ordre de supériorité : As, Roi, Dame, Valet, 10, 9, etc. D'autres estiment que le Roi sera la carte la plus forte et que l'As se placera entre le Valet et le 10.

Quant à la répartition des mises, elle peut différer aussi.

Certains estiment que tout joueur qui fait une levée doit déposer un jeton dans la corbeille et que celui qui n'a plus de jetons sera le gagnant du coup et ramassera la totalité des mises.

D'autres exigent que le donneur dépose ses cinq jetons dans la corbeille. A la fin du coup, les joueurs se partagent le contenu de la corbeille, au prorata de leurs levées, mais ceux qui n'ont pas fait de levées doivent mettre cinq jetons chacun dans la corbeille, auxquels s'ajoutent cinq jetons d'un nouveau donneur. Seuls pourront tenter leur chance dans ce nouveau coup, les gagnants du coup précédent. Ils se partageront le contenu de la corbeille au prorata des levées et les perdants remettront, à nouveau, cinq jetons chacun plus cinq jetons d'un nouveau donneur. Un troisième coup est entamé de la même manière que le second coup. Après trois coups, les perdants mettront cinq jetons chacun dans la corbeille et le contenu de celle-ci servira, cette fois, à commencer une nouvelle partie.

Il s'agit donc, avant d'entreprendre la partie, de bien s'entendre sur la manière qu'on désire appliquer, afin d'éviter toute discussion en cours de partie.

La partie

La désignation du donneur et des places à occuper par les divers joueurs se fait par tirage des cartes du paquet. La carte la plus forte désigne le donneur, la carte suivante celui qui prend place à la droite du donneur, la suivante celui qui s'installe à la droite du second, et ainsi de suite.

Le donneur change à chaque coup et c'est le joueur assis à la droite de celui qui vient de donner qui devient le nouveau donneur.

Le donneur n'a pas le droit de s'emparer de la « fille ».

La donne. Le donneur distribue les cartes par deux et trois ou par deux fois deux et une fois une mais jamais une par une.

S'il y a trois à cinq joueurs, chacun d'eux reçoit cinq cartes et l'on dépose à part un jeu de cinq cartes qu'on dénomme la fille.

Quand il y a six joueurs, chacun reçoit quatre cartes ; à sept, encore quatre cartes, mais la carte de retourne doit être prise par le donneur. Il reste chaque fois une fille.

Quand il y a huit joueurs, chacun reçoit quatre cartes, le donneur gardant la carte de retourne, et on ne dépose pas de fille.

A partir de six joueurs, on peut faire aussi une donne sans fille ; s'il y a six joueurs, chacun reçoit cinq cartes ; s'il

Le joueur vient pour avoir de la laine et il s'en retourne tondu.
(proverbe italien)

y en a sept, quatre cartes et huit comme il est dit précédemment.

Le jeu. La donne terminée, chacun, à commencer par le joueur assis à la droite du donneur, après avoir étudié son jeu, annonce s'il veut ou ne veut pas jouer. Il dira donc : « Je ramse » (je vais) ou : « Je ne ramse pas » (je passe).

Si le premier à jouer juge son jeu médiocre, il est autorisé à le remplacer par la fille. S'il ne le fait pas, le suivant pourra faire cet échange, ou le troisième, et ainsi de suite.

Quand tous les joueurs ont parlé, la partie commence réellement. A ce moment, le donneur écarte de sa main une carte qu'il ne montre pas et qu'il peut remplacer par l'atout de retourne.

Le donneur n'a pas le droit de s'emparer de la fille.

Si tous les joueurs passent, le donneur gagne le coup et s'adjuge le contenu de la corbeille.

Le premier à jouer abat une carte. Les suivants doivent suivre la couleur demandée et, s'ils le peuvent, abattre une carte plus forte de cette couleur. S'ils n'ont pas la couleur, ils doivent couper avec une carte d'atout. Si la couleur était déjà coupée, ils doivent surcouper et, s'ils ne peuvent le faire, sous-couper. Le joueur qui ne peut faire aucune de ces opérations, doit se défausser.

Le joueur qui réussit une levée peut se débarrasser d'un jeton qu'il dépose dans la corbeille. Celui qui a tenu le jeu et qui ne réussit à faire aucune levée est dit *ramsé*. Il doit prendre dans la corbeille cinq jetons supplémentaires.

Dès qu'un joueur a réussi à se débarrasser de tous ses jetons, il est gagnant et se retire du jeu qui continue sans lui.

Quand il ne reste plus que deux joueurs, celui qui réussit le premier à se débarrasser de tous ses jetons peut annoncer qu'il termine la partie, même s'il lui reste des cartes en main. Le perdant est celui qui possède encore un ou plusieurs jetons.

Partage de l'enjeu

Première manière. Le grand gagnant — le premier à n'avoir plus de jetons — touche du perdant l'enjeu dont on a convenu avant de jouer. Les joueurs qui se trouvent entre le gagnant et le perdant font coup nul.

Deuxième manière. Chacun ayant convenu de l'enjeu, la totalité de celui-ci est partagée entre tous les joueurs qui n'ont plus de jetons.

Troisième manière. La totalité des enjeux est partagée par moitié entre le premier gagnant d'une part et les autres joueurs démunis de jetons d'autre part. A cinq joueurs, par exemple, qui ont convenu chacun d'un enjeu de cinq francs : le grand gagnant aura droit à 12,50 fr et les trois autres gagnants se partageront la même somme à parts égales.

Quatrième manière. Enfin, on peut attribuer une valeur aux jetons. Le gagnant recevra du perdant la contrevaleur des jetons qui lui restent ou cette contrevaleur sera partagée entre les gagnants au prorata des levées.

Quelques variantes

Le Rams général. S'il estime que son jeu lui permettra d'effectuer toutes les levées, un joueur peut demander le Rams général.

Tous les joueurs, qu'ils en aient envie ou non, sont obligés de participer à la partie.

Si l'un des joueurs s'était déjà emparé de la fille, il se verrait obligé de s'en débarrasser pour reprendre son jeu initial.

Le joueur qui a demandé le rams général joue le premier. S'il réussit toutes ses levées, il se débarrasse de ses cinq jetons dans la corbeille. Par contre, s'il échoue, il doit prendre autant de fois cinq jetons dans la corbeille qu'il a de partenaires. Il a cependant le droit de se débarrasser d'un jeton par levée qu'il a pu faire. Quand on convient qu'un joueur pourra demander le rams général, les mises initiales dans la corbeille doivent être beaucoup plus importantes que dans une partie ordinaire.

La Fille forcée. Avant de commencer une partie, on peut convenir de jouer avec la fille forcée.

En ce cas, le premier en jeu est obligé de jouer soit avec son jeu, soit avec la fille.

S'il refuse la fille, c'est au joueur suivant de faire son choix et ce n'est que lorsque la fille a été prise par l'un des joueurs que les suivants deviennent libres de passer. Si les quatre premiers joueurs la refusent le dernier est forcé de prendre la fille.

L'Atout de secours. Certains joueurs apportent une légère modification au Rams en convenant de jouer avec un atout de secours. Celui-ci s'obtient de la manière suivante : le premier joueur qui fait une levée doit jouer atout. S'il n'en a pas, il doit jouer une carte retournée qu'on considère comme atout et tous les joueurs doivent si possible, fournir de l'atout sur cette carte.

Le Reversi M/4

Le Reversi (ou Reversis) est incontestablement un des tout premiers jeux de cartes pratiqués en France. Dès le XVIe siècle, on y joue partout et, dans une lettre datée du 13 novembre 1601, adressée à la marquise de Verneuil par ce joueur impénitent qu'était Henri IV, on trouve un exemple de cet engouement : « Je jouay arsoir jusques à mynuict au reversis » écrit-il tout en soulignant le plaisir qu'il prend à ce jeu.

A la cour de France comme dans les camps de soldats, dans les tavernes aussi bien que chez les bourgeois, le Reversi resta à la mode pendant près de trois siècles.

Sans doute ce jeu vient-il d'Espagne, le personnage le plus important, parmi les figures, étant le *quinola*, de l'espagnol *quinola* : nom porté, au XVIe siècle, par l'écuyer chargé d'accompagner les grandes dames. C'était alors le Valet de cœur. Une autre chance du jeu s'appelle aussi l'*espagnolette*. Quant au nom de Reversi, il vient de l'italien *rovescio* (envers) et, depuis toujours, il sert à désigner un jeu complet de cinquante-deux cartes. Il est certain que les règles fort compliquées du Reversi se trouvent à l'origine de celles de bien d'autres jeux qui apparurent par la suite.

Ajoutons que le Reversi, hérissé de complications, exige de ceux qui le pratiquent, une attention très soutenue.

Les joueurs et les cartes

Le Reversi se joue à quatre. On se sert de quarante-huit cartes, soit d'un jeu de cinquante-deux cartes dont on a enlevé les quatre 10.

L'ordre des cartes s'établit de la manière suivante :

les As valent chacun 4 points,

les Rois : 3 points,

les Dames : 2 points,

les Valets : 1 point,

les cartes numérales sont sans valeur.

Au total, il y a donc 40 points en jeu.

La donne. Elle circule toujours vers la droite, le premier à jouer étant aussi le joueur assis à la droite du donneur.

Ce dernier distribue onze cartes à chacun, mais en prend douze pour lui-même. Cette distribution se fait en trois fois, une fois par trois, mais quatre cartes au donneur, puis deux fois quatre à chacun.

Le donneur dispose donc de douze cartes et les trois autres joueurs de onze cartes, soit au total quarante-cinq cartes.

Les écarts. Le talon de trois cartes est réservé pour les écarts. La première de ces trois cartes est destinée au premier joueur, la deuxième au second et la troisième au dernier ; le donneur est obligé d'écarter une carte de son jeu, sans en reprendre.

Les joueurs ne sont pas obligés d'écarter s'ils estiment leur jeu valable.

On admet quelquefois que celui qui n'écarte pas a cependant le droit de regarder la carte qu'il aurait pu prendre s'il avait écarté. Le donneur est obligé d'ajouter une de ses douze cartes aux trois cartes qui ont été écartées et, quand le temps des écarts est terminé, les quatre cartes d'écart, qu'on appelle *la partie,* se placent sous le panier rond.

Désormais, chacun possède onze cartes. Dans les cartes de la partie, les valeurs des cartes restent les mêmes que dans la description ci-dessus. Toutefois, l'As de carreau vaut 5 points et le *quinola* 4 points. Comme ces cartes écartées sont le plus souvent sans valeur, on y ajoute 4 points, ce qui fait que celui qui gagne la partie a néanmoins des points à marquer.

Le jeu. Les cartes se jouent comme à l'ordinaire. Le joueur qui fait le moins de points gagne le coup et est payé par celui qui en fait le plus.

A égalité de points, le gagnant est celui qui a fait le moins de levées. A égalité de points et de levées, c'est celui qui occupe la meilleure place qui gagne : le donneur puis, au fur et à mesure, les joueurs assis à sa droite.

Les chances. *Reversi* : consiste à faire toutes les levées. *Quinola* (Valet de cœur) : la plus forte carte. *Espagnolette :* réunion dans la même main du Quinola et de trois As, ou réunion de quatre As.

La boîte du Reversi. C'est une boîte contenant, au centre, un panier rond entouré de quatre petits paniers carrés. Le premier sert à recueillir *la remise* (voir plus loin). Quant aux quatre petits paniers, ils contiendront chacun cinq jetons (valant chacun cinq fiches), dix contrats (valant chacun cinquante fiches) et vingt fiches, donc, au total, une valeur de 545 fiches par panier dont on fixe la valeur avant d'entreprendre la partie. Ces fiches seront de couleur différente pour chaque panier (soit, par exemple, 545 rouges, 545 vertes, 545 blanches et 545 noires).

La partie

On tire les places d'une manière assez originale. On place chaque petit panier devant une face de la table (donc par deux vis-à-vis). Chaque joueur prend une fiche de couleur différente qu'il dépose dans le panier rond. Puis chacun puise, sans regarder, l'une de ces quatre fiches ; la couleur qu'il tire l'oblige à s'installer devant le petit panier qui contient la couleur tirée.

Chacun étant placé, l'un des joueurs bat les cartes et partage le paquet en quatre parties à peu près égales. Il remet à chacun un de ces paquets. Celui qui trouve dans son petit paquet le quinola devient le donneur.

Pour le premier coup, avant la donne, chaque joueur dépose deux jetons dans le panier rond ; le donneur en met trois. Aux coups suivants, seul le donneur mettra un jeton au panier, à moins que celui-ci ne soit vide, auquel cas on procédera comme auparavant : trois fois deux et une fois trois.

Gagne la partie le joueur qui n'a pas fait de levée ou qui n'a aucun point dans celles qu'il a faites.

Celui qui totalise dans ses levées le plus grand nombre de points la perd. Il doit la payer au gagnant. On convient, en général, du nombre de fiches que présente le gain de la partie.

Le reversi. La partie ne se compte pas lorsqu'un joueur

Un partenaire conciliant

fait, à lui seul, toutes les levées. En ce cas, il *fait reversi.*

Le joueur qui réussit le reversi a le droit de tirer la *remise*, c'est-à-dire de s'approprier le contenu de la corbeille centrale. En outre, il reçoit trente-deux jetons du second joueur placé à sa droite et seize de chacun des trois autres.

Le reversi est entrepris par le joueur qui fait les premières levées, mais il est rompu si ce joueur ne réussit pas à faire les deux dernières levées. En ce cas, il fait la *bonne* et doit verser au panier rond un montant égal à la remise qui s'y trouve déjà.

Le quinola. Celui qui peut jouer le quinola, après une renonce sur une carte d'une autre couleur (s'il n'a pas cette couleur) gagne la remise. Toutefois, s'il est forcé de mettre son quinola sur un cœur, il paie la remise.

Si l'un des joueurs fait ou manque le reversi et qu'un autre joueur place son quinola ou bien un quinola forcé, celui-ci ne tire pas la remise mais ne la fait pas non plus, et le quinola redevient un simple Valet.

L'espagnolette. Son possesseur a le droit de renoncer pendant les neuf premières levées, c'est-à-dire qu'il peut se défausser comme il l'entend, donc sans fournir la couleur. Il lui devient assez facile dès lors de placer son quinola (s'il l'a dans son espagnolette) et de tirer la remise.

En jouant habilement, il peut gagner aussi la partie. Il ne peut cependant pas renoncer à la bonne et si, par hasard, il devait faire une des deux dernières levées, il perdrait la partie, même s'il n'a aucun point dans sa levée, et il devrait la payer au gagnant.

En dehors des chances, et si aucun reversi n'est joué, on fait, à la fin du coup, le total des points que présentent les levées.

Celui qui a le moins de points gagne le coup et celui qui en a le plus lui remet le nombre fixé de fiches comme bénéfice au gagnant.

Paiements divers en cours de jeu. Le joueur qui abat un As en renonce, reçoit une fiche de celui qui fait la levée. S'il s'agit de l'As de carreau, il en reçoit deux ; s'il s'agit d'un quinola, il en reçoit cinq.

Celui à qui on force un As, paie une fiche à celui qui le force et deux fiches si c'est l'As de carreau.

Celui qui force le quinola a droit à cinq fiches de chacun des autres joueurs, et dix fiches de celui dont il a forcé le quinola.

Les paiements sont doubles en vis-à-vis, c'est-à-dire quand l'opération se fait entre deux joueurs assis face à face.

Certains joueurs admettent qu'en cas de reversi réussi, tous les paiements faits pendant le coup seront remboursés.

Pénalités. Le donneur qui fait maldonne, perd le bénéfice de la donne, à moins qu'il ne consente à mettre un jeton au panier (cinq fiches).

Au cas où il ne s'apercevrait pas de son erreur, ou si un autre joueur la lui signale une fois les écarts faits, il dépose quatre jetons (vingt fiches) au panier.

Le joueur qui, ayant pris une carte d'écart, n'écarte pas, paie la remise au panier et on arrête le coup.

Le Jeu du roi M/4

Il s'agit d'un vieux jeu anglais, appelé *The King* qui se rapproche fort du Sans-Cœur français tout en présentant cependant des variantes qui le rendent très original.

Le jeu comporte deux phases bien distinctes et réunit quatre joueurs qui se servent d'un jeu de cinquante-deux cartes.

La partie

On procède à un tirage au sort pour désigner les places et le donneur. La plus haute carte désigne ce dernier, la plus haute carte suivante obligeant son tireur à prendre place à droite du donneur, et ainsi de suite.

La partie se joue en dix donnes, faites chacune par un donneur différent.

Les six premières donnes, pour lesquelles il n'y a pas d'atout, sont marquées de points de pénalisation.

Les quatre autres donnes, pour lesquelles le donneur choisit l'atout qui lui convient, offrent des points bénéficiaires.

Aux dix coups, il faut toujours fournir la couleur demandée, si on la possède, ou se défausser. Il n'est pas obligatoire de monter ou de surmonter, mais pour les quatre derniers coups, il est évidemment utile de le faire afin de ramasser des plis.

Première phase de la partie. Le donneur distribue, une par une, treize cartes à chacun.

- 1re donne : on doit faire le moins de plis possible. Chaque pli ramassé vaut 2 points de pénalité ;
- 2e donne : on doit éviter d'avoir des cœurs. Pour chaque cœur figurant dans une levée : 2 points de pénalité ;
- 3e donne : on doit éviter d'avoir des Rois ou des Valets. Pour chacune de ces figures dans une levée : 6 points de pénalité ;
- 4e donne : on doit éviter d'avoir des Dames dans chaque levée. Pour chaque Dame : 10 points de pénalité ;
- 5e donne : celui qui a le Roi de cœur dans ses levées reçoit 40 points de pénalité ;
- 6e donne : celui qui est obligé de prendre la dernière levée du coup : 20 points de pénalité.

Seconde phase de la partie. On joue cette fois avec atout. Il s'agit, durant les quatre dernières donnes, de faire le plus de plis possible. Chaque levée donne 4 points à celui qui la fait.

A la fin de la partie, après les dix donnes, on additionne pour chacun les points bénéficiaires d'une part et ceux de pénalité d'autre part.

Les différences s'établissent. Le joueur qui obtient ainsi le nombre de points bénéficiaires le plus élevé gagne la partie. Et chacun de ses adversaires lui verse l'enjeu convenu.

On peut évidemment convenir d'un enjeu fixe que les trois perdants payeront au gagnant. Mais il est plus logique d'attribuer une valeur aux points, chacun payant au gagnant la contrevaleur des points qu'il a inscrits et qui le séparent de ceux du gagnant.

Le Jeu du roi se rapproche fort du Sans-Cœur.

Le Sans-Cœur M/3 4

Le Sans-Cœur, que certains, créant ainsi une confusion, nomment Jeu du roi, est un jeu très ancien dont on ignore l'origine.

Les joueurs et les cartes

Le Sans-Cœur se joue à trois ou quatre. S'il y a quatre joueurs, on prend un jeu de trente-deux cartes ; s'il n'y a que trois joueurs, on retire de ce jeu les deux sept noirs et l'on joue donc avec trente cartes.

L'ordre des valeurs s'établit comme suit, par valeur décroissante : A, R, D, V, 10, 9, 8 et 7.

Le Sans-Cœur se joue avec des jetons dont, avant de commencer, on établit la valeur — assez minime sans doute car le jeu terminé comprendra plus de soixante jetons.

« Tu me fends le cœur ! »

La partie

Le premier donneur que le sort a désigné, distribue toutes les cartes du jeu par une ou par deux ou par trois, en commençant par la droite. S'il y a quatre joueurs, il distribue à chacun huit cartes ; il en donne dix s'il y a trois joueurs.

La partie peut durer fort longtemps car elle comprend autant de manches qu'il y a de joueurs, donc trois ou quatre, chacun devant être donneur à tour de rôle.

En outre, chaque manche se divise en cinq phases. Chaque phase de la manche est précédée d'une donne effectuée par le même donneur pour les cinq donnes de la manche.

Une partie complète à trois comporte quinze donnes ; vingt donnes à quatre.

Avant chaque donne, on bat et on coupe les cartes.

Pendant les trois premières phases de la manche, on est obligé de fournir la couleur demandée, mais pas de monter.

Première phase. Pendant cette première phase, il faut s'efforcer de ne pas recevoir de cœur dans ses plis. Le joueur assis à droite du donneur ouvre le jeu. Ceux qui le suivent doivent fournir la couleur demandée. Ils peuvent, s'ils n'en ont pas, se défausser de cartes gênantes ou de cœurs.

Il est défendu d'attaquer à cœur tant que l'on tient des cartes d'une autre couleur en main.

La phase terminée, les joueurs s'étant débarrassés de toutes leurs cartes, on compte les cœurs que chacun peut avoir dans ses levées et on paie un jeton par cœur à la corbeille. Celle-ci contient, après cette phase, huit jetons.

Deuxième phase. Il s'agit, à présent, de se défendre d'avoir des plis. Les joueurs qui, à la fin du coup, ont ramassé des plis déposent dans la corbeille deux jetons par pli levé. Comme il y a huit plis quand on joue à quatre, et dix quand on joue à trois, la corbeille reçoit dans le premier cas seize jetons et dans le second, vingt.

Troisième phase. On doit essayer de ne pas avoir de Dame dans ses levées. Lorsqu'on ne peut suivre la couleur demandée on peut se défausser soit d'une carte gênante (R, V. A, etc.), soit d'une Dame.

A la fin de cette phase, chaque possesseur d'une Dame dépose cinq jetons dans la corbeille, soit au total vingt jetons.

Quatrième phase. Il s'agit, en premier lieu, de ne pas avoir le Roi de cœur dans ses levées. Le joueur qui l'a en main s'en défaussera dès qu'on jouera une couleur qu'il ne peut pas suivre.

Il est interdit, dans cette phase comme dans la première, d'attaquer avec du cœur tant qu'on a d'autres couleurs en main mais, cette fois, on n'est plus obligé comme dans les phases passées, de fournir la couleur demandée.

Le joueur qui a dû lever le Roi de cœur, verse vingt jetons dans la corbeille.

Quand ces quatre phases sont terminées, la corbeille contient :

— à quatre : soixante-quatre jetons (8 des cœurs, 16 des plis, 20 des Dames et 20 du Roi de cœur) ;
— à trois : soixante-huit jetons (8 des cœurs, 20 des plis, 20 des Dames et 20 du Roi de cœur).

Il ne faut donc pas attribuer une valeur très élevée aux jetons sous peine d'arriver à un montant trop important dans la corbeille.

Celle-ci étant gagnée, il s'agit de désigner les bénéficiaires de son contenu ; c'est l'affaire de la cinquième phase.

Cinquième phase. Le premier à jouer dépose, s'il le peut, un Valet de n'importe quelle couleur. Le joueur suivant doit placer à côté de ce Valet un 10 ou une Dame de la même couleur, ou bien un autre Valet qui s'aligne sous le premier.

Il s'agit en somme de former quatre séries réunissant, chacune, toutes les cartes de la même couleur.

On doit donc, chaque fois, commencer par un Valet et placer à sa droite ou à sa gauche les cartes entre lesquelles ce Valet peut se tenir. Donc à la gauche du Valet, la Dame de sa couleur, puis le Roi, puis l'As, et, à la droite, le 10, le 9, le 8, le 7. Bien entendu, on ne peut pas, par exemple, déposer un 8 quand le 9 et le 10 se trouvent sur le tapis, et le Roi de carreau ne pourra être placé que lorsque la Dame de cette couleur l'aura été.

Si le premier joueur ne possède pas de Valet, il doit passer. Par la suite, tout joueur qui ne possède ni Valet ni carte pouvant suivre, devra passer jusqu'à ce qu'il puisse suivre la série commencée.

Il est cependant obligatoire de jouer quand les cartes permettent de le faire.

Le joueur qui réussit à se débarrasser le premier de toutes ses cartes gagne la partie : il a droit à quarante jetons de la corbeille. Le second à se débarrasser de ses cartes a droit au solde.

La première manche se termine ainsi.

Suite du jeu. Après cette manche, le joueur assis à droite du donneur distribue à son tour, et ainsi de suite. Quand les trois (ou les quatre joueurs) auront été donneurs, la partie sera entièrement terminée.

La prime

Certains joueurs de Sans-Cœur conviennent que le joueur se maintenant second gagnant au cours des trois ou quatre coups a droit à une prime du *bon joueur,* c'est-à-dire à cinq jetons de chacun de ses adversaires.

Le Sans-Cœur paraît être assez simple, encore qu'il exige de ceux qui le pratiquent une attention très soutenue. Le joueur inattentif finit par se mettre dans une situation sans issue.

Le Sept-et-Demi S/+

Ce jeu de pur hasard est apparenté au Vingt-et-Un ou au Trente-et-Un. Il a été beaucoup pratiqué dans les cercles et les tripots, mais il connaît aussi la faveur des joueurs qui en attendent un gain rapide.

Les joueurs et les cartes

Le Sept-et-Demi réunit un banquier et un nombre illimité de pontes. On utilise des jetons et un jeu de trente-deux cartes. Si le nombre de pontes l'exige, on peut utiliser deux jeux.

La valeur des cartes est la suivante : Roi : 4 points ; Dame : 3 ; Valet : 2 ; As : 1 point ; 7 : 1 ; 10, 9, et 8 : 1/2 point.

Le but du jeu est de faire 7 points 1/2.

Ce sont donc les 10, 9, et 8 qui doivent intervenir pour faire le demi-point au-dessus de 7.

La partie

Le banquier, désigné par le sort, a la donne, bat les cartes et les fait couper par son voisin de droite. Ensuite, il distribue une carte à chaque ponte mais d'une manière assez particulière : il donne la première carte à son voisin de droite, la deuxième à son voisin de gauche, la troisième à son second voisin de droite, la quatrième à son second voisin de gauche, et ainsi de suite.

Après la première distribution, chacun à tour de rôle, et en adoptant le même sens alternatif que celui pratiqué pour la donne, parle et demande une ou plusieurs cartes qui lui sont délivrées à découvert.

Tout le monde étant servi, celui qui a plus de 7 1/2, étale ses cartes et *crève*. Sa mise revient au banquier. Celui qui a 7 1/2 l'annonce à son tour et le banquier lui paie le double de sa mise.

C'est alors seulement que le banquier peut déclarer son point. S'il a 7 1/2, il ramasse les enjeux de tous les pontes qui sont restés dans le jeu. S'il se tient sans avoir 7 1/2, ceux qui restent abattent leur jeu.

Les pontes qui ont plus que le point du banquier reçoivent leur mise et ceux qui en ont moins doivent céder leur enjeu au banquier.

A point égal, le coup est nul.

Quand le banquier crève, la banque passe à son voisin de

droite ; quand celui-ci a fini, c'est le voisin de gauche du premier banquier qui le remplace.

Variante

On convient parfois que le ponte qui, le premier, aura fait 7 1/2 remplacera, en temps voulu, le banquier. Ou encore qu'après trois ou quatre parties réservées au même banquier (à condition qu'il ne crève pas avant), on changera de banquier.

La Sixte M/6

Ce jeu d'autrefois tire son nom du fait qu'on le joue à six.

De plus, on ajoute à un jeu de Piquet les 6 d'un autre jeu ; on distribue six cartes à chacun et on doit faire six points pour gagner.

Les joueurs et les cartes

Six joueurs, donc, utilisent un jeu de trente-deux cartes, plus les quatre 6 d'un autre jeu ; soit trente-six cartes dont huit 6.

La valeur en ordre décroissant est : A, R, D, V, 10, etc.

La partie

Le donneur distribue, trois fois, six cartes muettes à chaque joueur, en se servant le dernier. Il retourne la dernière carte qui fait l'atout.

On joue par levées : le voisin de gauche du donneur joue le premier, lui-même joue en dernier lieu. Celui qui ramasse la première levée joue la première carte de la seconde levée et ainsi de suite.

On est tenu de fournir la couleur, tant qu'on en a, sous peine d'être pénalisé de 2 points en cas de renonce.

Le joueur qui réussit trois levées a droit à 1 point.

Si deux joueurs font chacun trois levées, le premier à avoir joué, a seul droit à 1 point.

Si les six joueurs font chacun une levée, c'est le premier à avoir fait la sienne qui marquera 1 point.

Celui qui fait la *vole,* c'est-à-dire toutes les levées, gagne évidemment la partie.

Le joueur qui, après deux, trois ou quatre coups, réussit à marquer 6 points est le gagnant de la partie.

Variante

On peut jouer la Sixte avec un jeu de cinquante-deux cartes. Dans ce cas, la carte de retourne, qui fixe l'atout, est la carte supérieure du talon.

Le Tarot D 4 3 5

Le Tarot est un jeu très intelligent où le hasard n'a qu'une toute petite place. Beaucoup le préfèrent à d'autres jeux, plus pour le jeu lui-même que pour le gain qu'on peut en tirer. En effet, le Tarot recèle bien des méandres de psychologie, d'imagination et de réflexion. Mener son jeu, de la première à la dernière carte, est un art qui a donné à ce jeu ses lettres de noblesse.

Les tarots, dont dérivent toutes les cartes à jouer, ont une longue histoire. Leur nom vient de l'italien *tarocco*, dont l'origine est hébraïque. Le mot tarot, dont l'étymologie correspond probablement à celle de la Tora qui est le nom de la Loi héritée de Moïse ou code moral des Juifs, a lui quelque accointance avec la *kabbale*. Les kabbalistes recherchent, en effet, un sens caché dans les caractères ou idéogrammes de l'alphabet hébraïque. Or il se trouve que cet alphabet se compose de 22 lettres et les atouts du jeu de tarot sont au nombre de 21 plus « l'Excuse », carte qui, dans l'acceptation kabbalistique peut figurer l'Homme.

Composition des cartes

Le tarot est un jeu de 78 cartes plus longues et marquées d'autres figures que les cartes ordinaires. Elles se répartissent ainsi :

— 21 *atouts* numérotés de 1 à 21, dont la force suit l'odre numérique.

— Une carte appelée l'*Excuse* (ou le *Fou*), qui peut être jouée à la place de n'importe quelle autre carte.

— 56 cartes réparties en quatre couleurs (pique, cœur, carreau, trèfle) avec, dans chacune d'entre elles, les *honneurs* ou *têtes* (Roi, Dame, Cavalier, Valet) et les *basses cartes* numérotées de un (l'as est la plus basse) à dix.

Valeur des cartes

Le jeu compte 91 points pour 78 cartes. En fin de partie, le déclarant compte ses points en groupant les cartes deux à deux, chaque honneur accompagné d'une basse carte. Il y a 19 honneurs dans le jeu (16 figures plus 3 oudlers). Ces trois oudlers sont : le *1 d'atout*, appelé aussi le *Petit*, le *21 d'atout* et l'*Excuse* ou le *Fou*. On les appelle habituellement les « bouts » (le 21 et le Petit, car ils se situent aux deux bouts de l'échelle des atouts et, par extension, l'Excuse ou troisième oudler, s'appelle le troisième « bout »).

Chaque Oudler vaut 5 points	= 15
Chaque Roi vaut 5 points	= 20
Chaque Dame vaut 4 points	= 16
Chaque Cavalier vaut 3 points	= 12
Chaque Valet vaut 2 points	= 8
Les 40 cartes basses valent chacune 1/2 p.	= 20
	91

Les atouts (sauf le 1 et le 21) sont considérés au comptage, comme basses cartes. Sur 78 cartes, il y a donc 59 basses (40 + 19 atouts) et 19 honneurs (16 + 3 oudler)
— Les points se comptent toujours par 2 cartes.
— Deux cartes basses comptent pour 1 point.
— Une carte basse doit *toujours* être jointe à un oudler ou à un honneur.

Le but du jeu

Le jeu se joue à quatre, mais peut également se jouer à trois ou à cinq. Le but du jeu consiste, pour le *preneur* à réaliser un contrat auquel il s'est engagé et, pour la *défense* qui groupe les autres joueurs, de faire chuter le preneur, en l'empêchant de réaliser son contrat. Contrairement au contrat de bridge, celui-ci est basé sur le nombre de points et non sur un nombre de levées.

La donne

Le donneur est celui qui a tiré la plus petite carte : la moins forte étant l'as de trèfle, la plus forte étant le 21 d'atout. Le joueur ayant tiré l'Excuse doit retirer.

Les 78 cartes sont distribuées trois par trois dans le sens inverse des aiguilles d'une montre. Un talon de 6 cartes ou « Chien » est constitué, carte par carte, au cours de la distribution, au gré du donneur.

Seules les 3 premières cartes du paquet et les 3 dernières ne peuvent être mises au talon : ceci pour éviter la fraude possible. A une table de 4 joueurs, chacun aura donc 18 cartes et, le « chien » qui en comprend 6, sera exposé au milieu jusqu'à la fin des enchères.

Les enchères ou contrats

Après la donne, le joueur placé à droite du donneur entame les enchères. Il peut s'abstenir en disant : « Je passe » ou proposer un contrat qu'il s'engage à réaliser. S'il passe, c'est le joueur placé à sa droite qui pourra demander ou non un contrat. Lorsqu'un contrat est annoncé, le joueur qui suit le déclarant, et les autres, à leur tour, ont le droit de surenchérir. Les enchères sont closes lorsque tous les joueurs ont « passé » ou lorsqu'un des joueurs a annoncé un contrat et que tous les autres ont ensuite « passé », ou lorsque le contrat maximal de « grand chelem » a été annoncé.

Voici, dans l'ordre d'importance croissante, les contrats possibles :

1) la *Prise* ou *Petite* ; le preneur dispose du talon,
2) la *Garde* ; le preneur dispose du talon,
3) la *Garde sans écart* ou *« sans chien »* : le « chien » appartient au preneur, mais n'est pas dévoilé : on joue « sans écart », mais les points du chien sont ajoutés à ceux du preneur,
4) la *Garde contre l'écart* ou *« contre le chien »* : le chien n'est pas dévoilé, mais est comptabilisé en faveur de la défense qui se le partage à la fin,
5) le *Grand Chelem*, annoncé ou non, mais dans ce dernier cas, déclaré après l'écart. Le preneur s'engage à faire toutes les levées.

• Le « preneur » doit montrer le talon avant de le mêler à son jeu (sauf dans la Garde sans écart ou contre l'écart). Puis, à sa convenance, il écartera 6 cartes en fonction du but prévu pour la conduite de son jeu.

• Le demandeur de chelem devra (si cette carte est dans sa main) conduire l'Excuse jusqu'au bout. Cette dernière levée lui appartiendra, quelles que soient les cartes fournies par ses adversaires. Le preneur joue le premier.

La marque

Pour gagner la partie, le preneur doit faire avec

— 3 Oudlers, au moins .... 36 points
— 2 Oudlers, au moins .... 41 points
— 1 Oudler, au moins .... 51 points
— Sans Oudler, au moins .... 56 points

Coefficient des enchères

— Prise : nombre de points exacts.
— Garde : nombre de points exacts (multiplié. par 2).
— Garde sans le chien (multiplié par 4).
— Garde contre le chien (multiplié par 6).

Les primes

Chaque fois qu'un joueur s'engage à réaliser un contrat, il lui sera accordé une prime en rapport avec la valeur du contrat :

— Prise (ou Petite) .... 25 points
— Garde .... 50 points
— Garde sans chien .... 100 points
— Garde contre le chien .... 150 points
— Le Grand Chelem non demandé .... 300 points
(les points en plus ne comptent pas)
— Le Grand Chelem demandé .... 600 points

Les incidences

— Petit au bout : 10 points multipliables selon contrat.
— Poignée (10 atouts) : 10 points multipliables selon contrat.
— Double poignée (13 atouts) : 20 points.
— Triple poignée (15 atouts) : 40 points.
— Pas d'atout : 10 points.
— Pas d'honneur : 10 points.

• Ces quatre dernières ne sont pas multipliables.
• La poignée doit être montrée par le joueur au moment de jeter sa première carte.
• En défense, les points de la poignée ne sont acquis qu'au joueur qui la montre, les points sont déduits aux trois autres.
• Pour les misères, pas d'honneur signifie : — pas de tête, ni oudler — pas d'atout (l'Excuse n'étant pas un atout).
• Les incidences devront être annoncées au moment où le joueur concerné doit jouer sa première carte.
• Le Petit mené au bout, par un joueur qui chute, lui reste acquis, sauf s'il est pris au bout.
• Le Petit mené au bout par un défenseur est acquis à la défense, même si le preneur réalise son contrat, sauf si le preneur prend le bout.

Le 1 d'atout ou **« le Petit »**

C'est une carte d'un maniement très délicat, car le plus petit des atouts, dans un jeu où la coupe est obligatoire (à condition de ne pas pouvoir fournir à la couleur demandée). Il peut être menacé de capture en surcoupe. Le Petit seul atout dans la main, annule la donne.

L'Excuse

Cette carte n'a aucune valeur d'atout, elle sert d'appoint (en s'excusant) dans n'importe quel cas, soit à la couleur, soit à l'atout.

Elle reste la propriété du joueur qui la détient et sera remplacée dans le pli par une carte basse, prise dans les levées de son détenteur. Elle est un honneur et pas un atout, sauf dans le cas de la poignée. (On a la poignée lorsqu'on a 10 atouts : elle donne droit à 10 points, lorsqu'on la montre au moment de jouer sa première carte.)

Si l'Excuse est jouée par celui qui commence, ce sera la carte fournie par le suivant qui déterminera la couleur jouée. Elle ne doit pas être menée au bout, car elle sera perdue. Elle est tolérée, au bout seulement, pour le Grand Chelem ; si le demandeur la détient, il doit faire tous ses plis et la jouer en dernier.

Le 21 d'atout ou **« l'ambulance »**

Son rôle est d'aller « chercher le Petit ». C'est une carte fort utile pour prendre la main dans la couleur où l'un ou plusieurs de vos adversaires coupent avant vous au cours d'un tour d'atouts.

Les atouts

Si on demande atout, il est *obligatoire de fournir*, en montant si on le peut, en dessous si l'on n'a pas d'atout supérieur au plus fort de ceux joués par les joueurs qui précèdent. Si on demande une couleur, il est *obligatoire de fournir* (mais pas de monter). Si l'on ne peut fournir, on est *obligé de couper*. Si un autre joueur a coupé devant, on est obligé de surcouper si on a les atouts pour le faire ; on est *obligé de sous-couper* si l'on n'a pas des atouts inférieurs.

Fautes et pénalités

- **La renonce :**

A la couleur, on est *obligé* de fournir, mais on n'est pas tenu de monter.

A l'atout, on est toujours *obligé* de fournir et de monter, même si son partenaire est maître.

Ne pas se conformer à cette règle, c'est *renoncer* et s'exposer à des pénalisations : la renonce fait annuler le coup, si le preneur gagne son contrat. Le preneur peut rétablir le coup, si la défense a fait renonce et s'il juge pouvoir faire le contrat. Si le preneur a fait une renonce et qu'il perd, il doit donner à la défense la différence des points.

• **L'écart interdit**

Quand le preneur s'est permis un écart interdit, en cas de chute, il donne le bénéfice de son contrat aux adversaires. S'il gagne son contrat, la partie est annulée. Un écart est dit interdit, dès que celui-ci comprend plus de 6 cartes, des bouts ou des Rois.

• **Entame hors tour**

Le preneur peut interdire au partenaire du joueur, jouant avant son tour, d'attaquer la carte de la couleur jouée hors tour ou, dans un cas contraire, l'obliger à la jouer. Pénalité de 10 points versée à chacun des autres joueurs.

• **Fausse annonce**

Tout joueur sera pénalisé de 10 points, s'il fait une annonce avant son tour ou une fausse annonce. Ces 10 points seront versés aux autres joueurs.

• **Carte exposée**

Toute carte exposée est une carte pénalisée.

Toute carte retournée au chien entraîne l'annulation du coup.

Toute carte retournée dans le jeu d'un des 4 joueurs n'entraîne pas l'annulation, sauf s'il s'agit d'un oudler, d'un honneur ou d'un atout à partir du 15.

• **Consultation des levées**

On ne peut consulter qu'une fois la dernière levée faite, sauf en cas de renonce.

La Tontine S/+

La Tontine dont le nom rappelle les emprunts réalisés en France, aux XVIIe et XVIIIe siècles, aux méthodes du banquier napolitain Lorenzo Tonti, eut son heure de célébrité au XIXe siècle. C'était un jeu pratiqué surtout dans les familles (on l'appelait le jeu des grands-pères et des enfants). Toutefois, des joueurs acharnés ou cupides y gagnèrent beaucoup d'argent dans les tripots où il donna lieu évidemment à bien des tricheries.

Il en est souvent question, en tout cas, dans les comédies de Labiche, ce qui témoignerait de sa popularité à cette époque.

Les joueurs et les cartes

On se sert d'un jeu de cinquante-deux cartes et on joue avec des jetons dont, au préalable, on a fixé la valeur.

Une corbeille est placée au centre de la table.

La partie

En premier lieu, chaque joueur dépose trois jetons dans la corbeille. Ensuite le donneur, désigné par le sort, distribue à tous les joueurs et, en dernier lieu à lui-même, une carte découverte.

Le talon, mis à part, à droite du donneur, servira à une deuxième, voire à une troisième donne.

Le joueur auquel le hasard a offert un Roi, prend trois jetons dans la corbeille ; une Dame, deux jetons, un Valet, un jeton.

Celui qui reçoit un 10 ne prend ni ne paie ; toutefois sa mise initiale de trois jetons reste dans la corbeille.

Ceux qui reçoivent un 9, un 7 ou un 5 déposent chacun un jeton dans la corbeille.

Celui qui reçoit un As donne un jeton à son voisin de gauche.

Ceux qui reçoivent un 8, un 6 ou un 4 doivent déposer chacun deux jetons dans la corbeille.

Celui qui reçoit un 3, donne trois jetons à son voisin de gauche.

Quand, au premier tour, chacun a donné (ou pris), le voisin de droite du donneur prend à son tour le talon et distribue une nouvelle carte à chacun. Le jeu se poursuit comme précédemment.

Comme on a fixé, au départ, le nombre de jetons dont chacun peut disposer (en général huit ou dix), il peut arriver qu'un joueur se trouve démuni de jetons. En ce cas, il est *mort* et il ne reçoit plus de carte. Toutefois, dès que son voisin aura dû lui donner des jetons, il pourra recommencer à jouer.

Quand le talon est épuisé, on reprend les cartes qui ont été jouées, on les bat et la distribution peut se poursuivre.

La partie se termine quand un seul joueur possède encore des jetons. Ce survivant de la partie la gagne et s'adjuge le petit trésor accumulé dans la corbeille.

Tontine et Tonton.

Le Jeu du Treize S/+

Jeu très ancien et d'une simplicité extrême, le Jeu du Treize passionnait surtout les soldats durant leurs heures d'oisiveté.

Les joueurs et les cartes

On peut réunir un nombre indéterminé de joueurs et l'on joue avec cinquante-deux cartes.

La couleur n'a guère d'importance.

Ordre ascendant des cartes : A, 2, 3, 4, 5, 6, 7, 8, 9, 10, V, D, R.

La partie

On opère un tirage de cartes, et la plus haute désigne le banquier. Les cartes suivantes, en ordre décroissant, indiquent les places qu'occuperont les joueurs, le tireur de la plus haute s'installant à gauche du banquier, et ainsi de suite.

Les adversaires du banquier déposent chacun un enjeu sur le tapis (jetons ou argent).

Du paquet de cinquante-deux cartes, le banquier tire successivement treize cartes qu'il retourne, tout en annonçant pour chacune d'elles une valeur fictive — par exemple, il donne l'ordre ascendant ou descendant des cartes.

Si le hasard veut qu'une des cartes retournées corresponde à la valeur annoncée, le banquier ramasse toutes les mises des pontes. Par contre, si dans les treize cartes qu'il retourne, aucune ne correspond au point annoncé, il paie à chacun la valeur de sa mise.

Quand les treize premières cartes sont épuisées, elles sont mises à part et le banquier, après que chaque ponte a déposé à nouveau sa mise, refait la même opération que précédemment.

On joue ainsi quatre manches afin d'épuiser tout le paquet de cartes, et le voisin de gauche du banquier remplace celui qui vient de faire la partie.

Le Trente-et-Quarante S/+

Le Trente-et-Quarante est un jeu de pur hasard.

Les joueurs et les cartes

Le Trente-et-Quarante oppose un banquier à plusieurs pontes, dont le nombre n'est pas limité. Il se joue dans les casinos ou en société.

Dans les casinos, on utilise pour une partie de Trente-et-Quarante, six ou quatre jeux de cinquante-deux cartes. En famille ou en société, on utilise généralement quatre jeux, ce qui a l'avantage de raccourcir la partie.

On utilise un tableau qui présente l'aspect ci-dessous :

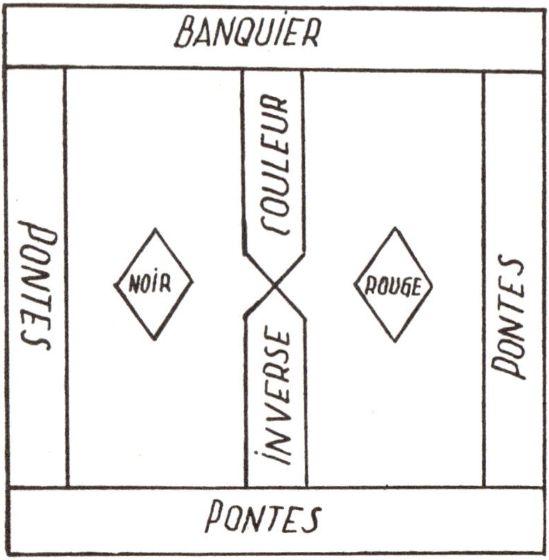

Le banquier s'installe devant le tableau, au sommet du rectangle. Les pontes prennent place, assis ou debout, aux trois autres côtés du tableau. On se sert de préférence de jetons auxquels on attribue une valeur unitaire avant d'entamer la partie.

Combinaisons. Il existe deux combinaisons indépendantes l'une de l'autre.

- Noir et Rouge, qui se joue avec six jeux de cinquante-deux cartes.
- Couleur et Inverse, qui ne se joue qu'avec quatre jeux.
- On admet une troisième combinaison, assez exceptionnelle, le Refait.

La manière de réaliser les combinaisons sera expliquée dans le jeu.

La valeur des cartes s'établit comme suit : l'As vaut 1 point, les figures 10 chacune, les autres cartes ont leur valeur nominale. On peut convenir de n'attribuer aucune valeur aux figures et de ne déterminer le gain ou la perte d'un coup que par le nombre de points représentés par les cartes jouées.

Le jeu

Le banquier étant désigné par convention ou par tirage des cartes, on fixera, avant de commencer la partie, la somme minimum que chaque ponte devra mettre sur une des chances qu'offre le tableau.

Le banquier bat les cartes. Il invite l'un des pontes à couper, puis il place les jeux devant lui.

Il fait une première annonce : « Faites vos jeux ».

Chaque ponte place son enjeu sur les chances choisies : couleur ou inverse, noire ou rouge.

Il est évident qu'on ne peut miser en même temps sur la couleur et sur l'inverse, ou sur la noire et sur la rouge, puisque les chances présentées sont exclusives.

Quand tous les enjeux sont placés, le banquier fait sa deuxième annonce : « Rien ne va plus ! »

Dès lors, plus personne n'est autorisé à toucher au tableau, que ce soit pour augmenter sa mise, pour la retirer ou la déplacer.

On admet cependant, dans certains cas, qu'un joueur puisse demander d'enfreindre cette interdiction. Il doit alors faire sa demande à haute voix et le banquier peut, soit l'autoriser à opérer un changement, soit lui refuser cette faveur.

Le banquier prend alors un paquet de cartes sur la pile déposée devant lui. Il tient le paquet de la main gauche et il en tire, une à une, des cartes qu'il dépose en ligne découverte devant lui tout en additionnant leur valeur.

Il forme ainsi la ligne de la *couleur noire* (qui comprend aussi bien des cartes de couleur noire que de couleur rouge).

Le banquier se sert d'un vocabulaire spécial. Lorsque, dans son addition, il dépasse le chiffre 30, il ne dit pas, par exemple, 32 ou 37, mais bien « Deux-deux » ou « Deux-sept » ; ce n'est que s'il fait 31 ou 40 qu'il annonce « Trente-et-un » ou « Quarante ».

Dès que l'addition dépasse le chiffre 30, le banquier s'arrête car la ligne gagnante est celle qui se rapproche le plus de 31.

Tirant à nouveau des cartes, il constitue ensuite, de la même manière, une seconde ligne qui sera dite la *couleur rouge* (qui comprend aussi bien des cartes rouges que noires).

Mêmes additions ; celle des deux lignes qui se rapproche le plus de 31 fait gagner.

Retenons surtout que la première ligne est toujours la couleur noire et la deuxième la couleur rouge.

Exemple : pour sa première ligne (Noire), le banquier étale un As de carreau, 1 point, puis un 10 de pique ; il annonce : « Un plus dix, onze. » Puis une Dame de cœur ; il annonce : « Onze plus dix, vingt et un. » Puis un 3 de trèfle ; il annonce : « Vingt et un plus trois, vingt-quatre. » Puis un 9 de cœur ; il annonce : « Vingt-quatre plus neuf, deux-trois (ou trente-trois). »

Il arrête son énumération et entreprend la constitution de la seconde ligne (Rouge).

Il étale un 10 de trèfle, 10 points ; un 2 de carreau : « Dix plus deux, douze » ; une Dame de trèfle : « Douze plus dix, vingt-deux » ; un As de cœur : « Vingt-deux plus un, vingt-trois » ; un 4 de trèfle : « Vingt-trois plus quatre, vingt-sept » ; un 9 de pique : « Vingt-sept plus neuf, deux-six (ou trente-six). »

Il arrête son énumération.

Dans le présent cas, la première ligne (Noire) se rapprochant le plus de 31 est la gagnante.

Les deux lignes étant étalées, la seconde combinaison intervient : *la couleur et l'inverse.*

Elle est toute simple ; il suffit de tenir compte de la première carte déposée sur la première ligne.

Si cette première carte est noire (donc la couleur de la ligne), c'est la couleur qui gagne ; si elle est rouge, c'est l'inverse qui gagne.

Dans l'exemple ci-dessus, où la première carte de la première ligne dite noire était un As de carreau, c'est donc l'inverse qui gagne.

En conclusion, pour les deux lignes étalées, c'est donc noire et inverse qui gagnent.

Le banquier annonce : « Noire et inverse gagnent ».

Il ramasse les enjeux placés sur les cases perdantes et paie les enjeux placés sur les cases gagnantes.

Les cartes qui viennent d'être utilisées sont jetées dans une corbeille et le banquier recommence la même opération avec les cartes suivantes de son paquet, et cela jusqu'à épuisement des cartes déposées devant lui. Toutefois si, arrivé aux dernières cartes, il n'en restait plus assez pour terminer l'énumération d'un dernier coup, celui-ci serait annulé.

Le refait

La combinaison du *refait* est tout à l'avantage du banquier. Elle est possible quand la ligne noire et la rouge présentent un même nombre de points.

Dans ce cas, le banquier — grand gagnant — peut enlever la moitié de toutes les mises déposées par les pontes, l'autre moitié restant engagée pour le coup suivant : ce sont des enjeux *emprisonnés* auxquels les pontes, avant d'entamer un nouveau coup, peuvent évidemment ajouter de nouveaux enjeux.

Combinaisons particulières

Les pontes qui, évidemment, courent un assez gros risque peuvent tenter de se défendre contre les coups du sort, en procédant à diverses opérations qui leur donnent l'impression d'augmenter leur chance.

La pièce consiste, pour le ponte qui a choisi un enjeu, à remettre toujours la même somme.

Le paroli consiste à laisser sur le tapis l'enjeu qui vient d'être doublé quand on a gagné.

Le paroli masse en avant est un paroli ordinaire, mais que le ponte surcharge d'un nouvel enjeu.

Supposons qu'un ponte vienne de gagner l'inverse. Il a donc sur le tapis le double de son enjeu. S'il le laisse, il fait un paroli ; s'il y ajoute un nouvel enjeu, il fait un paroli masse en avant.

La martingale consiste à augmenter progressivement son enjeu après un coup perdu, et cela jusqu'au moment où un coup gagné permet de rentrer en possession de la succession d'enjeux déposés, plus un certain bénéfice. C'est la récompense d'une longue patience et aussi, parfois, de la mise de grosses sommes d'argent.

En principe, la martingale finit toujours par réussir, mais il peut arriver que plusieurs tours passent avant que la case sur laquelle le joueur de martingale mise soit gagnante.

La martingale classique consiste à déposer 1 jeton au premier coup. Coup perdu, on risque 3 jetons au deuxième coup. Coup perdu, on risque 7 jetons au troisième coup. Coup perdu, on risque 15 jetons au quatrième coup. Coup perdu, on risque 33 jetons au cinquième coup. Coup perdu, il faut risquer 70 jetons au sixième coup.

Dans le cas ci-dessus, si on gagne au sixième coup, on doit récupérer les mises, soit 1 jeton du premier coup, plus 3, plus 7, plus 15, plus 33, plus 70, soit au total : 129. Or, avec une mise de 70, on touche 140 jetons, donc le bénéfice n'est que de 11 jetons.

Evidemment, on rentre dans l'argent des mises. Mais le bénéfice est toujours assez minime, tout en étant assuré à qui témoigne de sang-froid et de patience. Reconnaissons-le, cependant, les passionnés de Trente-et-Quarante se contentent rarement de minces profits.

Il n'y a pas de petits profits.

Le Trente-et-Un S/+

Les joueurs et les cartes

Un banquier et un nombre illimité de pontes participent au jeu.

On utilise un ou deux jeux de cinquante-deux cartes, selon le nombre des pontes.

Les figures valent : 10 points ; l'As vaut 1 ou 11 points. Les autres cartes ont leur valeur nominale.

On se sert de jetons.

La partie

Le banquier, désigné par convention ou par le sort, distribue, une par une, trois cartes à chaque ponte et en prend également trois.

Chacun examine son jeu et si, d'emblée, le banquier ou l'un des pontes totalise 31 points dans son jeu, il l'abat. Si c'est le banquier, tous les pontes, à l'exception de celui qui aurait 31, lui remettent chacun deux jetons. Si c'est l'un des pontes, le banquier lui paie deux jetons. Si banquier et ponte sont à égalité de 31 points, ni l'un ni l'autre ne gagne ni ne perd.

Chaque ponte peut ensuite, à tour de rôle, soit *se tenir*, soit demander encore une carte. Puis chacun abat son jeu.

Bien entendu, celui qui a plus de 31 *crève*. Si c'est le banquier, il paie la contrevaleur de leur mise à tous ceux qui ont moins de 31 ; si c'est un ponte, le banquier ramasse sa mise.

Cartes étalées, les pontes qui ont un point supérieur à celui du banquier touchent leur mise ; ceux qui ont moins la remettent au banquier.

Au Trente-et-Un, celui qui tient la banque ne la garde que pour un seul tour et la confie ensuite à son voisin de droite.

Il est d'usage qu'après chaque coup les cartes soient mises de côté et qu'on utilise un nouveau jeu, quitte à reprendre le premier après au moins trois coups.

La Triomphe S/2 4 6

La Triomphe, très vieux jeu français, se trouve à l'origine de plusieurs autres jeux, tels l'Ecarté et le Piquet. On donnait autrefois le nom de triomphe à la carte qui pouvait, dans certaines circonstances, l'emporter sur toutes les autres, en somme l'atout.

Au début de ce siècle, on jouait encore la Triomphe dans plusieurs provinces françaises et les gens de mer, nous assure-t-on, restent fidèles à ce jeu qui les distrait durant leurs heures d'inactivité.

Les variétés

Il existe plusieurs manières de jouer à la Triomphe et les règles admises comportent maintes variantes. Toutefois, la manière la plus connue est celle dite *de Paris*, dont nous donnerons tout d'abord la règle.

Les joueurs et les cartes

La Triomphe se joue avec un jeu de trente-deux cartes dont la valeur s'établit en ordre décroissant : R, D, V, A, 10, 9, 8 et 7.

Ce jeu peut réunir deux, quatre ou six joueurs. A quatre ou six, on peut jouer par équipes ou chacun pour soi. Ceux qui forment équipe se placent d'un côté de la table en face de l'équipe adverse. Les membres de chaque équipe peuvent se montrer leur jeu ; toutefois, ils ne peuvent ni parler ni jouer avant leur tour.

La partie

Les équipes étant désignées par le sort ou par convention, un membre de chaque camp tire une carte du paquet. La plus basse des deux cartes tirées indique le donneur, qui est désavantagé.

A deux, le joueur qui tire la carte la plus basse devient le donneur et, après avoir battu les cartes et les avoir fait couper par son adversaire, il distribue par deux et par trois, cinq cartes à chacun.

Il retourne la onzième carte qui devient *la triomphe* (l'atout) et reste au talon.

Il y a cinq levées ; le joueur (ou l'équipe) qui fait au moins trois levées sur cinq gagne un jeu.

Plumez l'oie sans la faire crier (proverbe italien).

En général, la partie se joue en cinq jeux, le gagnant d'un jeu devenant le donneur du coup suivant.

Le premier à jouer jette une carte de son choix. L'adversaire, donc le donneur, doit suivre en couleur, forcer si possible, couper s'il n'a pas la couleur et, s'il n'a ni la couleur ni triomphe, se défausser d'une carte.

Celui qui fait la levée joue le premier.

Un joueur qui possède un jeu d'allure favorable peut annoncer qu'il fait *la vole,* c'est-à-dire qu'il s'engage à faire les cinq levées.

S'il réussit, il marque deux jeux à son actif.

S'il échoue, il inscrit deux jeux à son passif ; mais, en ce cas, l'adversaire ne marque rien.

Si deux joueurs (ou équipes) faisaient chacun deux jeux, le gagnant est celui qui les a faits le premier.

Quelques règles particulières

Le joueur qui trouve son jeu sans intérêt peut renoncer à jouer et laisser ainsi un jeu à son adversaire. Mais il peut arriver que celui-ci, possédant des cartes dont il espère faire la vole, refuse le bénéfice d'un jeu et oblige le premier joueur à poursuivre la partie. Mais si l'auteur du refus ne réussissait pas alors à faire la vole, même sans avoir annoncé qu'il comptait la faire, il devrait inscrire deux jeux à son passif.

Les pénalités

- Celui qui peut suivre et qui néglige de le faire perd un jeu.
- Celui qui, ayant une triomphe, ne l'a pas abattue au moment voulu, perd un jeu.
- Toute maldonne entraîne l'obligation de rebattre les cartes et de redonner (même donneur).

Variantes

Le jeu dit *l'As qui pille* suit les règles de la Triomphe. L'ordre des cartes est toutefois modifié : l'As, devenant la carte la plus forte, se place avant le Roi.

Si la carte de retourne (la onzième) est un As, le donneur a le droit de s'en emparer et d'écarter à son profit une carte de sa main.

On dit alors qu'il *pille*. La couleur de cet As indique cependant la triomphe. Le donneur ayant pris l'As doit retourner une nouvelle carte du talon.

Si cette douzième carte était une triomphe, le donneur pourrait à nouveau écarter et ainsi de suite jusqu'à ce que la carte retournée ne soit plus une triomphe.

Mais si l'adversaire du donneur avait en main l'As correspondant à la triomphe de retourne, il pourrait également écarter une carte en s'emparant de cette triomphe, et si la nouvelle carte retournée était encore une triomphe, il pourrait continuer ses écarts.

LA TRIOMPHE A QUATRE OU A SIX

Quand on joue la Triomphe à quatre ou à six, chacun pour soi, les places et le donneur se désignent comme il est dit précédemment.

Le joueur qui tire la carte la plus haute s'installe à droite du donneur et joue le premier. C'est celui qui fait le plus de levées qui gagne le coup, et si l'on joue en équipes, c'est celle qui en a fait le plus.

Le Vieux Garçon S/4 +
(ou Le Dernier Valet)

C'est un jeu d'une simplicité enfantine et qui présente peu d'intérêt. Il peut toutefois intéresser les joueurs novices qui s'exercent au maniement des cartes.

Les joueurs et les cartes

Suivant le nombre des joueurs, qui peut aller de quatre à sept ou huit, on se sert d'un jeu de trente-deux cartes ou d'un jeu de cinquante-deux cartes. Dans l'un comme dans l'autre cas, on enlève trois Valets du paquet pour n'y laisser que le Valet de pique, dit le *vieux garçon*.

A tour de rôle, chacun des joueurs distribue les cartes, muettes, une par une ou deux par deux, de façon que chacun ait en main le même nombre de cartes. Si, après la donne, il restait des cartes, celles-ci seraient distribuées jusqu'à la fin du paquet.

Certains joueurs seraient alors légèrement désavantagés, ayant une carte de plus que le ou les derniers.

La donne terminée, chacun examine son jeu et dépose sur le tapis, visibles, les paires qu'il peut contenir. Le premier joueur présente alors à son voisin de droite, qui en choisit une, les cartes qui lui restent, muettes. Si cette nouvelle carte permet à celui-ci de réaliser une paire, il la dépose sur le tapis.

Ensuite, qu'il ait déposé une paire ou non, il présente le solde de ses cartes à son voisin de droite qui en choisit une et ainsi de suite.

Celui qui, le premier, s'est débarrassé de toutes ses cartes gagne. Celui qui reste avec le Valet de pique (qui ne peut entrer dans aucune paire) perd la partie.

C'est un jeu d'une simplicité enfantine

Le Vingt-et-Un S/+

Le Vingt-et-Un est un jeu des plus populaires et des plus amusants.

Il suscita en France un engouement extraordinaire dès le XVIIIe siècle. On assure que Marie-Antoinette comme Napoléon s'y adonnaient volontiers. Sous la Révolution française, le Vingt-et-Un se jouait dans de nombreux tripots et permit à maints escrocs de s'enrichir aux dépens de quelques pontes naïfs.

De nos jours, le Vingt-et-Un compte toujours une foule de fervents dans toute l'Europe.

Les joueurs et les cartes

Le Vingt-et-Un se joue entre un banquier et un nombre indéterminé de pontes.

On utilise un ou plusieurs jeux de cinquante-deux cartes selon le nombre de joueurs ; en tout cas, un jeu pour quatre personnes.

L'As vaut 1 ou 11 points au gré de son détenteur. Le Roi, la Dame, le Valet valent chacun 10 points. Les cartes numérales gardent leur valeur. La couleur n'a guère d'importance.

On se sert de préférence de jetons dont on détermine la valeur avant d'entamer la partie.

Le but de la partie

Faire 21 points avec deux ou plusieurs cartes.

La partie

Le sort désigne le premier banquier qui donne, une par une, deux cartes à chaque ponte et en prend deux pour lui.

Chaque ponte, en commençant par le voisin de droite du banquier, annonce s'il joue ou s'il passe.

S'il joue, il dépose son enjeu. Ensuite il peut dire qu'il *se tient*. Ceci laisse présager que ses deux cartes réunissent soit 21 points, soit un nombre très approchant. Il peut demander aussi une ou plusieurs cartes. Le banquier les lui donne, une à une, découvertes. Si en prenant ces cartes supplémentaires il dépasse 21, il annonce qu'il *crève,* et il perd son enjeu.

Quand tous les pontes sont servis, le banquier à son tour complète son jeu. S'il crève, il double la mise de tous les pontes qui n'ont pas crevé. S'il n'a pas crevé, il étale ses cartes ainsi que tous les joueurs qui restent dans le jeu et ramasse les enjeux de ceux qui ont moins de points que lui. Il ne paie rien à ceux qui ont les mêmes points que lui et ne touche rien d'eux. C'est ce qu'on appelle *payer en cartes*. Mais il doit doubler la mise de ceux qui ont plus de points que lui.

Le ponte qui fait vingt et un avec ses deux premières cartes abat son jeu et reçoit le double de sa mise. On admet généralement qu'il peut abattre son jeu avant que le banquier n'ait pris des cartes supplémentaires.

Si le banquier fait vingt et un avec ses deux premières cartes, sa chance annule celle des pontes qui auraient ce point et les autres doivent lui payer le double de leur mise.

Le banquier ne tient la banque qu'une fois. La partie terminée, son voisin de droite prend sa place.

Variante

Autrefois, on jouait aussi le Ving-et-un *au point,* c'est-à-dire que le banquier ne donnait qu'une carte. Celle-ci comptait d'office pour 10 points et on y ajoutait sa valeur réelle. Donc, un Roi valait 10 points plus 10 points, un 7 valait 10 points plus 7, etc.

Celui qui recevait un As avait d'emblée 21 (10 + 11). Toutefois, la carte suivante que le banquier distribuait ou prenait pour lui ne figurait que pour sa valeur marquée.

C'était, en somme, un jeu de Vingt-et-un extrêmement simplifié.

Vive la Joie S/4

Il s'agit d'un jeu local extrêmement simple que l'on joue dans certaines régions de Wallonie et du Nord de la France. Il correspond, en somme, au jeu du Dernier Valet.

Les joueurs et les cartes

Ce jeu réunit quatre joueurs qui se servent d'un jeu de cinquante-deux cartes.

La partie

Le donneur que le sort a désigné (celui qui a tiré la plus haute carte du jeu) distribue treize cartes à chacun, soit trois fois trois et une fois quatre cartes.

Le premier à jouer, assis à la droite du donneur, sort de son jeu toutes les paires qui s'y trouvent et les étale découvertes sur le tapis. A tour de rôle, les trois joueurs suivants agissent de même.

Au second tour, le premier à jouer prend une carte au hasard dans le jeu de son voisin de gauche (le donneur) ; il l'ajoute à celles qui lui restent en main. Si cette carte lui permet de faire une paire, il s'écrie : « Vive la joie ! » et dépose la paire sur le tapis.

Son voisin de gauche agit de même. Et la partie se poursuit ainsi jusqu'au moment où l'un des joueurs a réussi, à force de déposer des paires, à se défaire de toutes ses cartes. C'est le gagnant.

Le Whip

S/2 3 4

Ce jeu très populaire en Flandre est, en somme, un jeu local dont on ignore les origines et dont les règles se sont transmises oralement. On pourrait peut-être comparer le Whip à un jeu français très ancien : le Papillon. De nos jours encore, il garde de nombreux fidèles.

Les joueurs et les cartes

Le Whip peut réunir de deux à quatre joueurs. On utilise un jeu de cinquante-deux cartes.

Les valeurs s'établissent comme suit :
- les quatre As valent 1 point, soit ensemble 4 points,
- le 2 de pique vaut 1 point,
- le 10 de carreau vaut 1 point.

Celui dont les levées réunissent le plus grand nombre de cartes marque 2 points.

Celui qui a levé le plus de piques marque 2 points.

Les levées qu'on peut faire dans ce jeu réalisent au total 11 points. En outre, celui qui réussit un Whip (enlever une carte restée seule au tapis) marque 1 point.

La partie

Chaque joueur sera donneur à son tour, en suivant l'ordre de la gauche vers la droite.

Le donneur distribue, deux par deux, quatre cartes à chaque joueur et aussi quatre cartes qu'il dépose, découvertes, sur le tapis.

Il s'agit pour chaque joueur, de prendre une des cartes du tapis en échange d'une carte de même valeur.

Il est permis d'additionner deux, trois ou même les quatre cartes du tapis, pour les enlever avec une seule carte que l'on a en main.

Exemple : prendre un 4 et un 3 avec un 7, ou trois 3 avec un 9.

Il est aussi permis de couvrir une ou deux cartes du tapis, quand vient un nouveau tour de jouer, par une carte de même valeur pour essayer d'enlever ces cartes.

Exemple : parmi les cartes du tapis se trouve un 8, l'un des joueurs possédant deux 8 dans son jeu peut couvrir le 8 du tapis par un de ceux de sa main, en disant « deux 8 », dans l'espoir, quand son tour de jouer sera revenu, de les enlever tous les deux avec son troisième 8.

Mais, bien entendu, si le joueur suivant possède, lui aussi, un 8, il peut enlever les deux 8 déposés sur le tapis.

On peut tenter d'enlever ainsi trois ou quatre cartes. Sur le tapis se trouvent un 7, un 3 et un 4, on réunit les trois cartes pour former deux 7 qu'on couvre d'un 7 qu'on tire de sa main et qu'on espère lever, au tour suivant, par un deuxième 7 tenu en main.

Quand on ne possède pas de carte pour en enlever une du tapis, il faut se défausser de n'importe quelle carte.

Lorsque chaque joueur s'est débarrassé de ses quatre cartes, le donneur distribue à nouveau quatre cartes mais sans en déposer sur le tapis.

Le joueur fait un whip et marque un point supplémentaire lorsqu'il réussit à enlever toutes les cartes du tapis :
- soit, à son tour de jouer, s'il ne reste plus qu'une carte de la valeur d'une de celles qu'il a en main ;
- soit avec une carte additionnant trois ou quatre cartes déposées.

Quand toutes les cartes sont enlevées, on continue, à tour de rôle, à jeter des cartes et à les enlever jusqu'à épuisement du jeu.

Chacun fait alors le calcul des points de ses levées ; celui qui totalise le plus de points gagne la partie.

Le Whist D/3 4 +

Le jeu de Whist, créé en Angleterre, arriva en France vers la fin du règne de Louis XV et y rencontra un vif succès. On assure même qu'il fut l'un des passe-temps favoris de Madame Du Barry.

C'est un jeu de calcul, d'observation et de position qui exige avant tout, comme son nom anglais l'indique, le silence. Ce jeu qui a donné naissance à d'innombrables commentaires et à de nombreux manuels, ne s'apprend guère dans les livres, prétendent les bons joueurs. Seules une longue pratique et infiniment de patience contribuent à faire un excellent joueur de Whist. Un précepte anglais affirme d'ailleurs :

To play Whist is to calculate all probabilities,
Then from Whist absent men should remain absentees[1].

Il faut écarter les esprits distraits

Pendant de longues années, le Whist connut un vif succès, au point que Napoléon Ier, soucieux de ne pas voir ses sujets se plaire à ce jeu anglais, songea à l'interdire tout au moins à la cour impériale, pour le remplacer par de vieux jeux français, tels l'Ecarté ou le Piquet.

Rien n'y fit et seul le Bridge devait, bien des années plus tard, affaiblir l'engouement que les joueurs témoignaient pour le Whist. Ce fut surtout au XIXe siècle que ce dernier connut la plus grande vogue. Il suscita non seulement livres et brochures, mais encore des « conseils » rimés tels ces quarante préceptes du jeu de Whist que le général Peretti fit

1. *Le Whist est un calcul de probabilités,*
Dont les esprits distraits doivent être écartés.

connaître aux amateurs de ce jeu, réunis à Baden en 1851. Citons-en quelques-uns :

- *Se soumettre au silence est une loi du jeu,*
  Observez-la toujours, bien qu'on l'observe peu.
- *Montrez au partenaire en quoi vous êtes fort,*
  Et maniez vos jeux d'un mutuel accord.
- *Observez bien la marque et jouez hardiment*
  Si vous voyez du Trick que votre sort dépend...
- *Savoir jouer atout, assure le succès,*
  On pèche par défaut, bien plus que par excès.
- *L'usage seul apprend à couper à propos*
  Mieux vaut laisser la main que de couper à faux.
- *Quand près de vous, à gauche, on retourne un honneur,*
  Jouer atout est bien mais n'est pas de rigueur.
- *D'entamer les couleurs, sachez vous abstenir,*
  Souvent le gain du Trick dépend de voir venir

Ces « conseils rimés pour apprendre le Whist » connurent à l'époque le plus vif succès !

Montrez en quoi vous êtes fort.

Lexique

Nous renseignons ci-dessous la plupart des termes utilisés au cours d'une partie de Whist. Ces termes sont, en général, d'origine anglaise : il en est, toutefois, qui ne sont utilisés qu'en France et en Belgique.

Abondance : dans certains jeux de Whist, l'abondance se joue seul avec atout. L'atout est la couleur dans laquelle l'abondance a été annoncée.

Appeler : un joueur appelle un partenaire pour lui signifier, à un moment donné, qu'il a des honneurs en main.

Carte appelée : il s'agit d'une carte quelconque qu'un joueur a montrée par inadvertance. En ce cas, ses adversaires peuvent l'obliger à jouer cette carte.

Cartes basses : du 2 au 6.

Cartes moyennes : du 7 au 10.

Cartes hautes : voir « honneurs ».

Chanter : synonyme d'appeler. On dira « je chante » au lieu de « j'appelle ».

Demander une couleur : se dit quand on espère faire un nombre de levées déterminé.

Devoir (le) : les six premières levées qu'on est obligé de faire avant de pouvoir compter les suivantes dites « tricks ».

Chelem (Schlem) : quand deux partenaires font d'un seul coup treize levées. En ce cas, ils font un « grand chelem ». S'ils réussissent douze levées, on dit « petit chelem ». (Voir aussi solo-chelem.)

Honneurs : les cartes hautes : As, Roi, Dame, Valet d'atout.

Invite : un joueur peut essayer de faire connaître son jeu à son partenaire par une invite, c'est-à-dire qu'en jouant une carte basse on peut lui indiquer qu'on a en main un As, un Roi et une Dame, etc.

Misère : la *grande misère* consiste à ne faire aucune levée sur treize. Quand la grande misère est demandée et acceptée, on ne se soucie guère de l'atout. La *petite misère* consiste à ne faire aucune levée sur douze. Une petite misère demandée et acceptée oblige le déclarant à se débarrasser d'une carte. Ses adversaires doivent l'imiter et on joue avec douze cartes.

Piccolo : jouer seul et ne faire qu'un pli, ou jouer en équipe et ne faire qu'un pli chacun.

Piccolissimo : jouer seul et ne faire que deux plis.

Quarte : quatre cartes de la même couleur qui se suivent.

Quinte : cinq cartes de la même couleur qui se suivent.

Rentrants : ceux qui peuvent « rentrer » dans le jeu. Quand six joueurs décident de jouer au Whist, les quatre qui ont tiré les cartes les plus basses engagent la partie et, après un premier robre, ces quatre joueurs tirent chacun une carte. Les deux plus fortes désignent les joueurs qui sortent, c'est-à-dire qui cèdent leur place aux deux qui n'avaient pas participé au robre. Ces derniers sont les « rentrants ».

Robre ou Rob : une série de deux manches gagnées par un camp s'appelle grand robre. Quand chaque camp a gagné une manche, la troisième gagnée par un des deux camps s'appelle petit robre.

Schlim : synonyme en Belgique et dans le nord de la France de chelem (schlem).

Solo : une annonce « solo » signifie qu'un joueur jouera seul contre tous les autres et qu'il s'engage à faire seul les levées de son contrat. Il y a « solo-schlem » quand il réussit seul ses treize levées.

Trick (ou tric) : chaque levée faite après les six levées du « devoir ».

Trou : il y a trou lorsque l'un des joueurs possède trois As en main. Dans ce cas, et avant que le premier annonceur ait parlé, il doit annoncer : « Trou ! » et le joueur qui possède le quatrième As répond : « Trou ! » et fixe, à son choix, la couleur de l'atout. Les deux joueurs deviennent partenaires et doivent faire huit levées au moins.

LE WHIST SIMPLE

Les joueurs et les cartes

Le Whist simple réunit quatre joueurs qui forment deux équipes et utilisent un jeu de cinquante-deux cartes.

On convient parfois d'utiliser deux jeux de cinquante-deux cartes, le premier servant au tirage des places, le second au jeu. Ensuite ces jeux seront utilisés alternativement.

Le sort désigne les partenaires. Un jeu étant étalé en éventail, face au tapis, chacun tire une carte. Les deux joueurs qui tirent les cartes les plus hautes forment équipe contre les deux autres. Si les cartes tirées sont de valeur égale, ceux qui les ont tirées procèdent à un nouveau tirage et cela jusqu'au moment où chaque joueur possède une carte de valeur différente.

Pour le tirage, l'As deviendra la carte la plus basse, alors qu'en cours de partie il sera la carte la plus haute.

La valeur des cartes est en ordre décroissant : As, Roi, Dame, Valet, 10 jusqu'au 2.

La partie

Le but est de faire le maximum de levées.

Le joueur qui a tiré la carte la plus basse devient le donneur. Il fait couper le jeu par son voisin de droite (un de ses adversaires) et il distribue, une par une, en commençant par son voisin de gauche (son second adversaire) treize cartes à chacun, soit la totalité du jeu.

Il retourne la dernière carte qui lui revient et qui indique l'atout. Il la place devant lui, visible, et ne pourra la glisser dans son jeu qu'après le premier tour. Dès que cette carte a été reprise, les joueurs ne peuvent plus demander sa valeur mais seulement sa couleur.

En général, le joueur qui fait la première levée fait la donne suivante, mais on peut convenir d'avance que la donne sera faite successivement par chacun en allant de gauche à droite.

On peut décider qu'on distribuera deux fois quatre cartes et une fois cinq, ou bien quatre fois trois et une fois une. Mais l'ordre adopté doit rester identique durant toute la partie.

Le silence le plus complet, est exigé.

Les joueurs ne peuvent regarder leurs cartes que lorsque la distribution est entièrement terminée.

Le silence le plus complet est exigé non seulement des joueurs mais encore des rentrants ou des spectateurs éventuels. Toute parole ou toute observation peut être pénalisée d'un point.

La partie simple se compose de deux ou trois *robres*. Chacun de ces derniers comprend donc au moins deux ou trois manches : grand robre lorsqu'une équipe gagne successivement deux manches, petit robre lorsqu'une équipe ne gagne sa deuxième manche que comme une « belle », les deux premières ayant été gagnées chacune par une équipe.

On décide, avant de jouer, si une manche se jouera en 10 ou en 5 points (d'habitude en 10 points).

Quand on joue en 10 points, chaque trick (chaque levée après les six levées du « devoir ») vaut 2 points ; quand on joue en 5 points, ce trick vaut seulement 1 point et l'on supprime, en général, le chelem.

Les honneurs (As, Roi, Dame, Valet d'atout) qui appartiennent à une équipe valent également des points, soit 2 points pour trois honneurs et 4 points pour quatre honneurs. Cependant deux honneurs dans chaque équipe ne s'additionnent pas : ils s'annulent. Les honneurs ne se marquent qu'après les levées.

On joue avec des fiches dont la valeur sera fixée avant d'entamer la partie.

En cas de chelem, c'est-à-dire quand une équipe fait treize levées, ses adversaires lui versent six fiches (chacun trois).

Il est de règle, après chaque robre, que les gagnants touchent des fiches dites de consolation, soit 4 fiches dans le Whist à 10 points et deux fiches dans celui à 5 points.

On peut jouer en partie générale. Celle-ci comprend trois parties simples au cours desquelles chaque joueur prend, pour chaque partie, un autre partenaire, de manière que chacun d'eux ait, à tour de rôle, chacun des trois autres comme partenaire.

Le jeu

Chaque joueur doit fournir la couleur demandée sans être obligé cependant de monter, de surmonter ou de couper. Quand il ne peut fournir la couleur ou couper, il peut se défausser et renoncer. Toutefois, il lui est bien défendu de renoncer s'il possède la couleur demandée. En ce cas, la renonce vaut au joueur fautif, une pénalité de 3 points.

Le joueur qui a fourni le point le plus élevé ou qui, ne pouvant fournir, a coupé, fait la levée et joue le premier. Le joueur qui fait la première levée pour son camp, ramasse toutes les levées revenant à son camp.

Si l'une des équipes a 9 points à son actif et qu'il ne lui reste qu'une levée à faire pour gagner la partie, il est de règle de cesser de compter les honneurs.

Si l'un des partenaires a 8 points et l'autre deux honneurs en main, ce dernier déclare, « Je chante », ou : « J'appelle », et si son partenaire possède un honneur, l'équipe est gagnante.

LE WHIST À LA COULEUR

Le Whist à la couleur, qui tire son origine du Boston, est sans doute le plus souvent joué sur le continent. Jeu particulièrement distrayant, il demande beaucoup d'attention et une habileté qui ne peut s'acquérir que par la pratique.

Les joueurs et les cartes

Le Whist réunit quatre joueurs qui se servent d'un jeu de cinquante-deux cartes.

Selon les cartes que le sort leur attribue les joueurs peuvent jouer avec un partenaire ou en « solo ». Le partenaire peut être différent après chaque donne.

Comme au Boston, on utilise des corbeilles : quatre petites où chacun des joueurs dépose ses fiches (le même nombre pour chacun), et une plus grande (le pot) qui reçoit les enjeux et dont chaque joueur, à tour de rôle, assume la garde.

Avant la partie, les participants conviennent de la durée qu'elle pourra avoir en décidant de jouer soit pendant un temps fixé et limité, soit en désignant le nombre de tours que la partie comprendra.

La valeur des cartes est la même qu'au Whist simple, allant donc, en ordre décroissant, de l'As au 2. L'As restant cependant la carte la plus basse pour les tirages.

L'ordre des couleurs est en valeur décroissante : cœur, carreau, trèfle et pique.

Les annonces

Le solo consiste, pour l'un des joueurs, à jouer seul contre ses trois adversaires en une couleur annoncée qui devient l'atout. En ce cas, il doit faire seul le nombre minimum de plis que comporte le contrat qu'il s'engage à mener à bonne fin (six ou sept).

Le solo-chelem annoncé se joue seul avec, comme atout, la couleur annoncée. L'annonceur joue le premier et s'engage à faire les treize plis de son contrat.

L'emballage se joue à deux avec un atout. L'un des joueurs propose une couleur et l'un des suivants peut accepter cette couleur en disant : « J'emballe ». Il devient alors le partenaire du premier annonceur, à moins que l'annonce primitive ne soit enlevée par une couleur supérieure (voir valeur des couleurs). L'emballage exige que les partenaires fassent ensemble au moins huit plis. Dès lors, celui qui propose doit avoir au moins cinq plis certains dans sa main et celui qui emballe trois plis certains. Dans certaines régions au lieu de dire : « J'emballe », on dit : « Je soutiens ».

Le trou : si l'un des joueurs possède trois As en main, il annonce « Trou », et celui des trois autres joueurs qui détient le quatrième As répond : « Trou », et fixe, à son choix, une couleur d'atout. Les deux joueurs forment équipe.

Si l'un des joueurs possède les quatre As, il l'annonce également et celui des suivants, détenteur du Roi de cœur, devenant son partenaire, montre une de ses cartes donnant la couleur d'atout qu'il choisit.

Si l'un des joueurs possède les quatre As et le Roi de cœur, c'est le possesseur de la Dame de cœur qui devient son partenaire. Aucune annonce ne peut enlever le trou.

L'abondance se joue en solo, sans atout, et oblige l'annonceur à jouer le premier et à faire au moins neuf plis.

L'abondance sur table oblige l'annonceur à déposer son jeu, à découvert, sur la table pendant toute la durée du tour.

La grande misère se joue en solo, sans atout, et exige de l'annonceur à ne faire aucun pli avec treize cartes.

La petite misère se joue sans atout, en solo, ou en équipe de deux, chacun jouant pour son compte, et consiste à ne faire aucun pli ; mais elle ne se joue qu'avec douze cartes, chaque joueur écartant une carte de son jeu après la fin des annonces.

Le piccolo se joue, sans atout, en solo ou en équipe,

chacun jouant pour son compte. Il consiste à faire, seul, un seul pli ou, si l'on joue en équipe, chacun un pli.

Le piccolissimo se joue en solo, sans atout, et oblige à ne faire que deux plis sur les treize du jeu.

De nombreux joueurs excluent le piccolo et le piccolissimo de la partie.

Valeur relative des annonces, en ordre croissant :

- Pique, trèfle, carreau, cœur emballé (8 plis au moins).
- Solo à pique, à trèfle, à carreau, à cœur (6 plis au moins).
- Petite misère (0 pli avec 12 cartes).
- 7 pique, 7 trèfle, 7 carreau, 7 cœur (7 plis au moins).
- Piccolissimo (2 plis seulement, seul).
- 8 pique, 8 trèfle, 8 carreau, 8 cœur (8 plis au moins).
- Piccolo (1 seul pli — chacun 1 si l'on joue en équipe).
- Abondance (9 plis au moins).
- Grande misère (0 pli avec 13 cartes).
- Solo chelem (13 plis).

L'ordre des couleurs est en valeur décroissante : cœur, carreau, trèfle et pique.

Si deux joueurs annoncent chacun une couleur, ce sera la couleur supérieure qui l'emportera.

Par exemple : si deux joueurs annoncent pique, ceux qui annoncent trèfle l'emportent ; ceux qui annoncent carreau surpassent trèfle et pique, et cœur prime sur les trois couleurs.

Si plusieurs joueurs demandent un solo de levées et si le nombre de levées est égal, c'est celui qui annonce la couleur la plus haute qui peut poursuivre son jeu, sinon c'est celui qui propose le plus grand nombre de levées qui prime.

Les enjeux

Avant de jouer, chacun dépose dans la corbeille principale (le pot), le montant de la mise fixée. Cette mise se paie en fiches auxquelles on attribue généralement une valeur peu élevée, car outre le contenu de la corbeille qui reviendra au gagnant (solo) ou à l'équipe victorieuse, chacun des perdants paiera au gagnant un certain nombre de fiches suivant l'importance du jeu qu'il vient de réussir.

Si celui qui s'est engagé à mener à bonne fin la combinaison proposée échoue, il versera tout d'abord au pot le même nombre de fiches qu'il contient déjà et il paiera en

outre au camp adverse (ou à chacun de ses adversaires s'il a joué en solo) le même nombre de fiches qu'il aurait touché s'il avait exécuté son contrat.

Voici, à titre d'exemple, un tableau des fiches qui s'accordent généralement pour des annonces réussies. Bien entendu, ces distributions de fiches peuvent varier suivant convention à établir avant d'entamer la partie.

Les fiches attribuées ci-dessous sont remises par chaque perdant au gagnant si ce dernier a joué en solo, donc chaque perdant paie le même nombre de fiches au gagnant. Si ce dernier n'exécute pas son contrat, il paiera ce nombre de fiches à chacun de ses adversaires.

En cas de jeu par équipes, les membres d'une équipe sont solidaires par moitié des gains et des pertes. Par exemple, Jean et Pierre perdants, verseront à Louis et Jules gagnants chacun le nombre de fiches attribuées pour la combinaison envisagée.

Chaque perdant remet au gagnant :	Fiches
Huit levées dans une couleur (à deux — cas des quatre As) :	4
— par levée supplémentaire :	1
Six levées en solo :	8
— par levée supplémentaire :	2
Petite misère en solo ou à deux :	10
Sept levées en solo :	12
— par levée supplémentaire :	3
Piccolissimo :	14
Huit levées en solo :	16
— par levée supplémentaire :	4
Piccolo :	18
Abondance :	22
Grande misère :	28
Abondance sur table :	44
Solo-chelem annoncé :	100
Solo-chelem sur table :	200

Le but du jeu

Faire seul ou en équipe, selon le cas, un certain nombre de plis déterminés ou, quelquefois, ne faire aucun pli (suivant les annonces).

La partie

Le donneur est désigné de la même manière qu'au Whist simple, chacun tirant une carte ; la plus basse désigne le donneur. L'ordre de la donne s'établit de la droite vers la gauche, chaque joueur devenant successivement donneur. Cette fois, les treize cartes distribuées à chacun le sont par deux fois quatre et une fois cinq.

Sauf dans le cas d'abondance, de trou ou de solo-chelem (voir plus loin), c'est le joueur assis à la gauche du donneur qui joue le premier.

Le jeu. Le joueur assis à gauche du donneur est le premier à parler. Il peut passer mais, en ce cas, il ne peut plus parler par après, même aux tours suivants, s'il y en a. S'il dit : « J'attends », il parlera en dernier lieu. Il peut faire une proposition en couleur à laquelle l'un des suivants peut répondre : « J'emballe ».

Enfin, il peut annoncer solo-chelem, abondance, grande misère, petite misère, piccolo, piccolissimo, etc.

Le deuxième joueur peut soit emballer, soit annoncer une autre couleur. S'il fait une annonce, elle doit être supérieure à une éventuelle annonce précédente. Si le premier joueur, par exemple, a annoncé une petite misère, le deuxième doit annoncer au moins sept levées en solo. Il peut aussi passer.

Le troisième joueur peut emballer une des couleurs déjà proposées. Si le premier a été emballé par le deuxième, il lui est loisible de proposer une couleur supérieure. Si rien n'a été proposé, il peut proposer une autre couleur. Il peut aussi annoncer une couleur solo et devra faire seul six plis. Il peut enlever toute annonce précédente en faisant solo avec une annonce supérieure. Il peut jouer une petite misère ou même un piccolo si ses prédécesseurs ont fait de même. Enfin, il peut passer.

Le quatrième joueur peut emballer une des trois couleurs qui auraient été proposées par les précédents. Si rien n'a été emballé, il peut proposer une quatrième couleur. Si une couleur a été emballée, il peut proposer une couleur supérieure. Il peut annoncer un solo supérieur à celui qui aurait été proposé, par exemple un solo 8 après un solo 7. Il peut faire les annonces habituelles à condition qu'elles soient supérieures aux précédentes. Il peut passer.

Si tous les joueurs passaient, le donneur ferait une nouvelle distribution mais alors chacun déposerait une nouvelle mise au pot.

Si aucune annonce n'a été faite au premier tour ou si

Après le solo chelem.

aucune proposition n'a été acceptée, le premier à parler peut maintenir sa couleur, ce qui l'oblige à jouer seul et à faire au moins six plis. Il peut emballer une des couleurs proposées précédemment.

Il peut faire une annonce. Il peut passer.

Les joueurs suivants peuvent agir de même, à tour de rôle, mais en tenant toujours compte de la progression à suivre.

Si chacun passe au deuxième tour, on en fait un troisième comme indiqué pour le deuxième.

Comme au Whist simple, le silence le plus complet est de rigueur. Il faut fournir à la couleur demandée, mais il n'est pas obligatoire de monter, de surmonter ni de couper. Quand on ne peut fournir la couleur, ou qu'on ne peut pas couper, on peut se défausser d'une carte. En ce cas il y a renonce. Toutefois, le joueur qui renonce alors qu'il aurait pu suivre, doit verser au pot une mise égale à celle qui s'y trouve déjà.

LE WHIST SIMPLE À TROIS JOUEURS

Lorsqu'on joue au Whist à trois, le quatrième joueur est représenté par un *muet* (Dummy) que, sur le continent, nous appelons un *mort*.

Au tirage, le joueur qui tire la carte la plus basse a le mort pour partenaire. Il range devant lui, par couleurs, les cartes du mort. Il donne le premier, soit pour son compte, soit pour le compte du mort.

Celui auquel le sort attribue la deuxième carte basse

devient, au deuxième tour, le partenaire du mort, et le dernier joueur le devient au troisième tour.

Le partenaire du mort joue donc avec deux jeux ; ce n'est que lorsque le tour est commencé qu'il peut retourner les cartes de ce mort ; il les dépose, visibles, sur la table. S'il fait une renonce avec son jeu de main, elle est pénalisée, mais s'il fait renonce avec le jeu du mort, il n'en supporte pas les conséquences, ses adversaires pouvant toujours le contrôler.

L'équipe qui fait le grand chelem ne compte que ses tricks et ses honneurs et ne reçoit pas de fiches de consolation.

Le Whist à trois ne présente, en somme, qu'un intérêt relatif.

LE WHIST SIMPLE À DEUX JOUEURS

Certains amateurs de Whist se risquent parfois à le jouer à deux avec deux morts. On suit les règles du Whist à trois, mais la partie n'offre réellement aucun intérêt puisque chacun des adversaires ayant trois jeux sous les yeux peut facilement deviner quelle est la main de son adversaire.

LE WHIST PRUSSIEN

Il se pratique comme le Whist simple ; toutefois la couleur d'atout se détermine d'une autre manière, c'est-à-dire que l'on tire du deuxième jeu de cartes (celui qu'on n'utilise pas pour la partie) une carte quelconque qui indique l'atout.

Les infractions

- Si, par maladresse, le donneur retourne une carte, les autres joueurs peuvent exiger une nouvelle donne faite par le même donneur, avant que l'atout soit connu. Si l'atout est connu, la donne peut être considérée comme bonne.
- S'il y a maldonne et que l'un des joueurs joue avec douze cartes au lieu de treize, son partenaire ne peut pas faire la dernière levée, mais si un adversaire a quatorze cartes, le coup est annulé et la donne passe au joueur suivant.

Il y a maldonne lorsque le donneur ne commence pas sa distribution par la gauche, ou s'il donne deux cartes au lieu d'une. En ce cas, le joueur assis à la gauche du donneur devient le nouveau donneur.

- Si l'un des joueurs joue hors de son tour, ses adversaires peuvent l'obliger à jouer la carte qu'il a jetée.

On ne peut tirer aucune carte de son jeu avant son tour sinon les adversaires peuvent exiger que la carte ainsi tirée soit étalée.

- En cas de renonce réciproque, on convient généralement d'annuler le coup et le même donneur distribue à nouveau les cartes.

- Avant qu'une levée soit mise en place, un joueur peut demander qu'il soit fait tableau, c'est-à-dire que chacun replace devant soi la carte qu'il a jouée.

Le don des cartes

LEXIQUE GENERAL

Alternance. Suite de valeurs composées alternativement de cartes rouges et de cartes noires.

Annonce. Déclaration de telle ou telle carte ou d'une réunion de cartes marquantes (atouts, honneurs, etc.) que l'on possède dans son jeu.

Atout. Carte de couleur déterminée soit par la retourne soit par tout autre convention et qui l'emporte sur les autres couleurs. La couleur choisie pour servir d'atout a le pouvoir, pendant la durée du coup, de couper, c'est-à-dire de prendre n'importe quelle carte d'autre couleur.

Banco (Faire). Dans certains jeux : tenir tout seul l'enjeu contre la banque.

Banque (Tenir la). Dans plusieurs jeux de hasard : tenir le jeu contre tous les autres joueurs.

Banquier. Celui qui tient la banque et joue seul contre tous les autres.

Battre. Mélanger les cartes. Cela doit être fait après chaque jeu et même, parfois, après chaque coup ou chaque manche.

Binage. Dans certains jeux : union de la Dame de carreau et du Valet de pique.

Blanche. Carte blanche : ne porte pas de figure.

Brelan. (Autrefois : table sur laquelle on jouait aux dés). Réunir dans une main trois cartes de même valeur (trois As, trois Dames, etc.).

Brelan carré. Brelan de cartes semblables à la retourne. (Ex. : trois 10 si la retourne est sur 10.)
Brelan Mistigri. Dame de trèfle avec deux cartes de même valeur et de même couleur (quand on joue avec plusieurs jeux).
Brelan Mignon. Réunion de deux As et d'un Roi, la couleur de ce dernier étant la même que celle de l'As de retourne.
Brelan Saint-Jacques. Valet de trèfle accompagné de deux cartes de même couleur.
Brisque. Au jeu de Bésigue et au jeu de Mariage : l'As et le 10. On désigne aussi parfois sous ce nom un petit jeton qui représente une partie d'un jeton entier.
Capot. Se dit du joueur qui n'a pas fait de levées.
Carré. Quatre cartes de la même valeur (quatre Rois, quatre 7, etc.) dans la même main.
Carte numérale. Nom donné aux cartes qui portent des points (2, 3, 8, 10, etc.).
Cave. Fonds d'argent que chaque joueur dépose devant soi.
Charlemagne (Faire). Se retirer du jeu avec le gain réalisé, sans vouloir continuer.
Chelem (Prononcer : Chlim). Dans certains jeux (Whist, Boston, Bridge) : réunir toutes les levées dans une main. *Faire* chelem : faire toutes les levées. *Etre* chelem : n'avoir aucune levée.
Chelem (Petit). Toutes les levées moins une.
Corbeille. Boîte, pot ou petit panier dans lequel on place des mises.
Couleur. Couleur des cartes (rouge ou noire).
Coup. Manière de jouer, chacune des actions du joueur. Ensemble des péripéties qui se déroulent depuis la coupe jusqu'au moment où la dernière carte de chaque main a été jouée.
Couper. Après l'avoir battu, séparer le jeu en deux parties et superposer le paquet inférieur au supérieur. La coupe doit se faire d'au moins quatre cartes et ne doit pas laisser moins de quatre cartes. Si celui qui coupe retourne ou fait voir une ou plusieurs cartes, le coup est annulé. Couper signifie aussi : prendre une carte à son adversaire avec un atout. Enfin, au Lansquenet, couper signifie : prendre une première carte et se mettre de la partie.
Couverte. Carte couverte : qu'on dispose face au tapis (voir aussi : Muette)
Découverte. Carte découverte : visible quand on peut voir sa face.

Defausser (se). Jeter les cartes fausses, celles qu'on juge sans valeur ou dangereuses.
Donne. Distribution des cartes. La donne commence avec la coupe et se termine lorsque la dernière carte a été régulièrement distribuée.
Ecart. Ecarter des cartes. Action de mettre de côté une partie de ses cartes pour les échanger contre d'autres.
Enchère. Annonce supérieure à une annonce précédente.
Enjeu. Somme que le joueur met en jeu (voir aussi : Mise).
Etaler ses cartes. Montrer son jeu à découvert sur la table.
Faire. Mélanger les cartes avant de les distribuer.
Famille. Les quatre familles de cartes sont : cœur, carreau, pique, trèfle.
Fiche. Petite pièce de métal, de nacre ou de bakélite qui représente soit plusieurs jetons, soit une partie de la valeur d'un jeton.
Figures. Cartes qui portent une figure : les Rois, les Dames et les Valets.
Flush ou Floche. Dans certains jeux : cinq cartes de même couleur.
Flush Royal. Cinq cartes de même couleur qui se suivent sans interruption.
Forcer. Jouer une carte plus haute.
Forte. Carte qui a le nombre de points le plus élevé. On dit aussi : carte haute.
Fournir (A la couleur). Jouer une carte de la couleur demandée.
Fredon. Dans les jeux anciens : synonyme de carré.
Full (ou Plein). Au Poker : un brelan plus une paire.
Hasard. Nom donné à diverses combinaisons de cartes, notamment à la Belote.
Haute. (Voir : Forte.)
Honneur. Dans certains jeux, ce nom désigne l'As, le Roi, la Dame, le Valet ou le 10 d'atout. Egalement : nom donné aux atouts dans quelques jeux.
Jeton. Petite pièce de métal, d'ivoire, de nacre ou de bakélite à laquelle on attribue une valeur et qui sert à marquer ou à payer.
Jeu entier (ou Reversi). Assemblage de cinquante-deux cartes : les figures et toutes les cartes numérales.
Jeu du commerce. Jeu dans lequel le banquier cède à prix d'argent — ou de jetons — certaines cartes dont un joueur peut avoir besoin.

Jeu de piquet. Assemblage de trente-deux cartes : les figures, les As, et les cartes numérales du 7 au 10.
Jeu de Reversi. (Voir : Jeu entier.)
Jeu de Renvi. Jeu dans lequel on ajoute une mise à l'enjeu existant. Renvier : ajouter cette mise.
Levée. Ensemble des cartes qu'un joueur ramasse d'un seul coup.
Main. Ensemble des cartes en possession d'un joueur.
Main (Avoir la). Donner les cartes pour le coup qui se joue. Au Bridge : être le premier à jouer après un pli. On dit aussi « avoir la main » pour avoir, par le fait qu'on vient de faire une levée, le droit d'attaquer pour la levée suivante.
Main (Tirer la). Tirer une carte à qui donnera le premier.
Maldonne. Erreur dans la distribution des cartes : deux cartes données pour une, cartes retournées, non coupées, etc. Après une maldonne, on doit rebattre les cartes, les couper et distribuer à nouveau.
Manche. Une des parties liées que l'on est convenu de jouer. Période de la partie entre deux donnes.
Mariage. Dans certains jeux : réunion d'une Dame et d'un Roi ou d'une Dame et d'un Valet.
Marque. Décompte des points gagnés par chaque joueur au cours d'une partie. Sa position en points.
Marqueur. Personne chargée de marquer les points.
Mettre en jeu. Déposer son enjeu sur la table ou dans la corbeille.
Mise. Synonyme d'enjeu : somme que le joueur met dans le jeu.
Mort. Jeu déposé à découvert, ou en partie découvert, sur le tapis et qui n'appartient à aucun joueur.
Muette. Carte muette (ou invisible) : dont la face est tournée vers le tapis (voir aussi : Couverte).
Noire. Carte de couleur noire (trèfle et pique).
Numérale. Carte numérale : qui porte des points ; on dit parfois aussi : nominale.
Paire. Deux cartes de même valeur ; par exemple : une paire aux Dames.
Parole. Dans certains jeux : renoncer à « parler » à son tour.
Partie. Ensemble de plusieurs manches ou donnes jusqu'au résultat final.
Passer. Renoncer à jouer.
Plein. Synonyme de Flush.
Pli. Synonyme de Levée.
Point (Le). Point final dans la totalisation des points.

Ponte. Chacun des joueurs qui jouent tous ensemble contre un banquier.
Pot. Total des mises. Synonyme de « corbeille ».
Poule. Ensemble des mises déposées dans une corbeille.
Quarte. Suite de quatre cartes se suivant sans interruption. On dit parfois « quatrième ».
Quinte. Suite de cinq cartes de même couleur.
Quinola. Nom donné autrefois au Valet de cœur dans certains jeux.
Relance. Surenchère à un enjeu. Synonyme : renvier.
Renvier. Mettre une surenchère à un enjeu (syn. de relance).
Reversi. (Voir : Jeu entier.)
Rouge. Cartes de couleur rouge (cœur et carreau).
Sans-Atout. Partie jouée sans fixation d'atout. Les cartes sont donc prises par des cartes plus fortes de la même couleur.
Séquence. Suite de plusieurs cartes de même couleur.
Suivre (Suivre la couleur). Jouer la couleur demandée.
Talon. Ce qui reste des trente-deux ou des cinquante-deux cartes après la distribution exigée par le jeu.
Tenir (se). Dans plusieurs jeux : signifie qu'on ne désire écarter aucune des cartes tenues en main.
Tenir la banque. Jouer banquier contre les pontes.
Tricon. Autrefois : synonyme de brelan.
Triomphe. Dans les jeux anciens : synonyme d'atout.
Vade (le). Somme déposée comme enjeu.
Valeur. Nombre de points attribués à chaque carte. Il correspond au chiffre qui figure sur les cartes numérales. Pour le Roi, la Dame et le Valet, la valeur peut varier suivant les jeux. En général, l'As vaut soit 11 points, soit 1 point. Dans la plupart des cas, l'As est cependant la carte la plus forte. Quant au Roi, il vaut quelquefois 3 ou 4 points, la Dame vaut alors 2 ou 3 points et le Valet 1 ou 2 points.
Vis-à-vis. Joueur assis en face d'un autre joueur (généralement son partenaire).
Vole. Dans certains jeux : « faire la vole » signifie faire toutes les levées.

BIBLIOGRAPHIE

Albaran (P.) : *Défense et illustration du jeu de Bridge.* Monaco, 1946.

Allemagne (H. d') : *Les cartes à jouer.* Paris, 1905.

Almas : *Le Bridge scientifique.* Bruxelles, Office de Publicité, 1938.

Aron (L.) et **Fayard (J.)** : *L'art du Bridge.* Fayard, 1937.

Aveline (C.) : *Code des Jeux.* Hachette, 1961.

Azarian : *A. B. C. du Bridge.* Paris, Chiron, 1937.

Bara (A.) et **Crick (L.)** : *Un jeu de cartes en argent.* Bruxelles, Vromant, 1942.

Barro (E.) : *Manuel des enchères au Bridge.* Verviers, 1944.

Bellanger (P.) : *Psychologie du Bridge.* Paris, Payot.

Beudin (G.) : *Règles de tous les jeux.* Albin Michel, 1949.

Boll (M.) : *Le Baccara.* Monaco, 1946.

Borel (E.) et **Cheron (A.)** : *Théorie mathématique du Bridge.* Paris, Payot, 1940.

Borgerhoff : *Leçons pratiques du Bridge.* Bruxelles, 1944.

— *Code du Bridge-contrat.* Bruxelles, Fédération du Bridge.

Bosschaert (G.) et **Van den Borre (J.)** : *Je bridge.* Bruxelles, Marabout.

Boussac (J.) : *Encyclopédie des jeux.* Paris, 1896.

Braconnier : *Remarques et conseils d'un vieux joueur de Bridge.* Bruxelles, Boreux.

Cheron (A.) : *Les demandes de chelem.* Paris, Payot.

Collet (P.) : *Introduction au Bridge scientifique.* Bruxelles, 1964.

Culbertson (E.) : *Le bridge-contrat.* Paris, 1938.
— *Le Bridge sans maître.* Paris, 1956.
— *Comment jouer et gagner au Canasta.* Paris, 1950.
— *La Belote.* Paris, 1938.
Dion : *Grammaire du Bridge.* Paris, Chiron, 1937.
Du Bled : *Les jeux de cartes.* Paris.
Faniel : *Notre Bridge (méthode Faniel).* Couillet, 1946.
Finkelstein : *Traité du Bridge.* Bruxelles, Lumière, 1947.
Fontaine : *Le Rams.* Paris, Bernardin-Béchet, 1928.
Gevers : *Quelques éléments du Bridge.* Anvers, Graphica.
Gisclard (C.) : *Le Bridge-plafond.* Paris, Bornemann.
Guillemard : *Le Bridge pratique.* Paris, Flammarion, 1931.
Hargrave : *A History of Playing Cards.* Boston, Houghton, 1930.
Hoyle (E.) : *Almanach du Whist.* Paris, 1770.
Jaïs (P.) et **Lahana (H.)** : *Bridge simple et moderne.* Julliard, 1963.
Jaïs (P.) : *Apprenez à mieux jouer au Bridge.* Julliard, 1963.
Lacroix et **Rouhart** : *Le Bridge.* Bruxelles, De Boeck, 1950.
Lanes (E.) : *Manuel des jeux.* Paris, 1912.
Merlin (E.) : *Origine des cartes à jouer.* Paris, 1860.
Quinola (J.) : *Académie des jeux.* Paris, Garnier.
Rebour (G.) : *La Canasta.* Paris, Bornemann.
Renaudet (B.) : *Le Poker, Le Rams, Le Bridge.* Paris, Bornemann.
Renaudet (B.) et **Mahaut** : *La Belote.* Paris, Bornemann.
Rote (R. de) : *Manuel des systèmes modernes au Bridge.* Bruxelles, 1934.
Savigny (G. B. de) : *Le Poker.* Paris, 1959.
Timmermans (H. F.) : *Een Kaartspel van Argentijnse oorspron.* Amsterdam, Alpha, 1950.
Van der Wolf : *Résumé pratique des règles de la Canasta.* Bruxelles, 1950.
Versini (G.) : *Le Bridge.* Paris, Editions Universitaires, 1963.
Vogel (P.) : *Le Whist.* Paris, Bornemann.
Voorthuyzen : *Het Bridgespel.* Amsterdam, Kosmos, 1958.
Vuillier (G.) : *Plaisirs et jeux.* Paris, Rothschild, 1900.
La Belote. Bruxelles, Lumière, 1941.
Code belge du Bridge. Bruxelles, Fédération belge du Bridge.
Code international du Bridge. Plon, 1932.
Traité des jeux de Bridge et de Whist. Bruxelles, Palais du jouet.
Traité pratique du Bridge. Bruxelles, Le Sphinx, 1932.
Dictionnaire des jeux. Paris, Tchou, 1964.

INDEX DES JEUX

Difficulté : S = *simple ;* M = *moyennement difficile ;*
D = *difficile.*

\+ = *plus de 4 joueurs.*

TABLE DES MATIERES

5311

IMP. BUSSIÈRE, SAINT-AMAND (CHER). — N° 1541.
D. L. JUILLET 1998/0099/204
ISBN 2-501-02653-5
Imprimé en France